Carsten Sebastian Henn
Birne sucht Helene

Carsten Sebastian Henn

Birne sucht Helene

Eine kulinarische Liebesgeschichte

PIPER

Mehr über unsere Autoren und Bücher:
www.piper.de

Für meine Helene, die Steffi heißt

ISBN 978-3-492-50277-1

Covergestaltung: Traumstoff Buchdesign traumstoff.at
Covermotiv: DenisProduction.com und HelenaQueen/shutterstock.com
Printed in Germany

»Birne Hélène. Eine in Vanilleläuterzucker pochierte, abgekühlte Birnenhälfte auf Vanilleeis mit heißer Schokoladensoße begossen.«

Das Gourmet-Handbuch

ERSTER GANG

Vom Glück der Kiwi

Eli war glücklicher als ein Bär im Honigfass. Sie hatte doch tatsächlich den einzigen, ehrlichen Gebrauchtwagenhändler Deutschlands gefunden! Das konnte sie an seinen Augen sehen, die waren dunkelbraun und total vertrauenswürdig. Er hatte völlig recht. Rostflecken waren ganz normal bei einem Auto von acht Jahren, und auf den durchgesessenen Fahrersitz brauchte sie bloß ein Kissen zu legen, dann ging das schon. Er hatte ihr sogar extra 15 Euro Nachlass gegeben, damit sie sich eins kaufen konnte. Und wie nett, dass er für ihren alten Fiesta noch 300 Euro bezahlt hatte, obwohl doch der ganze Motor hin war, wie er sagte. Er musste sie ins Herz geschlossen haben! Na ja, sie hatte auch ein wenig mit ihm geflirtet.

Eli packte die Fahrzeugpapiere ein und fuhr in bester Stimmung vom Gelände des »Gebrauchtwagen-Paradies Ratz-Fatz (Inh. Toni Amoroso)«. Dabei kümmerte sie sich, genau wie Toni ihr geraten hatte, nicht um das leise Klappern des Auspuffs.

»Der geht problemlos durch die TÜV, da könne Sie sich Hundertprozent darauf verlasse.«

Eigentlich war sie keine Polo-Fahrerin, und schon gar nicht in dieser Farbe. Gott, wie nannte man die überhaupt? Dschungelgrün? Moosblau? Sie hatte noch nie zuvor einen Wagen in dieser Farbe gesehen. Man bekam automatisch einen unscharfen Blick, wenn man versuchte sich auf die Lackierung zu konzentrieren. Irgendwie erinnerte sie der kleine Wagen an *Das Ding aus dem Sumpf*. Eli schloss ihn trotzdem ins Herz. Er war nun ihr kleines Sumpfmonster. Und sie wollte am liebsten gleich der ganzen Welt von der Neuerwerbung erzählen, mit ihren besten Freunden zur Feier des Tages richtig gut essen gehen, in einem Restaurant mit Kerzen, tollen Weinen – und einer extra langen Dessertkarte. Doch zuerst würde sie den unangenehmsten Anruf des Tages in Angriff nehmen. Man musste den Stier bei den Hörnern packen – und dieser Stier hatte ihr für den Wagen finanziell unter die Arme gegriffen. Es war der Stier namens Mama. Innerlich fluchte Eli darüber, dass sie immer noch Geld von ihr brauchte, wo sie mit Ende zwanzig doch längst auf eigenen Beinen stehen wollte. Doch das Schicksal hatte es dafür nicht gut genug mit ihr gemeint. Sondern »eher so mittel«, wie eine ihrer Arbeitskolleginnen in der Kölner Buchhandlung Eselsohr immer sagte.

Aber mit »Sumpfi« – wie Eli nun beschlossen hatte, ihren neuen Wagen zu nennen – würde ein neuer Lebensabschnitt beginnen! Bei anderen Frauen startete er mit einer neuen Frisur, bei ihr mit einem neuen Auto. Das war immerhin das 21. Jahrhundert.

Ihre Mutter brauchte wieder ewig, um den Hörer abzunehmen. Und war atemlos, als sie sich endlich meldete. Hatte sie auf dem Weg zum Telefon etwa Saltos und Flickflacks vollführt?

Eli entschied sich, ihre Mutter einfach zu überrumpeln: »Du glaubst ja nicht, was ich gerade gemacht habe. – Woher weißt du …? – Aber ich habe doch …! – Nein, einen Polo. Das ist ein Volkswagen. Kein Franzose. – In … einer Art Grün. – Acht Jahre, aber noch topp in Schuss! – Nein, Mama, ich habe mich nicht übers Ohr hauen lassen. Und ich weiß auch nicht, warum du »wie immer« sagst. – Ist schon okay, und danke noch mal für das Geld. Das war echt lieb von dir. – Klar, komme ich bald mal bei dir in Bonn vorbei. Muss dir das Schmuckstück doch zeigen.«

Es folgte ein Moment der Stille, denn eigentlich war alles gesagt. Eli wollte sich schnell verabschieden, bevor ihre Mutter die Lieblingsplatte auflegte.

Doch sie war nicht schnell genug.

Die Lieblingsplatte trug den Titel »Hast du endlich einen Freund?«. Dabei schwang immer mit, dass man ohne Mann quasi nicht komplett sei. Und es eine Art Krankheit wäre, keinen zu haben. Elis letzter Freund lag schon zwei Jahre zurück und sie war kurz davor, einen zu erfinden, nur damit ihre Mutter endlich Ruhe gab.

Andererseits fand Eli, dass man sich nicht dafür zu schämen brauchte, solo zu sein. Und ihre Mutter würde sie nicht dazu bringen, sich deshalb schlecht zu fühlen!

Das tat sie sowieso schon.

Aber diesmal war sie vorbereitet.

»Nein, aber …«

Sie kam nicht weiter, denn ihre Mutter schoss den zweiten Satz ab, den Eli so hasste.

»Kauf dir doch mal was Schickes zum Anziehen. Ich geb dir auch das Geld. Was Modernes. Nicht immer dieses Second-Hand-Zeug. Dann klappt das auch.«

Von diesem »Second-Hand-Zeug«, das ihre Mutter so hasste, hatte Eli den ganzen Schrank voll. Denn sie liebte es. Schöne Kleider mit großen Mustern, geringelte Schals, norwegische Wintermützen, hohe Lederstiefel, Jeans mit Blumenstickereien. Hauptsache: schön bunt und die Stile wild gemixt. Aber ihre Mutter wollte, dass sie wie Michelle Hunziker aussah. Dabei sahen sie sich überhaupt nicht ähnlich! Hunziker war groß und blond, Eli zierlich, mit roten Korkenzieherlocken. Nur eine Ähnlichkeit gab es: Sie hatten beide einen Mund, der wie zum Lachen gemacht war.

Eli verfluchte den Tag, an dem die Italienerin bei »Wetten, dass?« eingestiegen war.

»Ich guck, ob ich beim nächsten Einkauf was Passendes finde.«

»Mach das aber auch! Und schau mal wieder in die Kontaktanzeigen. So hat Tante Uschi auch ihren Dieter kennengelernt. Und der ist wirklich ganz passabel, das mit der Hygiene bekommt die Uschi bei ihm sicher auch noch in den Griff.«

Eli atmete tief durch und zwang sich ein Lächeln ins Gesicht. Denn sie hatte mit all dem gerechnet. Und in der Tasche lag ihre Rettung.

»Weiß ich doch, Mama«, flötete Eli deshalb nun und suchte den Zeitungsausschnitt, während sie mit den Knien weiterlenkte. »Gerade heute habe ich eine tolle Anzeige gefunden. Warte, ich hab sie gleich, dann kann ich sie dir vorlesen. ›Birne sucht Helene‹ fängt die an. Ein Beamter Ende zwanzig, wenn das nicht was Verlässliches ist, Mama. Und es stand sogar darin, dass er lebendig ist! Genau so einen suche ich doch. Ein toter Mann hat nämlich auch Nachteile. Dieser Beamte sucht eine Frau mit Charme und Humor – wahrscheinlich weil man viel Humor haben muss, um ihn attraktiv zu finden.«

Das hatte sie gerade doch nicht wirklich gesagt, oder? Das hatte sie doch sicher nur gedacht!

Als sie hörte, wie ihre Mutter am anderen Ende der Leitung leicht röchelnd die Luft einsog, wusste Eli, dass deren Zunge das Hirn übertölpelt hatte.

»Elisabeth, bitte. Das ist eine ernste Sache für eine Frau. Ich will doch nur, dass du abgesichert bist.«

Oh, Gott. Sie sagte schon Elisabeth zu ihr. Jetzt gab es nur noch eine einzige Steigerung: Wenn sie anfangen würde zu weinen – und davon erzählte, wie sehr sie sich Enkelkinderchen wünschte. Und da Elis jüngere Schwester Katharina in Mailand Modedesign studierte, fiel die Weitergabe der familiären Gene vorerst ihr zu.

»Eli, du weißt doch, wie sehr ich mir Enkelki …«, ihre Stimme brach schluchzend ab. »Ich seh schon kommen, dass mir Katharina eher Enkelkinder schenkt als du. Sie ist ja schon so selbstständig und weiß, was sie im Leben will.«

Eli wollte schreien, doch beschloss, lieber ganz schnell eine Kontaktanzeige vorzulesen, die glaubwürdiger klang. Verdammt, wo war nur die blöde Zeitungsseite? Warum musste nur immer alles Wichtige in der Tasche nach unten rutschen? Nur der Blödsinn trieb immer oben. Da! Jetzt hatte sie etwas gegriffen, das wie Papier knisterte.

Da krachte es.

Sumpfi stand plötzlich.

Ein Verkehrsschild hatte sich Eli in den Weg gestellt. Einfach so. Ohne Vorwarnung.

»Eli? Lebst du noch?«, rief ihre Mutter aus dem Telefon. »Sag doch was, Kind. Soll ich den Arzt rufen?«

»Ja, Mama. Deinen alten Hausarzt in Bornhorst. Der soll den nächsten Flieger nach Köln nehmen und das Stoppschild schienen.«

Eli legte auf. Das würde sie sicher noch bereuen, aber gerade jetzt tat es verdammt gut.

Sie brauchte wirklich einen Freund. Dringend. Und wenn nur, um ihre Mutter endlich zum Schweigen zu bringen!

Paolo Birnbaum, genannt Paul, war so gut drauf wie ein drei Wochen altes Thunfischbrötchen. Wieder einmal hatte niemand auf seine Kontaktanzeige geantwortet. Und als einzige neue Bekanntschaft hatte er eine aufkeimende Krankheit.

Die Sprechstundenhilfe lächelte ihn jetzt allerdings so nett an, als kuschelte sie gerade mit ihm am Baggersee und die Sonne ginge endlich unter.

»Ich schau, dass Sie schnell drankommen. Sie sehen ja richtig elend aus.«

Sie sah ein wenig aus wie Pauls zweite Freundin Sabine. Mit ihr war er auf der Messdienerfahrt nach Korfu zusammen gewesen. Damals hatte er sich immer gewundert, warum sie nur vor anderen Jungs mit ihm knutschte. Irgendwann wusste er es. Sie wollte Dirk eifersüchtig machen, das testosterondurchtränkte Alphamännchen. Sie hatte ihn nur benutzt.

Paul wollte gern mal wieder benutzt werden. Eigentlich stimmte alles an ihm, er war so klug, dass er es bei Günther Jauch ohne Joker zur 64 000 Euro-Frage geschafft hätte, und auch was Aussehen betraf, konnte Paul nicht klagen – dank der italienischen Gene seiner Mutter und der großen, blauen Augen seines Vaters. Das Problem war nur, dass er überhaupt kein Gefühl für Kleidung hatte. Dass Strickpullis nicht mehr der letzte Schrei und Herrensandalen als »mega-out« galten, war bei ihm leider nie angekommen.

Im Wartezimmer saß die übliche Mischung aus chronisch Verschnupften, schwatzhaften Hypochondern und Zombies. Pauls Urgroßtante war auch eine von denen. Jeden Tag zum Onkel Doktor, und wenn der zuhatte, kippte sie sich eimerweise Klosterfrau Melissengeist hinter die Binde. Das verlieh ihr immer ein jenseitiges Glitzern in den Augen.

Die Zeit im Wartezimmer verging wie im Flug. Einem Langstreckenflug. Mit Zwischenstopp.

Eine ältere Kittelträgerin brachte Paul schließlich ins Sprechzimmer. Natürlich musste er dort wieder warten. Immerhin lag auf dem Arztschreibtisch der *Express*. Er traute sich nicht, die Zeitung zu nehmen, schließlich hätte Dr. Engels ja jeden Augenblick mit seiner forschen Art reinkommen können. Aber die Überschrift konnte er lesen: *Das ging in die Hose. Aus Versehen: Mann schießt sich in Penis. Aua.*

Diese Info gab ihm zu denken.

Vielleicht war der Unglückliche ja bei Dr. Engels in Behandlung? Er würde ihn gern fragen, wie es war. Man kam ja so selten dazu, sich in den Penis zu schießen.

Der Meister des Schmerzes trat plötzlich ein, die Hand wie ein Schwert ausgestreckt.

»Herr Birnbaum«, begrüßte er Paul, »haben Sie sich verlaufen? Das Bestattungsunternehmen ist nebenan.«

Herzlich wie eh und je. Dr. Engels hatte schon vor Jahrzehnten entschieden, dass Mitgefühl seine Patienten nicht heilte.

Paul betete seine Beschwerden herunter, als hätte er etwas zu verkaufen: Müdigkeit, Knochenschmerzen, Verdauungsprobleme und Zahnfleischbluten. Es folgte die übliche Auszieh- und Untersuchungs-Prozedur. Danach ließ sich Dr. Engels in den rollbaren Ledersessel fallen und grinste breit.

»Skorbut.«

»Skorbut?«

»Soll ich es Ihnen aufschreiben?« Dr. Engels klickte mit seinem Kugelschreiber.

»Sie haben gerade Skorbut gesagt, oder?«

»Eine Mangelerscheinung, die früher unter Seeleuten äußerst verbreitet war.«

»Ich bin aber kein Seemann. Ich arbeite beim Straßenverkehrsamt. Bei uns gibt es nur dann größere Wassermengen, wenn Kollege Brömser mal wieder das Klo verstopft hat. Ich kann also keinen Skorbut haben.«

»Die Behandlung ist ganz einfach.«

Paul atmete durch. Na, wenigstens etwas. »Vielleicht habe ich ja doch Skorbut.«

»Einfach Vitamin-C-Tabletten nehmen, bekommen Sie überall. Brauchen Sie kein Rezept für. Sie können aber auch Zitronensaft pressen oder Kiwis essen. Grünkohl und Rosenkohl sind auch gut – aber nur roh! Die weisen alle viel Vitamin C auf. Wie ernähren Sie sich aktuell?«

Paul redete nicht gerne darüber. Aber wenn ein Arzt fragte, gestand man ja alles. Ganz automatisch. Wie vor Gericht.

»Von Coke light und Cornflakes. Da ist alles drin. Viele Kohlenhydrate aus Getreide und Vitamine und Eisen – für einen guten Start in den Tag.« Den Spruch las er jeden Tag auf der Packung. Sehr eingängig.

»Und sonst?«

»Nichts sonst. Ist ja alles drin. Was soll die Frage?«

Dr. Engels starrte ihn lange an.

»Nur Cornflakes und Cola?«

»Abends auch mal eine Pizza oder so. Und natürlich Nüsse. Diese salzigen.« Wieder dieser Blick. Paul meinte sogar, Dr. Engels' Augen würden hervortreten. »Ich geh dann mal. Kann ich morgen zur Arbeit oder bin ich ansteckend?«

Dr. Engels fing sich wieder. »Sie haben Skorbut und nicht die Schweinegrippe!«

Als Paul aus dem Behandlungszimmer trat, lächelte ihn die nette Sprechstundenhilfe wieder an, doch diesmal mitleidig. Na ja, dachte Paul, so was passierte wohl allen Seemännern mit Skorbut. Wenn die Gliedmaßen vermodern und die Zähne ausfallen, verliert auch der strammste Matrose seinen Schlag beim weiblichen Geschlecht.

Nachdem er sich im Supermarkt die überlebenswichtigen Zutaten besorgt hatte, ging es in die Buchhandlung. Ein Kochbuch für Stümper, das brauchte er. Idiotensicher und Vitamin-C-reich. Ein Kiwi-Kochbuch zum Beispiel. Gab es natürlich nicht. Dafür Werke von Fernsehköchen und stapelweise Backliteratur. Das Buch *Kochen mit Feng-Shui* schlug Paul gar nicht erst auf. Er konnte sich schon denken, was drinstand: Geben Sie nie eckig gefrorenen Spinat in einen runden Topf! Es sei denn der Kochherd hat drei Platten, steht in südlicher Richtung am Fenster und gegenüber liegt eine Tür, die sich nach links öffnen lässt.

Irgendwann stand er dann bewegungslos zwischen den Bücherinseln, wie der kleine Pierre-Luca, den seine Eltern im Småland bei Ikea vergessen haben. Hilflos aussehen konnte Paul prima.

»Müssen Sie kochen lernen?«, fragte ihn plötzlich eine Verkäuferin, deren Dutt so fest gebunden war, dass sie sich das Facelifting sparen konnte.

Paul nickte.

»Nehmen Sie das, da machen Sie nichts falsch mit.«

Er erwartete das Kochbuch zur »Sendung mit der Maus«, aber es war das *Studenten-Kochbuch: Einfach, schnell und preiswert*.

»Kochen lernen ist wie Schwimmen lernen«, zitierte sie den Klappentext. »Nach dem Sprung ins kalte Wasser folgt der Genuss.«

»Ich kann nicht schwimmen«, sagte Paul wahrheitsgemäß.

»Dafür hätte ich auch ein Buch!«

Die Verkäuferin war unglaublich energiegeladen. Lag sicher an ihrer gesunden Ernährung.

»Nein, danke. Und das ist wirklich für Dumme?«

»Das ist für Anfänger.«

»Ich bin ein dummer Anfänger!«

Sie tätschelte ihm mütterlich die Hand: »Vertrauen Sie mir. Ich kenne Männer in Ihrer Situation. Übrigens sehen Sie gar nicht gut aus, Sie sollten mal zum Arzt gehen.«

»Ich habe Skorbut.«

So ein Satz beendete jede Diskussion. Dafür war Skorbut super.

Vergleichbar mit Pest, Cholera und Schweißfüßen. Die Verkäuferin sah ihn eindringlich an.

»Da hab ich genau das richtige Buch für Sie!« Und tatsächlich, sie hatte es.

Paul brachte die Bücher heil nach Hause und fand ein schönes, warmes Plätzchen für sie. Neben den DVDs und seiner Altersvorsorge: der Schlumpfsammlung. Absolutes Highlight war »Papaschlumpf in Hängematte«. Ein seltenes Fehlexemplar vom Februar 1983. Die Figur selbst war rot, Mütze und Hose aber blau. Paul hoffte, eines Tages mit ihr das Studium seiner Kinder finanzieren zu können. Dem jetzigen Stand nach zu urteilen, musste er die kleinen Bälger aber wohl wie Angelina Jolie aus dem Urlaub mitbringen.

Erst spät bemerkte Paul, dass er nicht allein in seiner Dachgeschoss-Wohnung war.

Eigentlich war er das natürlich nie. Die Fische waren schließlich da. Und Freddy, seine Geierschildkröte. Benannt nach Freddy Krüger, dem Horror-Schlitzer aus *Nightmare On Elm Street.* Freddy hatte nämlich etwas äußerst Verschlagenes. Paul vermutete schon länger, dass die hohe Selbstmordrate seiner Goldfische mit ihm zusammenhing.

Aber es war nicht Freddy, den er im Wohnzimmer bemerkte, es war Andy. Manche hielten auch ihn für ein Tier. Wegen der Geräusche, die er manchmal von sich gab. Er klang wie Darth Vader im Stimmbruch. Andy wusste selber nicht, wie er das machte.

Paul hatte ihm in einem schwachen Moment einen Wohnungsschlüssel gegeben – und es nie übers Herz gebracht, ihn zurückzuverlangen. Jetzt lümmelte sich Andy auf dem durchgelegenen Bettsofa, wie immer mit einem Heavy-Metal-T-Shirt, auf dem ein vielzahniges Monster eine Bikini-Schönheit verspeiste. Sah nach einem Proteinsnack aus. Andy daddelte auf Pauls Nintendo *Super Mario* – er selbst wusste noch nicht, welche Spielkonsole am besten zu seinem Typ passte. Seit zwei Jahren. So eine wichtige Entscheidung durfte man schließlich nicht übers Knie brechen!

»Na, du Held. Willst du wissen, wie mein Tag war?«, fragte Paul.

»Nö.«

»Dann erkundige ich mich eben selbst: Und, Paul? Wie lief's heute? – Danke für die Nachfrage! Lass mich einen Moment überlegen … Auf dem Weg zur Arbeit hab ich einen Wagen gesehen, der als Kennzeichen die sehr seltene Nummernfolge 4711 hatte, und zwei Karren, bei denen der TÜV seit Monaten abgelaufen ist.«

»Wow.«

»Und einen SUV ohne AU.«

»Echt jetzt?« Andy schaute überhaupt nicht auf. Er hatte gerade einen Powerup aktiviert und einen Super-Pilz gegessen. Sein Endgegner warf einen Feuerball. Natürlich mit der Schwanzspitze. Doch es sah gut aus für Andy. Vielleicht würde er Prinzessin Peach heute endlich befreien.

Sie würde sich bestimmt wie verrückt freuen, ihn kennenzulernen.

»Und ich habe Skorbut.«

»Cool.«

»Cool?«

»Hast du mir auch was mitgebracht? Ich esse doch so gerne Fisch.«

Paul brauchte einige Zeit, um Andy klarzumachen, dass Skorbut nicht im offenen Meer schwamm. Dann holte er sich etwas zu trinken und setzte sich zu ihm aufs Bettsofa.

»Weißt du noch, was wir uns an deinem Zwanzigsten geschworen haben?«

»Dass wir mal gemeinsam ins All fliegen! Suchen die von der kasachischen Weltraumbehörde in Baikonur wieder wen?«

»Nein, wir haben geschworen, dass wir zusammenziehen und schwul werden, falls wir bis dreißig keine feste Beziehung haben.«

»Ach, so. Das hatte ich vergessen. So, du Scheißdrache. Jetzt rottet Andy dich aus!«

»Ich werde in vier Monaten, 16 Tagen und … knapp sechs Stunden dreißig.«

»Wo ist das Problem?«

»Ich finde dich nicht besonders attraktiv.«

Andy sah an sich herunter und strich einige Kekskrümel von seinem Iron-Maiden-Shirt. »Aber weißt du, was das Gute ist?«

»Ich kann leider überhaupt nichts Gutes daran finden.«

»Na, dass ich eh schon so gut wie hier wohne. Müssen wir nur noch schwul werden. Ich möchte aber der Mann sein, okay?«

»Als Schwer-Metaller?«

»Na, und? Rob Halford von Judas Priest ist auch schwul. Das geht heute. Steht meiner Karriere als Shouter nicht im Weg. Dein Dreißigster kann also kommen! So, jetzt krieg ich aber Hunger. Bestellste Pizza? Ich nehm 'ne Funghi. Und extra Pizzabrötchen. Aber das die nicht wieder die Knoblauchbutter vergessen!«

Paul würde eine Spinaci nehmen. Das war doch ein hervorragender Beginn für sein neues, gesundes Leben! Er orderte die italienischen Kalorienfladen und warf Andy die *Marie-Claire* zu. Die hatte er im Abo, um die Psyche der Frauen zu begreifen. Der direkte Kontakt mit dem anderen Geschlecht hatte ihn leider keinen Schritt weitergebracht.

Andy war begeistert: »Wow! Nackt gut aussehen – sofort: SOS-Tipps für Beauty-Probleme.«

»Sag bloß, du hast Beauty-Probleme?«

»Weißt du, nackt sein ist nicht so meine Stärke.« Er hob sein T-Shirt, klopfte auf die Specktrommel und unterstrich damit glaubwürdig seine Aussage. Paul nahm auf den Schock einen großen Schluck Cola light – doch der Anblick verschwand einfach nicht von der Netzhaut. Auch Freddy musste ihn gesehen haben, denn er rammte jetzt seinen Kopf wie irre gegen das Terrarium. Paul beruhigte ihn mit ein paar gefrorenen Mückenlarven.

Als Andy die *Marie-Claire* nach einer halben Stunde durchgeackert hatte, war er ganz aufgekratzt. Eine geheimnisvolle Welt hatte sich ihm eröffnet. Während des Abendessens redeten die zwei über das große Special »Mode, die schlank macht«. Andy schrieb sich eine Einkaufsliste mit Kuli auf den Unterarm – das Tattoo des kleinen Mannes. Er würde seinen Look grundlegend verändern!

Dann war es so weit. Paul ging mutig in die Küche und bereitete sich sein erstes Vitamin-C-Dessert zu. Ohne Hilfe!

Wasser mit Zitronensaft. Dazu eine Kiwi. Es schmeckte irre gesund. Und er fühlte sich gleich hundeelend.

Als Paul zurück ins Wohnzimmer kam, hielt Andy das Frauenmagazin triumphierend in die Höhe.

»Ich hab gerade den Test ›Sind Sie zu anspruchsvoll?‹ gemacht. Super Ergebnis! Ich bin ›Die Realistische‹: Ich weiß, was ich will und was mir guttut, aber ich bin durchaus bereit, einem Menschen eine zweite Chance zu geben, wenn er im ersten Moment meinen Ansprüchen nicht gerecht wird. Meine Chancen, Mr. Right zu finden, stehen sehr gut! Klasse, was?«

So gut drauf war Andy das letzte Mal gewesen, als er beim rückwärts Abspielen der zweiten Black-Sabbath-LP die eindeutige Botschaft »Tötet alle Delfine!« herausgehört hatte. Auf Aramäisch versteht sich.

»Du siehst mich beeindruckt«, antwortete Paul, den das Vitamin C nun ordentlich durchrüttelte. Wahrscheinlich hielt sein Körper den unbekannten Eindringling für einen Krankheitserreger.

»Ich war aber auch echt lässig«, erzählte Andy weiter. »Hab sogar angekreuzt, ich sei entspannt, wenn er groß aufkocht, dann aber jedes Gericht misslungen ist und sogar die Tischdeko ein Trauerspiel darstellt.«

»Die Tischdeko? Wie konnte ihm das nur passieren? Das ist doch das Erste, woran man denkt.«

»Du veräppelst mich, oder? Wer weiß denn so was?«

»Dafür muss man nur die *Brigitte* gelesen haben. Vorbereitung ist alles. Guck mal, was ich hier in der Esstischschublade habe: einen Läufer mit Paisley-Muster, Rosenblätter aus Stoff und ein Keramikblock, in den vier Teelichter passen. Falls das Rendezvous kommt, bin ich vorbereitet!«

»Oh wie süß. Du bist mein Mr. Right. Komm kuscheln!« Andy breitete die Arme aus und schenkte Paul einen bezaubernden Augenaufschlag.

Der Tag wurde einfach immer besser.

Paul lehnte dankend ab und ließ sich rücklings aufs Sofa fallen. Andy wuschelte ihm über den Kopf, sprang auf und griff nach seinem Motorradhelm – er hatte Hörner. »Ich bin dann mal weg. Muss noch was essen. Um meinen Bauch richtig auszudefinieren. Schön rund! Aber keine Pizza mehr.«

»Und wonach gelüstet es dich?«

»Na, Mäckes. Ham, Ham – der Hamburger, Peng, Peng – der Schießburger! Schnelles Fett auf die Faust. Das ist doch die Essenz von allem.«

In diesem Moment wurde Paul klar, dass mit seinem Leben etwas überhaupt nicht stimmte. Und dass sich noch vor seinem dreißigsten Geburtstag dringend etwas ändern musste. Sonst würde er sich zwar nicht die Kugel geben – aber Andy ihm sicher einen Schießburger.

Als Paul am nächsten Morgen aufwachte, hatte sich das Vitamin C so weit in seinem Körper verteilt, dass er sich fast wieder wie ein normaler Mensch fühlte. Andy war spät zurückgekommen, hatte die Nacht auf dem Bettsofa verbracht und sich nicht einmal die Mühe gemacht, das Bettzeug herauszuholen. Er schlief zusammengerollt wie ein Baby – denen allerdings üblicherweise kein Dreitagebart wuchs. Und Babys rochen auch nicht wie vor drei Wochen verendete Bären.

Paul war ganz leise und ließ seinen parasitären Untermieter weiterschnarchen. Obwohl es draußen noch stockduster war, musste er raus, denn Punkt 7.00 Uhr war Schichtbeginn in der KFZ-Zulassungsstelle. Schon eine Viertelstunde später kam die Kundschaft. Oder wie sie intern genannt wurde: die Horde.

Als Paul eintraf, war die Festung der Nummernschilder aber noch unbelagert.

Allem Anschein nach war Kollege Günther wieder als Erster an der Stechuhr gewesen. Die Kaffeetasse dampfte schon auf seinem Tisch, der Rechner war hochgefahren, das Lächeln aufgesetzt. Gerade polierte er mit einem Stofftaschentuch seine Vorderzähne.

Günther spekulierte auf den Job als stellvertretender Amtsleiter – seit über zwanzig Jahren. Diese Beharrlichkeit rief bei Paul gleichermaßen Bewunderung wie Mitleid hervor.

»Guten Morgen, lieber Kollege!«, begrüßte der Aufstiegswillige ihn. »Wir haben dich gar nicht mehr erwartet. Unsere Chefin hat auch schon nach dir gefragt – ich konnte ihr leider nicht sagen, wo du schon wieder steckst …«

Paul ließ sich auf seinen ergonomisch geformten Drehstuhl am Schalterplatz 12 fallen und wünschte Günther einen Neandertaler als Kunden, der sein Wunschkennzeichnen nicht erhielt. In der Regel etwas wie »K-ILL«, oder »K-ING«. Stattdessen könnte Günther ihm »K-OT 00« heraussuchen.

Nachdem Paul seinen Computer angeschaltet hatte, ging er mit schweren Schritten ins Büro der Chefin und spulte die Erklärungen über seinen Skorbut herunter (»Nein, es ist wirklich nicht ansteckend!«). Zurück an seinem Platz fühlte er sich so fertig, als habe er gerade den Iron-Man-Triathlon mit einem Elch über der Schulter hinter sich gebracht.

In diesem Moment glitten die gläsernen Schiebetüren zur Seite. Und die Horde drang ein, wie wild Wartemärkchen ziehend.

Paul blickte hilfesuchend zu seiner Kollegin Tine – das baute ihn immer auf. Tine war Mitte zwanzig und hatte die Stelle hier angenommen, weil sie so gern mit Menschen zu tun hatte. Anders ausgedrückt: Sie konnte ein gesundes, braunes Pferd totplappern. Leider hatte sie keine Ahnung von Farb-Psychologie. Tine trug fast immer rot. Heute ein schickes Kostüm, das wunderbar zu ihren langen, blonden Haaren und der milchweißen Haut passte. Das Problem war: Rot erregte andere Menschen. Im Positiven wie im Negativen. Was in pikanten Lebenssituationen durchaus einen Sinn erfüllte, führte an ihrem Schalter zu gesteigerten Aggressionen. Männlichen Kunden drang bei Tine zuweilen der Dampf aus den Ohren.

Ihr Anblick war für Paul jedoch der einzige Lichtblick in dieser Neonhölle. Er verfluchte den Tag, an dem er die Stelle angenommen hatte – nur, um möglichst schnell aus dem vermaledeiten

Bergischen Land wegzukommen. Und wo er gerade dabei war, verfluchte er gleich seine Eltern, die ihn zu der Ausbildung bei der Stadtverwaltung Gummersbach überredet, na ja, eher gezwungen hatten. Weil sie den Job bei der Robben-Aufzuchtstation in Friedrichskoog für Spinnerei hielten. Das war er vermutlich auch – aber Paul hätte es gerne selber herausgefunden. In persönlichen Gesprächen mit den Robben.

Seine Eltern lebten mittlerweile in Italien, in dem kleinen piemontesischen Dörfchen namens Rimella, aus dem die Familie seiner Mutter stammte. Dort gab es ein Weingut, eine kleine Trattoria, einen Friseurladen, eine Kirche, einen Metzger, streunende Hunde, und nicht viel mehr. Es war wirklich sehr nett.

Die erste Ummeldung riss ihn aus den Gedanken. Gefolgt von einer Neuanmeldung und einer Abmeldung. In den kurzen Pausen zwischen den Kunden rief Günther ihm immer wieder Sprüche zu, von denen »Kommst du eigentlich in allen Lebenslagen zu spät?« noch der harmloseste war.

Erst kurz vor der Mittagspause bot sich Paul die Chance zur Rache. Seine Chefin stand in der Nähe – und er hatte einen Antragsteller vor sich, der mehr nach Ärger roch als Jürgen Drews nach billigem Parfüm.

»Könntest du vielleicht mal übernehmen?«, rief er Günther zu. »Hier geht es um ein Leasingfahrzeug. Damit kennst du dich doch sicher aus?«

Obwohl Günther es hasste, Kunden zu übernehmen, konnte er nun nicht anders. »Leasingfahrzeuge? Selbstverständlich, das mache ich doch gern, Paul. Aber du solltest wirklich mehr Zeit in deine Weiterbildung investieren.« Günther zwinkerte der Chefin zu.

Paul wusste, dass er nicht lange würde warten müssen.

Dem Kunden war das hintere Kennzeichen gestohlen worden. Ohne Fahrzeugbrief gab es jedoch kein neues. Dieser lag allerdings beim Leasinggeber. Um das zu wissen, brauchte man keine Weiterbildung.

Nach sechs Minuten und zwölf Sekunden – Paul hatte die Zeit

gestoppt – sprang der Kunde auf, sein Kopf roter als der Hintern eines Mantelpavians.

»Wo leben wir eigentlich, dass solche Arschlöcher wie Sie von meinen Steuergeldern bezahlt werden? So geht Deutschland endgültig zugrunde!«

Die Chefin ließ gegenüber Günther ihr berüchtigtes »Tsstsstss« erklingen. Pauls Stimmung war deshalb bedeutend besser, als sie erschien. Und die Sonne aufging. SIE. In Großbuchstaben. Und unterstrichen.

Zweimal war diese Antragstellerin schon bei ihm gewesen. Sie meldete immer Gebrauchte an, deren Papiere schwer nach Unfallwagen rochen. Doch dabei strahlte sie, als habe sie gerade einen Porsche 911 im Tausch gegen einen alten Labello bekommen. Eigentlich war sie überhaupt nicht sein Typ – aber komischerweise beschleunigte sich Pauls Puls trotzdem enorm bei ihrem Anblick. Er konnte sich sogar noch an ihren Namen erinnern: Elisabeth Spatzner, genannt Eli.

»Hallo, Frau Spatzner.« Es fühlte sich völlig falsch an, sie zu siezen, aber so war es Vorschrift. »Setzen Sie sich doch. Ich habe eine freudige Mitteilung für Sie!«

»Bekomme ich ein Baby?«

»Nein, Sie bekommen Mengenrabatt!«

Eli lachte auf.

»Sind Sie denn schwanger?«, fragte Paul und fixierte ihren Bauch.

»Sehe ich etwa so dick aus?«

Fettnäpfchen. Mitten rein. Mit Anlauf. Wann würde er endlich lernen, mit tollen Frauen ganz normal zu reden? Leider blockierte seine Schüchternheit immer die Blutzufuhr zum Hirn – und er hatte mit einem Schlag nur noch den IQ eines Teletubbies.

»Nein, Sie haben eine ganz, ganz tolle Figur.«

»Na, da bin ich aber beruhigt!«

Eli reichte die Fahrzeugpapiere über den Tisch.

»Und gut in Schuss?«, fragte Paul. Eli sah ihn fragend an. »Ich meine natürlich Ihren Wagen! – War das jetzt schon wieder ein Fettnäpfchen?«

Sie winkte ab. »Keine Sorge, erst ab dreien müssen Sie mir einen ausgeben! Und was meinen Wagen angeht: Ich hatte schon den ersten Unfall.«

»Oh, das tut mir aber leid.«

»Ach was! Nur eine kleine Delle. Das ist ein gutes Omen. Sumpfi hat seinen Unfall jetzt weg – und das war nur ein ganz kleiner. Jetzt kann nichts mehr passieren! So muss man das sehen, oder?«

»Gesunde Einstellung!« Paul lächelte und Eli lächelte zurück, wobei ein wunderschönes Funkeln in ihren Augen erschien. Die Papiere hätte er gleich fertig, doch er wollte noch länger mit ihr quatschen. Egal, worüber. Welche Themen hatte er für solch einen Fall vorbereitet? Ach ja, angesagte Urlaubsziele!

»Wollen Sie mit dem neuen Wagen denn gleich in Urlaub fahren? Portugal soll momentan der Hit sein! Surfen und Yoga in Kombination.«

»Wie? Gleichzeitig?« Sie lachte auf. »Sie sind wirklich der merkwürdigste Beamte, der mir je begegnet ist. Surfen und Yoga – sieht man Ihnen gar nicht an. Sie sehen eigentlich eher nach Völkerball aus.«

Aua, das tat weh. Auf der Liste der uncoolsten Sportarten rangierte Völkerball ja wohl auf Platz zwei. Nur knapp geschlagen von Ertüchtigung auf der Bundeskegelbahn.

Eli betrachtete ihn nochmals eingehend. »Oder nach Kegeln!«

Danke, reicht.

Neues Thema, neues Glück. Der Drucker spuckte schon die Papiere aus, und die Chefin hatte ihm bereits einen mahnenden Blick zugeworfen. Sie behielt immer im Auge, wie lange man mit der Kundschaft sprach. Und wenn es zu nett wurde, rief sie einen über das Telefon zur Räson.

Doch Paul hatte noch eine Chance. Die Pflegeprodukte! In der *Brigitte* war ein großes Special darüber gewesen.

»Sie haben übrigens wunderschön glänzende Locken, benutzen Sie einen Conditioner? Der neue von *L'Oréal* soll ja ganz hervorragend sein.«

Eli legte den Kopf schief. »Hab ich ehrlich gesagt noch nicht probiert.«

Okay, Shampoos funktionierten ebenfalls nicht. Waren aber auch so uninteressant wie das Sexualleben des Papstes. Paul reichte ihr die neuen Unterlagen und kassierte die Gebühren. Dabei kam ihm die Idee: der Insider-Report »Heimliche Helfer – Kosmetikprodukte, die unauffällig Fältchen und Rötungen ausgleichen«!

»Bevor Sie gehen, muss ich Ihnen noch einen ganz tollen Tipp gegen Fältchen mit auf den Weg geben. Also nicht, dass Sie welche hätten, nicht mal ansatzweise, aber die könnten ja irgendwann, also in der Zukunft, ganz, ganz weit in der fernen Zukunft mal kommen, und dann wissen Sie, was zu tun ist.«

Eli stand für kurze Zeit der Mund offen, dann griff sie nach Pauls Hand. Die Berührung schoss wie Feuer durch seinen Vitamin-C-gestählten Körper. Sie blickte ihm verschwörerisch in die Augen.

»Jetzt verstehe ich erst, dass Sie … Sie wissen schon. Andere Männer sind ja nicht so für ein gepflegtes Äußeres. Da muss ich Ihnen unbedingt die Nummer von Löschi geben – also eigentlich heißt er Alexander Löschmeyer. Ein ganz lieber Arbeitskollege. Er ist Buchhändler so wie ich. Ich glaube, Sie würden sich super mit ihm verstehen. Er hat zurzeit auch keinen festen Freund.« Sie zwinkerte ihm zu, während sie die Nummer auf einen Zettel schrieb. »Löschi ist eher weiblich, und Sie sind ja wohl eher männlich, oder? So, jetzt muss ich aber ganz schnell weg. Bis bald – oder lieber«, sie hielt die Fahrzeugpapiere hoch, »bis nicht ganz so bald!«

Und weg war sie. Eher männlich?

Wie gut, dass so etwas nicht im Personalausweis stand.

Der Raum befand sich im hintersten Winkel der Buchhandlung und war über und über vollgestopft. Eli nannte ihn auch »Den Ausguck«. Denn wenn das kleine Fenster offen stand, hatte man einen tollen Blick über Köln, konnte sogar die Spitzen des Doms sehen – und rauchen, ohne dass es jemand merkte.

Hier lagerten all die Mängelexemplare und Remittenden, die

zurückgeschickt werden mussten. Ein Job, den niemand wollte und den Eli nur übernommen hatte, weil man hier hinten wenigstens für ein paar Minuten seine Ruhe haben konnte. Dieser Raum war ihr Reich.

Löschi stand am offenen Fenster. Er fuhr sich ständig mit der Zungenspitze über die Vorderzähne, weil er so aufgeregt war.

»Was meinst du, wie der Neue so sein wird?«

»Kommt der etwa heute?«

»Ich glaub schon. Ulrike hat das Foto auf der Bewerbung gesehen und meint, er sei super süß.«

Löschi blies den Rauch mit gespitzten Lippen in die Morgenluft und sah dabei wieder einmal aus wie Cathérine Deneuve. Löschi war Elis Arbeits-Ehemann. So einen brauchte man als moderne Frau einfach.

»Mein lieber Löschi, ich kann dich nur warnen: Beziehungen am Arbeitsplatz sind immer gefährlich. Ich hab da was viel Besseres für dich ... aufgerissen.«

»Eli, wie redest du denn plötzlich? Das klingt ja nach einem ganz schlimmen Mädchen!« Er warf ihr einen wilden Blick zu. Das konnte er prima. »Du brauchst niemanden für den hübschen Löschi aufzureißen. Das kann der schon ganz alleine.«

»Ach ja? Und wie lange bist du jetzt schon solo?«

Löschi blickte demonstrativ hinaus. Erst nach drei weiteren Zügen an seiner Light-Zigarette sprach er wieder. »Nun quäl mich doch nicht so und erzähl endlich!«

»Also: ein ganz, ganz Süßer. Total schöne, blaue Augen. Und ein echt tolles Lächeln, der hat richtig gestrahlt, als ich mich zu ihm gesetzt habe. Zieht sich ein wenig altmodisch an, du weißt schon, Strickpullover und so. Der braucht ganz dringend einen modischen Berater. Er arbeitet in der KFZ-Zulassungsstelle, Schalter zwölf – und ich hab ihm deine Handynummer gegeben.«

»Du hast *was*?«

»Ich wette, er ruft dich heute noch an.« Eli stand von ihrem Kartonstapel auf und kniff Löschi in die Wangen. »Damit du was Farbe ins Gesicht bekommst. Darauf stehen die Kerle.«

»Lass das, du freches Früchtchen!«

»Ich hab ihm auch gesagt, dass du eher der weibliche Typ bist.«

»Ach, Gott! So läuft das doch überhaupt nicht, aber das verstehst du sowieso nicht.« Er kam näher und sprach nun leiser. »Und der ist wirklich schnuckelig, dieser KFZ-Typ? Also so richtig?«

»Ja, so richtig. Auch ein bisschen unbeholfen, das finde ich ja total Zucker.«

Löschi blickte ihr mit einem verschmitzten Lächeln in die Augen.

»Ich glaub, den würdest du dir lieber selber greifen!«

»Quatsch. Der ist doch schwul!«

»Du stehst doch auf schwule Männer! In mich warst du damals ja auch verknallt.«

»Wie bitte?«

»So was merkt Mann direkt. Dafür haben wir Antennen.«

»Dann sind deine aber schwer verbogen!«

Löschi klimperte mit den Wimpern. »*So* habe ich dich damals angeschaut.« Er warf sich in Pose. »Ein verletzlicher, junger Mann. Ein sensibler Träumer. Der Buchhändler, dem die Frauen vertrauen.« Schmachtend betrachtete er den Himmel – an dem heute nur die typisch matschigen Kölner Wolken hingen.

»Das sieht total schwul aus.«

»Weil ich total schwul bin, Liebelein! Wenn ich hetig aussähe, bräuchte ich mich im Bermudadreieck nicht mehr blicken zu lassen.«

»Dann wären die Kölner Straßen endlich wieder sicher!«

»Diese Bemerkung würdige ich jetzt keines Kommentars. Aber wenn ich schon nicht dein Traumprinz bin, wie sieht er denn dann aus?«

Eli schüttelte den Kopf. »Zuerst du!«

»Tja, bei mir ist es der verwegene Kirmes-Typ. Du weißt schon, groß und männlich, ruhig mit etwas Bauch. So ein richtiger Bär.«

»Ehrlich?«

»Ein zierlicher Mann wie ich braucht halt was Starkes zum Anlehnen. – Jetzt du! Karten auf den Tisch, Schatzilein.«

Eli ließ den Kopf in den Nacken sinken. »Mein Mr. Right? Puh, wie soll ich den beschreiben?«

Auf der Straße begann ein ohrenbetäubendes Hupkonzert. Einem Holztransporter waren Bohlen heruntergefallen. Löschi schloss das Fenster.

»Also, mein Traumprinz sieht so aus: Groß, dunkle Haare, am besten etwas strubbelig und nicht zu kurz, trägt Brille, so eine runde mit dunklem Rahmen, und er hat einen knackigen Hintern – jetzt guck nicht so, darauf achtest du doch auch immer direkt. Er trägt am liebsten Fred-Perry-Hemden, und immer bunte Turnschuhe. Wir werden drei Kinder haben. Zwei Mädchen, einen Jungen. Catharina, Charlotte und Christopher Robin. Mein Traumprinz ist intelligent und belesen – warum winkst du so albern? Hast du zu viel Koffein in deinem Blutkreislauf?«

Löschi schüttelte den Kopf. »Hinter dir.«

Als Eli sich umdrehte, sah sie in der Tür ihren Chef und den neuen Kollegen stehen.

Er war groß, hatte dunkle, leicht strubbelige Haare, nicht zu kurz, trug eine runde Brille mit dunklem Rahmen, rot-weiße Turnschuhe. Und ein Fred-Perry-Hemd.

Vermutlich hatte er auch einen knackigen Hintern.

Um Gottes willen! Wegen des Tohuwabohus unten auf der Straße musste sie überhört haben, wie die beiden reingekommen waren. Wie lange mochten sie schon in der Tür stehen? Sie hatten bestimmt nichts gehört, dafür hatte sie viel zu leise gesprochen, und außerdem in die entgegengesetzte Richtung.

»Frau Spatzner, Herr Löschmeyer. Ich wollte Ihnen Ihren neuen Kollegen vorstellen.«

Der junge Mann reichte Eli die Hand.

»Hallo, ich bin Roman Holz. Ihr Traumprinz.« Eli zuckte zusammen. »Das mit den drei Kindern geht völlig in Ordnung – aber über die Namen müssen wir noch mal reden.«

Birne sucht Helene. *Beamter, 29 J./1,78, interessant und lebendig, nicht schwul, sucht eine Frau, mit der er über alles reden kann. Auch Autos & Shampoos (aber nicht immer!). Er freut sich auf ein Bild von Dir: einer attraktiven Frau, mit Charme, Humor und einer Vorliebe für Kiwis. ✉ 965938 Chiffredienst, 50590 Köln. ☎-Chiffre 0900/5000958–78591.*

ZWEITER GANG

Soufflé d'amour

Fish-Mac griff sich einen roten Filzstift, schrieb eine Sechs minus neben die Kontaktanzeige und unterstrich die Zahl doppelt.

»Aber Herr Birnbaum, so kannst du das doch nicht schreiben!«

»Wieso? Ich dachte, ich probier mal was anderes. Damit nicht immer nur drei Unzumutbare antworten.«

»Aber doch nicht so! *Nicht schwul?* Natürlich bist du nicht schwul, sonst würdest du kaum unter ›Mann sucht Frau‹ inserieren.«

»Ich wollte diesen Punkt unmissverständlich klarmachen.« Paul dachte an die letzte Begegnung mit Eli, und dass er sich in seinem Leben noch nie so blöd vorgekommen war.

»Wenn du auf diesen Text mehr als drei Zuschriften bekommst, sprech ich dich einen Monat lang nur noch mit Dr. Love an.«

Fish-Mac schickte Paul eine Mail, damit er das Versprechen schriftlich hatte – obwohl Paul neben ihm saß. Denn selbstverständlich war Fish-Mac auch in diesem Augenblick seines Lebens online. Paul vermutete, dass er sich schon im Mutterbauch eine Flatrate organisiert hatte. Fish-Mac war Programmierer. Kein hipper Webdesigner, kein Systemadministrator, nein, Programmierer. Der Fußtrupp des World Wide Web, wie Fish-Mac sagte. Er trug stets einen Hut, Augenzeugen zufolge sogar im Bett. Aber keinen schicken, modischen, nein, seiner sah aus, als hätte er ihn von seinem Großvater am Sterbebett überreicht bekommen. Was wohl auch ungefähr der Wahrheit entsprach. Fish-Macs Augen zuckten immer, als hätte er gerade in die Steckdose gegriffen – und noch nicht losgelassen. Lag alles an Red Bull. Er trank es im Kaffee. Bei jeder Olympiade wäre er als Muster-Doper angeklagt worden.

»Mir ist es ehrlich gesagt völlig egal, wie viele Zuschriften ich bekomme. Hauptsache ...«

»Hauptsache diese mysteriöse Eli schreibt dir. Du weißt nichts über die Frau, außer dass sie ihre Autos schneller wechselt als andere ihre Unterwäsche.«

»Sie hat was.«

»Brüste!«, grölte Andy vom Fußboden. Dort tat er etwas für seine Figur. Mit Prinzenrolle. Er definierte seinen Bauch aus. In Richtung kugelrund – was ihn zum 1A-Keks-Krümelfänger machte. Andy raste mit einem Ferrari F2007 über die Carrera-Bahn. Sie führte fast durchs ganze Zimmer, mit Loopings, Sprungschanzen und Tunneln, es gab sogar die Golden Gate Bridge inklusive Godzilla, der sie jeden Moment zerstören würde. Fish-Macs Zimmer schrie lauter »Junggeselle!« als ein Priesterseminar auf Borkum. Neben der Carrera-Welt bestand die Einrichtung aus Bildschirmen, Spielkonsolen, Computern, einem Sofa, einem Futon sowie einer Einbauküche. Alles penibel aufgeräumt, an den Wänden kein einziges Bild, keine Gardinen vor den Fenstern, nicht eine einzige immergrüne Pflanze im Terrakottatopf.

Fish-Mac war definitiv keine Instanz in Beziehungsfragen.

»Stimmt, ich weiß gar nichts über die Frau«, sagte Paul und schnappte sich den zweiten Rennwagen-Controller. »Außer dass sie verdammt süß ist. Und das reicht mir völlig.« An der ersten Kurve baute er einen Unfall.

»Süß? Da merkt man, was für eine Lusche du bist.« Andy klappte den nächsten Schokokeks auf. »Scharf muss sie sein, hot oder geil. Aber süß? Wer will eine süße Frau?«

»Ich«, sagte Paul und wunderte sich wieder einmal darüber, wie Andy seine Prinzenrolle aß. Oberen Keks abnehmen, Schokocreme ablecken, unteren Keks wegwerfen, weil er von der Spucke zu labberig geworden war.

Es sah ziemlich eklig aus.

Wenn Paul von seinen Freunden auf den Erfolg in seinem Leben schließen sollte, dann sah es für ihn nach Kreisklasse C aus. Oder noch Schlimmer: nach den Bambinis.

»Feischbuck«, grunzte Andy, Kekskrümel auf der Bahn verteilend.

»Was?«

Er schluckte den restlichen Keksmampf hinunter. »Facebook, ihr Schwachmaten! Guckt mal, was ihr dort über die Lady findet.«

Bevor Paul irgendetwas sagen konnte, war Fish-Mac schon drin.

»Eli, und wie weiter?«, fragte er.

»Elisabeth Spatzner.«

Fish-Mac tippte es blitzschnell ein.

»Auch'n Keks?«, kam es vom Fußboden. Paul schüttelte den Kopf und wandte sich wieder an Fish-Mac.

»Hast du vielleicht irgendwas mit Vitamin C da?«

»'ne Tablette«, antwortete Fish-Mac. »Kannste in Obstler auflösen. Und da haben wir sie schon, deine Süße. Sie hat 167 Freunde.«

»Schlampe!«, rief Andy und raste mit dem Rennwagen an der Godzilla-Figur vorbei.

Paul entschied sich gegen die Tablette und für eine längere Verweildauer mit seinem neuen engsten Freund, dem Skorbut.

»Was haben wir denn hier?« Fish-Mac scrollte herunter. »Das Foto ist leider so'n Quatschding. Ah, da! In der amerikanischen College-Basketball-Liga ist sie Guard. Und gar nicht mal so schlecht. Aber leider gerade verletzungsbedingt ausgeschieden …«

»Das ist sie nicht.«

»Ich versuch's mal mit Eli.«

Paul bekam gar nicht mit, wie Fish-Mac die Buchstaben eintippte. Vielleicht funktionierte das Notebook per Gedankenübertragung. Zuzutrauen wäre es Fish-Mac. Er hatte es sogar geschafft, seine Kaffeemaschine auf Zuruf brühen zu lassen – in verschiedenen Stärken.

»Jetzt aber«, verkündete dieser nun triumphierend. »Sie ist Fan des S/M-Klubs Bergisch Gladbach …«

Andy knuffte Paul vergnügt seinen Ellbogen in die Seite.

»Glückwunsch, Alter!«

»… und der Frettchen-Hilfe Deutschland e.V. … Außerdem von einer superteuren Skihütte in Ischgl.«

»So sollte kein Ort heißen.« Andy umrundete den Kühlschrank mit seinem Ferrari. »Klingt irgendwie nach plattgefahrenem Igel. Oh, guck mal da auf der Straße – ein armer Ischgl! Da möchte ich nicht Skifahren.« Er dachte kurz nach. »Jetzt hab ich tierischen Hunger auf Frikadellen.«

Paul war irritiert. Nicht wegen Andy, sondern wegen Eli. Er hatte sie ganz anders eingeschätzt. Eher Katzen als Frettchen, mehr Japan als Ischgl und was den S/M-Sex anging …

»Bidibidibidi. Wieder falscher Alarm, Buck.« Fish-Mac hatte in seinen Robotermodus umgeschaltet. Das machte er immer, wenn irgendwas nicht klappte. »Ist leider nur ein alter Bock, der eigentlich Elmar heißt. Aber bei meiner parallelen Suche in Google habe ich das hier gefunden: ein Fachbericht der Uni Lüneburg über Düngemittel in Ostwest-Nigeria. Verfasst von Eli Spatzner.«

»Sie sieht nicht nach Düngemittel aus. Und auch nicht nach Lüneburg.«

»Tja, dann«, etliche Desktop-Fenster gingen auf und wieder zu, die Geschwindigkeit erinnerte an Stroboskopblitze. »Dann existiert sie nicht im Web. Wer weniger als drei Hits hat, den gibt's faktisch nicht. Wie deine Eli – wenn sie überhaupt so heißt. Vielleicht hat sie dir ja einen falschen Namen genannt.«

»Ich hab ihren Perso gesehen.«

»Gefälscht!«, rief Andy. »Eine Spionin.«

»Ach ja? Und von wo?« Paul nahm sich einen Keks. So viel Dummheit konnte er nicht ohne Zucker ertragen.

»Nordkorea«, antwortete Andy mit echter Überzeugung. »Die wollen unsere überlegene Technik stehlen. Oh, Mist, schon wieder rausgeflogen. Die Kurve unterm Bettpfosten ist echt sauschwer.«

Paul warf sich enttäuscht aufs Futon. Er hätte gern gewusst, was Eli machte, welche Musik sie hörte, ihre Hobbys, was sie las, wie ihre Freunde aussahen, was sie so von Skorbut hielt – und ob er in dieses Leben irgendwie reinpassen würde.

Oder ob alle Hoffnungen zum Scheitern verurteilt waren.

Da kam ihm eine Idee!

Wenn er etwas über sie wissen wollte, musste er einfach nur fragen. Und zwar einen Menschen, keinen Computer. Und er wusste auch schon, welchen Menschen. Er hieß Löschi, und seine Handynummer befand sich in Pauls Hosentasche.

Paul schloss sich für dieses wichtige Gespräch mit Fish-Macs Telefon im Badezimmer ein. Eigentlich war es eher ein Bade-Spind. Neben der Duschwanne mit ihrem Plastikvorhang (auf den die Silhouetten nackter Frauen gedruckt waren) gab es noch ein so nah an der Toilette angebrachtes Waschbecken, dass man ohne fortgeschrittene Limbo-Kenntnisse nicht Platz nehmen konnte. Und das Klo selbst? Es hatte einen Deckel, der es wie ein tropisches Aquarium aussehen ließ.

Jedes Mal fühlte Paul sich für das Artensterben der Welt verantwortlich. Allein wegen dieses Klodeckels hatte er im letzten Jahr fünfmal an Greenpeace gespendet.

Ein Nacktmull hatte mehr Gespür für Inneneinrichtung als Fish-Mac.

Doch daran hatte Paul sich längst gewöhnt. Das aktuelle Problem war R2-D2, der riesige Kater von Fish-Mac. Er saß auf dem Klodeckel. R2-D2 war fraglos die bösartigste Katze des bekannten Universums. Und des unbekannten noch dazu.

R2-D2 fixierte Paul. Augenscheinlich ganz ruhig dasitzend, ohne Anzeichen von Aggressivität. Doch Paul wusste es besser. Näherte man sich R2-D2, sprang einen das Untier an. Der Kater war so dick wie drei zusammengepappte Artgenossen und hatte Mundgeruch für zehn. Ein Tierarzt hatte ihm mal unter Vollnarkose Zähne und Rachen gesäubert, aber Fish-Mac hatte beschlossen, sich den Luxus eines Katers mit frischem Atem nicht noch mal leisten zu müssen.

Paul hockte sich auf den Wannenrand und lächelte. R2-D2 fauchte und hob eine Pranke. Dann sprang der Kater auf die Fußmatte vor Paul.

Er war eingekesselt, kein Ausweg mehr. Schachmatt.

Und er hatte die Badezimmertür abgeschlossen, damit ihn keiner störte.

R2-D2 schnurrte. Das war unheimlich. Der Kater hatte noch nie geschnurrt. Paul widerstand der Versuchung, ihn zu streicheln, das musste eine Falle sein. Stattdessen stieg er in die Wanne, setzte sich auf die äußerste Ecke und wählte die Nummer von Alexander Löschmeyer.

Freizeichen. Das war gut. Noch ein Freizeichen. Nicht mehr so gut. Noch ein Freizeichen. Paul wollte auflegen. Das war eine Schnapsidee, oder? Was sollte er sagen? *Hallo, ich bin Paolo Birnbaum und in Ihre Freundin verknallt. Meinen Sie, ich bin ihr Typ?* Das ging ja gar nicht! Was hatte er sich nur dabei gedacht.

Es wurde abgenommen.

»Hallihallo!«

Die Entscheidung fiel im Bruchteil einer Sekunde. Doch in dieser Zeit passierte verdammt fiel. Paul räusperte sich.

»Guten Tag, Herr Löschmeyer. Mein Name ist Klo … schewski, vom Allensbacher Institut für Demoskopie. Meine Kennnummer ist R2 … D3. Wir führen eine Befragung zum Thema Zufriedenheit am Arbeitsplatz durch. Sie wurden von unserer Datenbank als repräsentativ ausgewählt. Hätten Sie vielleicht fünf Minuten Zeit?«

Hoffentlich legte er nicht auf!

»Ja, warum eigentlich nicht? Ich hab eh nix Besseres zu tun – und Sie haben eine süße Stimme. Fragen Sie auch Schweinisches?«

»Nein, selbstverständlich nicht!«

»Wie schade. Na ja, dann legen Sie trotzdem mal los.«

»Herr Löschmeyer, Sie arbeiten in einer Buchhandlung …«

»Das wissen Sie? Wow, ich bin beeindruckt.«

»Datensammlung ist unser tägliches Geschäft. Wie würden Sie das Arbeitsklima beschreiben?«

»Gut. Dem gebe ich eine Zwei. Geht das?«

»Selbstverständlich. Nächste Frage: Wie würden Sie das Verhältnis zu Ihren Kolleginnen und Kollegen beschreiben?«

»Verhältnis? Etwa mit dem dicken Rolf? Sie machen Witze!« Löschi lachte schrill. »Nein, Liebelein, ganz im Ernst, alle lieben mich, was auch sonst?«

R2-D2 fauchte und kam näher. Er sah hungrig aus.

»Ist alles in Ordnung mit Ihrer Leitung?«, fragte Löschi. »Da war gerade so ein … bösartiges Rauschen.«

»Das ist unsere EDV-Anlage. Kümmern Sie sich einfach nicht darum.« Langsam gingen Paul die Fragen aus, und er war noch nicht zum eigentlichen Punkt gekommen. Verdammt! »Beschreiben Sie bitte Ihren liebsten Kollegen – es kann auch eine Kollegin sein. Was schätzen Sie an ihm oder ihr?«

»Das wäre dann unser Chef, Herr Disselbeck.«

Paul sank das Herz in die Hose, dann zu den Schuhsohlen. Er konnte es fast aufprallen hören.

»Nein, ich hab nur Quatsch gemacht«, sagte Löschi lachend.

»Wer mag schon seinen Chef, es sei denn, der ist im Urlaub? Mein Liebling ist die Eli. Eine ganz niedliche Kollegin.«

»Beschreiben Sie diese Eli bitte etwas genauer. Was schätzen Sie an ihr besonders?«

Paul wäre am liebsten durch das Telefon gekrochen und hätte Löschi geschüttelt, bis er jedes noch so kleine Detail über Eli ausgespuckt hätte. Doch so etwas machte Herr Kloschewski vom Allensbacher Institut für Demoskopie ganz bestimmt nicht.

»Tja, also, sie kann toll lachen, so richtig aus dem Herzen. Und spitzt die Lippen so neckisch, wenn sie was besser weiß. Außerdem ist sie irre belesen, so eine richtige Leseratte. Und sie kann so herrlich beleidigt sein. Außerdem mag ich …, dass sie so fröhlich ist, ihr kann kaum was die Laune vermiesen. Gut zuhören kann sie auch – sonst würde sie mich kleine Plappertasche auch kaum ertragen. Sie ist einfach die beste Freundin auf der Welt! Und an keiner Frau sehen Latzhosen so gut aus wie an ihr.«

»Ist sie in einer festen Beziehung?«

Eine Pause entstand. R2-D2 fauchte wieder und legte diesmal die Ohren dabei an. Irgendwie störte ihn das Telefon. Vielleicht weil es so komische Geräusche von sich gab. Er schien es als Eindringling zu betrachten, der Paul am Ohr festhing. Ein Parasit. Potentiell essbar.

»Sind Sie etwa interessiert, Herr Kloschewski?«

»Es geht uns ... nur um das Thema Beziehung am Arbeitsplatz. Es ist zurzeit stark in der wissenschaftlichen Diskussion. Aus Kater ... lonien, also Spanien und den USA liegen uns bereits vergleichende Studien vor. Sämtliche erhobenen Daten werden selbstverständlich anonym und vertraulich behandelt.« Wo nahm er den ganzen Quatsch nur her?

»Um ehrlich zu sein, hat sie gerade ihren Traummann gefunden – unseren neuen Kollegen. Der ist ab-so-lut das, was sie sich immer von einem Mann gewünscht hat. Aber so was von passend, das glaubt man nicht! Mr. Hyper-Right. Ich selber hab zurzeit keine Beziehung, und am Arbeitsplatz ist auch nichts in Sicht. Aber es gibt da was Vielversprechendes beim Straßenverkehrsamt. Warum erzähle ich Ihnen das überhaupt alles? Herr Kloschewski? Hallo? Sind Sie noch dran?«

Nein, Herr Kloschewski war nicht mehr dran. Und auch nicht Paolo Birnbaum. Was nicht daran lag, dass er vor Schock aufgelegt hatte. Nein, R2-D2 hatte zum Angriff angesetzt und machte nun das tragbare Telefon auf dem gekachelten Fußboden fertig. Nach allen Regeln der Kunst. Echter Telefonterror. Innerhalb kürzester Zeit hatte er dem Gerät den Bauch aufgebrochen und die Batterien herausgefischt.

Es klopfte an der Badezimmertür. Fish-Mac. »Herr Birnbaum? Hast du etwa das Telefon da drin? *Mit* R2-D2?«

»Eins von beiden ist jetzt kaputt.«

»Er hasst das Ding. Es erinnert ihn an eine Babykatze.«

»Er hat es zerfetzt.«

»Du bezahlst ein Neues!«

»Ich hab Skorbut.«

»Du musst trotzdem blechen.«

Was für eine lausige Krankheit. Nicht mal Schuldenerlass war damit drin. Paul fühlte sich ganz schlecht. Jetzt nicht auch noch Sterben, dachte er. Dann wäre es endgültig ein Scheißtag.

Am nächsten Morgen hätte Eli lieber einen Jahresordner vom *Kicker* gelesen, als aus der Straßenbahn zu steigen. Denn von der Haltestelle waren es nur ein paar Schritte bis zur Eselsohr-Buchhandlung am Neumarkt. Und in dieser befand sich Roman Holz. Ihr Traummann. Eigentlich. Seit gestern ihr Albtraum-Mann. Sie hatte erfolglos versucht, sich mit einem leisen Puff in Luft aufzulösen, als sie ihn hinter sich entdeckt hatte. Diese Peinlichkeit! Und auch noch vor dem Chef, diesem Sean Connery für Arme! Für Bettelarme, um genau zu sein. Und Blinde. Mit haptischen Störungen. Die ganze Schicht musste Eli sein süffisantes Lächeln ertragen.

Sie sollte sich krankmelden. Kündigen. Auswandern. Ihr Gesicht chirurgisch verändern lassen.

Doch Eli wollte nicht kneifen. Das gehörte sich nicht. Und sie hatte gelernt, sich ihren Ängsten zu stellen, denn sonst gingen sie nie weg.

Trotzdem würde sie schnell hoch in die erste Etage schleichen, ohne irgendjemandem guten Morgen zu sagen.

Mit strammem Schritt verließ sie die Bahn und ging schnurstracks auf die Buchhandlung zu. Die neuen Aktionstische standen schon draußen, obwohl sich in der Januarkälte keiner länger bei ihnen aufhielt. Eli zog ihre Winterpudelmütze tief in die Stirn und den Wollschal bis unter die Nase. Als sie sehen konnte, dass alle Kollegen am Infopunkt standen, flitzte sie vorbei in Richtung Rolltreppe und hoffte, dass sie niemand im Schutz der großen Ständer mit den vergünstigten Wandkalendern entdecken würde. Plötzlich tippte ihr jemand auf die Schulter. Sie hörte eine Stimme. Roman Holz.

»Kein Hallo? Jetzt bin ich aber enttäuscht.«

Gott, wie peinlich war das denn!

»Hallo, Roman. Du, ich muss ganz schnell hoch. Die warten schon.«

»Ich will doch nur wissen, wie es meiner größten Bewunderin geht?«

»Es war doch nur ein *Scherz*! Ich wusste ja längst, wie du aussiehst und dass du hinter mir stehst. Das war alles nur ein Spaß zum Einstand. Klar?«

»Glaub ich dir nicht.« Er kam näher. »Wenn du willst, begrüße ich dich jeden Morgen mit einem Kuss.« Er spitzte die Lippen. Dann lachte er – und im Hintergrund die Kolleginnen. Sogar Löschi war dabei. Na warte, Bürschchen.

»Du spinnst doch total!«

Sie drehte sich um und sprintete die Rolltreppe hoch.

Am liebsten hätte sie auf dem Weg zur Garderobe das ganze Regal mit den Beziehungsratgebern umgeschmissen. Denn das Buch, das sie jetzt brauchte, gab es dort nicht: »Vom Traummann verarscht – So reagieren Sie richtig!«. Oder: »Warum Frauen nicht nach hinten gucken und Traumtypen sich als Arschlöcher herausstellen«.

Auf der Theke, wo sie heute Dienst hatte, lag ein in rotes Papier mit weißer Schleife eingepacktes Buch. Ihr Name stand darauf. Keiner schaute zu ihr, also öffnete sie es. *Das große Buch der 10 000 Vornamen*. Auf der ersten Innenseite war eine Widmung:

Liebe Eli,
schau's mal in Ruhe durch, vielleicht können wir uns ja einigen?
Ich bin für Hieronymus, Chantalle und Tronte.
Dein Roman

Sie riss die Seite heraus, pfefferte sie in den Mülleimer und stellte das Buch ins Regal mit den Ramschexemplaren.

Alles untermalt von wütendem Fluchen. Doch kein Kollege kam, um nachzuschauen, was los war. Komisch. Dann fiel ihr mit Schrecken ein, was der Grund sein könnte. Sie blickte an die Decke und winkte in die Überwachungskamera. Traum-Man is watching you.

Löschi ging ihr den ganzen Vormittag wohlweislich aus dem Weg. Und auch ansonsten sah sie die anderen nur aus der Ferne – tuscheln. Wie lange würde es wohl dauern, bis Gras oder am besten ein ganzer Wald über diese Episode gewachsen war? Wahrscheinlich bis die Sonne sich in einen Roten Riesen verwandelte und die Erde verschlang. In rund 12 Milliarden Jahren.

Eli war froh über jeden Kunden, der sie ablenkte. Sie fieberte der Mittagspause entgegen, dann würde sie … Eli hatte keine Ahnung, was sie dann tun würde. Hauptsache rausgehen, durchatmen, nicht jedes Mal zucken, wenn sich jemand näherte, der Roman Holz' Statur hatte.

Kurz vor eins kam dann allerdings doch einer, bei dem dies definitiv der Fall war. Es war das Original. Und er war nicht allein. Er hatte Monokotyledonen dabei, Unterfamilie Lilioideae, Gattung Tulpen (Eli hatte nicht umsonst zwei Jahre in der Gartenbuchabteilung gearbeitet). Einen ganzen Strauß hielt Roman in der Hand. Und ein entschuldigendes Lächeln umspielte seinen schönen Mund.

»Können wir beide noch mal von vorne anfangen? Tut mir echt leid, dass ich mir einen Spaß mit dir gemacht habe. Ich will nicht, dass das jetzt zwischen uns steht. Wir sind doch Kollegen.«

Er reichte ihr den Strauß.

Nach einem kurzen Blick in die Überwachungskamera nahm Eli ihn an. War ihr doch egal. Der Strauß war wirklich hübsch. Sie streckte Roman die Hand entgegen. »Kollegen.«

Er schüttelte sie und beide mussten lachen. »Und Kollegen«, sagte Roman, »gehen auch mal zusammen einen Kaffee trinken oder ein Eis essen. Zum Beispiel in der Mittagspause. Deine fängt jetzt an – und meine auch. Was meinst du? Auf den Neuanfang?«

Wie konnte sie da Nein sagen?

Die Eisdiele lag nicht weit entfernt in der Schildergasse. Auf dem Weg sprachen sie über Romans bisherige Anstellungen (eine nerviger als die andere), den Reiz, in eine Stadt wie Köln zu ziehen (nach Hamburg eher provinziell) und darüber, wie schnell einem die Füße kalt wurden, wenn man an der frischen Luft herumlief (sehr schnell).

Als sie endlich an der Reihe waren, achtete Eli genau darauf, welche Eissorten Roman auswählte. Es waren drei Bällchen. Trüffel, Baileys und Fior di Latte. Gar nicht so schlecht für einen

Mann. Wenn auch keine einzige Fruchtsorte. Eher so ein Milchspeiseeis-Lecker also. Fior di Latte bewies, dass er auch an einfachen Genüssen Gefallen fand. Gut, er brauchte also nicht immer den abenteuerlichen Kick von Schokolade-Chili oder Schlumpfeis.

»Nimmst du das immer?«, fragte sie ganz unschuldig.

»Mhm, seit Jahren.«

Er blieb seiner Kombination also treu. Sehr gut! Potentielles Ehemann-Material. Die hippen Sorten Baileys und Trüffel waren natürlich Angeberei. Aber ein bisschen davon durfte bei Männern ruhig sein – besonders, wenn sie Eli damit erobern wollten. Sie selbst stand mehr auf Früchte, wählte Erdbeere, dann Vanille für die Cremigkeit und schließlich Zitrone als Frischekick.

Gerne hätte sie noch mehr Bällchen genommen, aber das hätte unglaublich verfressen ausgesehen. Außerdem war es eh schon schwierig genug, sich feminin und kleckerfrei zu unterhalten, während man an einem Eis schleckte. Da hätte selbst Grace Kelly wie Miss Piggy ausgesehen.

Sie setzten sich auf eine der gepolsterten Eckbänke und ernteten dafür einen leicht vorwurfsvollen Blick des Eisdielenbesitzers. Schließlich war das Waffeleis nur zum Mitnehmen gedacht. Für diese Fälle hatte Eli ein charmantes Lächeln parat, das sie sich in einem dieser französischen Liebesfilme abgeschaut hatte, in dem alle Frauen immer Sommerkleider trugen und man von jedem Fenster in Paris den Eiffelturm sehen konnte.

Sie stießen mit den Eishörnchen an, als wären es Kölschstangen. Und Eli wunderte sich wieder einmal darüber, dass die Servietten der Eisdielen rauer waren als das Klopapier in Jugendherbergen.

Gerade als sie das seitlich herunterlaufende Vanilleeis aufgeleckt hatte und mit absoluter Sicherheit wusste, dass sie jetzt einen Eisbart trug, den sie unbedingt direkt wegwischen musste, sah er sie mit seinen haselnussbraunen Augen an.

»Ich sag nie wieder was zu unserem ersten Aufeinandertreffen! Großes Indianerehrenwort.« Er hob die rechte Hand hoch.

»Hugh!« Dann lehnte er sich verschwörerisch vor. »Okay? Ist zwischen uns beiden alles wieder …?«

»Zwischen uns beiden ist alles in Ordnung. Und über die Kindernamen wird nicht diskutiert. Das ist Frauensache.«

Sie lachte auf und ihre Augen glänzten. Der Eisbart leider auch, aber das war ihr gerade völlig egal.

Paul hatte Kiwis satt. Er hätte niemals geglaubt, dass man eine Frucht dermaßen hassen konnte. Aber Kiwis, die waren braun und pelzig, wie Grizzly-Hoden. Und innen dann dieses Giftgrün mit Millionen Kernen – die man mitessen musste! Kiwis waren sicher das widerlichste Obst des Planeten.

Er schnitt die Nächste auf und begann zu löffeln. *Nimm das, Skorbut!*

Drei Kiwis standen in dieser Mittagspause auf seinem Speiseplan. Und mit jeder verfluchte er Gott mehr, dass er diese Frucht wachsen ließ. Warum konnte Pizza nicht gesund sein?

Das Vitamin C musste irgendeinen neuralgischen Punkt in seinem Körper getroffen haben, der spontanen Gesang auslöste. Wie bei einer Jukebox. Aus Pauls Mund kam ein Titel der Bläck Fööss. Er merkte gar nicht, wie er ihn leise trällerte: *»Ich han Stunde jesesse, nur Kiwis jejesse für DICH, DICH, DICH/Oh, Oh Eli, ich han mich verlore, verlore an dich.«*

Plötzlich baute sich Günther vor ihm auf. »Schön gesungen – aber falsch. Es ist Katrin, nicht Eli, und Big Mac statt Kiwi.« Er schüttelte den Kopf. »Ich bin ja bei den Funke ruut-wieß, vierter Knubbel, Stippe fott! Da weiß man so was, du Karnevals-Blötschkopp.«

Paul musste raus. Einfach raus. An die frische, eiskalte Luft, auf den rutschigen Kölner Beton, beschmiert mit Schneematsch, gekörnt mit Streusalz. Das Straßenverkehrsamt lag in Köln-Poll, auf der falschen Rheinseite, der Schäl Sick – also dort, wo nicht der Dom stand. Und um die Lage noch unattraktiver zu machen, befand sich in direkter Nachbarschaft der riesengroße Deutzer Friedhof.

Paul nahm einen weniger morbiden Weg, auf dem sich auch ein Kiosk befand. Sein Stamm-Kiosk – für eine Stammkneipe hatte es leider nicht gereicht. Der Laden führte eine große Auswahl an Frauenzeitschriften. Es musste schließlich weitergehen, oder? Eli hatte ihren Traummann, dann musste er jetzt eben seine Traumfrau finden. Und die nette Tante *Brigitte* würde ihm dabei helfen.

Ein in sämtlichen Regenbogenfarben blinkender Springbrunnen und eine Uhr in Minarettform bildeten neben allerlei Tinnef die Schaufensterauslage. In dem Laden selbst konnte man sich kaum drehen, so voll war er mit Zeitschriftenständern, Süßigkeiten- und Salzgebäckregalen, Zigarettenstangen, einer Tiefkühlbox, einer riesigen Theke mit Spirituosen – und einer ansprechenden Auswahl an Gebetsteppichen. An der Wand hing ein Fernseher, über den in Schrei-Lautstärke eine türkische Quizshow namens »Tövbekarlar Yan şıyor« lief, in der Rabbiner, Imame und Mönche versuchten, Atheisten zu bekehren. Der Bärtige hinter dem Tresen begrüßte Paul fröhlich.

»Morgen, Cheffe! Alles paletti?«

»Lass gut sein, Ömer. Heute nicht.«

»Isse de Laune sleckt?«

»Schlechter.«

Nach Arbeitsschluss sprach Ömer perfektes Hochdeutsch, doch er war der Meinung, dass seine Kundschaft etwas anatolisches Flair erwartete. Paul fand, das war ein netter Zug von ihm. Doch er konnte diese Kumpelei gerade überhaupt nicht vertragen. Am besten wäre es, wenn niemand mitbekäme, dass er Frauenmagazine kaufte – Paul würde lieber in einer Dessous-Abteilung beim Kauf von Spitzen-BHs erwischt werden. Wenn ihn da ein Typ blöd anmachte, konnte er immerhin sagen: »Ist für meine Frau.« Dann würde der Bursche süffisant lächeln und sich ein scharfes Playmate vorstellen. Aber bei einer *Marie-Claire* erntete man nur ein müdes Nicken der Marke: Beziehung scheintot – kein Sex mehr – Theater-Besuche und Nippes auf den High-End-Boxen – verstehe, mein Junge.

Hinter Paul klingelten die Glöckchen über der Eingangstür, er klappte sofort den Kragen seiner Winterjacke hoch. Hoffentlich kein Kollege, bitte nicht Günther!

Schnell packte er sich einen Stapel Frauenmagazine und legte eine *Men's Health* zur Tarnung darüber.

Dann erblickte Paul erstmals in seinem Leben eine *Lisa Kochen & Backen*. Auf dem Titelbild eine fröhlich grillende junge Frau – ohne einen einzigen Fettspritzer auf der modischen Schürze. Das roch nach einem Thema für ein Gespräch! Paul blätterte in dem Magazin. Nur Rezepte, ein paar Dekorationstipps für die festliche Tafel, eine Seite über mallorquinischen Wein, eine mit Bastelanleitungen für Einladungen. Zusätzlich gab es die Beilage »Molekularküche – Arbeiten mit Stickstoff«, sowie das Special »Natürlich genießen – es geht auch ohne Konservierungsstoffe«.

Nichts, was er für ein Gespräch mit einer Mini-Fahrerin benutzen konnte. Kochten Mini-Fahrerinnen überhaupt?

Plötzlich war da ein gut duftender Frauenkörper neben ihm. Eine Brünette, ungefähr Pauls Alter.

»Oh, das sieht aber lecker aus«, sie grinste ihn keck an, zeigte auf das doppelseitige Foto, welches gedämpften Seebarsch mit Vanille, Babygemüse und Cappuccino-Soße zeigte. »Find ich klasse, wenn sich ein Mann fürs Kochen interessiert. So was wünschen wir Frauen uns.«

Sie war wirklich hübsch, auf so eine Ikea-Katalog-Art, als gäbe sie sich nicht viel Mühe mit ihrem Äußeren, obwohl sie blendend aussah. Eine Frau, mit der man Ivar-Regale aufbauen wollte.

»Ich liebe Kochen«, log Paul und wünschte sich in diesem Moment, dass sie noch Hilfe für ein paar unaufgebaute Regale brauchte. »Vor allen Dingen«, er sah kurz auf das Rezeptfoto, »Seebarsch. Den kann ich besonders gut.«

»Kann man Sie mieten?« Sie lachte, zahlte ihre Packung Light-Zigaretten und entglitt hinaus.

Paul stand lange da und sah ihr nach.

Dann kaufte er alle Kochmagazine, die Ömer führte.

Paul hatte sich Beistand organisiert. Da Andy auf einem Konzert der Ärzte in der Live Music Hall abrockte, war nur Fish-Mac geblieben, um ihm in dieser Schicksalsstunde beizustehen.

Oder genauer, in diesen schicksalhaften 45 Minuten – wenn er dem Rezept Glauben schenken konnte.

Er würde jetzt kochen! Und zwar ein Soufflé. Denn mit Süßspeisen verführte man seinen Liebsten. So stand es in der *Gala Kochen* – und die schrieb so etwas nicht leichtsinnig.

»Ready to go«, kam Fish-Macs Stimme aus den Computerlautsprechern. Formel-1-Piloten hatten ihr Team in der Box, Paul hatte Fish-Mac via Webcam. »Hab mir das Rezept auf den Bildschirm geholt. Kann losgehen, Herr Birnbaum!«

Paul ging noch mal die Zutaten durch: Milch, Sahne, Amaretto, Amaretti, Butter, Mehl, Eier, Vanilleschoten, Zucker, Salz, Vanillezucker. Alles am Start. Die benötigten Backformen hatte er sich von der Nachbarin geliehen, der Ofen heizte schon vor. Konnte nix mehr schiefgehen. Alles bereit für das Amaretto-Soufflé! Paul hob den Daumen, Fish-Mac tat es ihm gleich.

»Soufflé kommt vom Französischen und bedeutet Hauch oder Atem. Steht bei Wikipedia.«

»Ja, danke. Ich muss jetzt die Soufflé-Förmchen ausbuttern, richtig?«

»Buttern los! Und dann mit Vanillezucker ausstreuen. Kriegst du hin, Chefkoch. Ich glaube an dich.«

»Wie buttert man denn?«

Fish-Mac schlug den Begriff nach und zeigte es ihm. Wieder was gelernt, dachte Paul. Kochen machte anscheinend nicht nur sexy, sondern auch klug. Er butterte jetzt, was das Zeug hielt.

»Hast du das Arbeitsgeschirr vorgekühlt?«, fragte Fish-Mac plötzlich, Panik in seiner Stimme.

»Wieso?«

»Oh, Gott! Alles auf Anfang. Kardinalfehler. Sorry, habe ich erst zu spät gelesen. Das stand bei den Kommentaren.«

Erst eine Stunde später konnte Paul erneut loslegen. Er gab die Amaretti in eine Schüssel und zerkleinerte sie mit einem eisgekühlten Kartoffelstampfer. Der hätte zwar gar nicht kalt sein müssen, doch Paul ging lieber auf Nummer sicher. Dann goss er die Hälfte des Amaretto dazu. Und noch ein bisschen mehr für die gute Laune. Und noch einen Spritzer, nur um sicherzugehen. Ach, was sollte der Geiz! Es war doch genug davon da. Jetzt musste das Gemisch nur noch durchziehen.

Danach erhitzte Paul Milch und Sahne im eiskalten Kochtopf, schmolz die Butter darin und rührte das Mehl ein. Es klumpte, aber er mochte Klümpchen. Die gab es auch immer bei Muttern.

Erst als Paul damit komplett fertig war, teilte Fish-Mac ihm mit, dass die Sachen in zwei verschiedene Töpfe gehört hätten.

Also: spülen, neu anfangen. Horst Lichter passierte so was nie – aber der hatte ja auch Johann Lafer. Und Paul hatte nur Fish-Mac ... Ihm fiel plötzlich auf, dass er noch nicht mal wusste, wie Fish-Mac mit Nachnamen hieß. Maxi Menü sicher nicht.

Beim zweiten Anlauf entstanden enttäuschend wenig Klümpchen. Dann kam die Vanille dazu.

»Nicht im Ganzen«, klärte Fish-Mac ihn auf. »Hab's gerade crossgechecked. Du musst das Mark rauskratzen. Definitiv!«

Paul versuchte es. »Aber das ist nur ganz wenig.«

»Aber potentes Zeug. Wirkt auch als starkes Aphrodisiakum, also macht ... du weißt schon.«

»Beim nächsten Mal nehme ich zwei.«

»Jetzt höchste Konzentration«, befahl Fish-Mac. »Der heikle Teil ist im Anmarsch.«

Wieder Amaretto dazu – Paul nahm einen Schluck, nur für die Nerven –, dann ein Eiweiß unterrühren. Und abkühlen lassen. Abkühlen lassen war super, dabei konnte man nichts falsch machen. Wenn Kochen nur aus Abkühlen-Lassen bestanden hätte, wäre Paul für 3 Sterne prädestiniert. Doch was hieß »etwas abkühlen lassen« genau? Bis es lauwarm war? Oder kalt? Sollte er die Masse in den Kühlschrank stellen? Abdecken?

»Abkühlen lassen« war mit einem Mal der Höhepunkt des Küchen-Horrors.

Bis es ans Eier-Trennen ging.

»Besorg mir eine Anleitung«, rief Paul zu Fish-Mac. »Fotos, Videos, alles, was du kriegen kannst.«

Was Paul dann zu sehen bekam, gefiel ihm überhaupt nicht.

Und als er es selbst versuchte, wurde ihm erstmals klar, wie glibberig ein Ei war und wie irre schwer das Gelbe vom Weißen zu trennen. Die Natur hatte sicher nicht vorgesehen, die beiden zu trennen. Sie gehörten zusammen, so wie Heino & Hannelore, Siegfried & Roy oder Monte & Negro. Das mit dem Trennen musste man sicher nicht so genau nehmen. Ein bisschen Eigelb im Eiweiß konnte ja nicht schaden. War schließlich gesund.

»Alles neu!«, brüllte Fish-Mac, als er es sah. »Kein Eigelb, kein Fett. Sonst wird das nix, Herr Birnbaum. Ich twittere übrigens live über deine Kocherfolge. Du bist *das* Gesprächsthema.«

»Aber …«, Paul konnte es nicht glauben. Die ganze Arbeit! »Alles auf Anfang!«

Da Paul nur vier Eier gekauft hatte, hieß das erst mal: ab in den Supermarkt. Diesmal kaufte er gleich drei Zehnerpackungen. Die Kassiererin im Supermarkt stellte keine Fragen. Das war das Gute an einer Großstadt wie Köln, die Menschen waren verschwiegen.

Nachdem er zu Hause abermals alles vorbereitet hatte, kam er endlich an den Punkt, auf den er sich richtig gefreut hatte. Das Eiweiß mit Salz steif schlagen!

Andy hätte an dieser Stelle sicher einen schweinischen Witz gerissen.

Er fehlte Paul.

Fish-Mac hatte gerade eine Info gegoogelt, die er Paul mitteilen wollte – doch der schaute nicht hin. Und hörte auch nichts. Was am Rührmaster 3000 lag. Diesen Handmixer in Alu-Look hatte er sich heute extra gekauft. Das Topmodell in seiner Klasse. 450 Watt, 3 Geschwindigkeiten plus Turbomodus. Seine Hand umschloss das ergonomisch geformte Soft-Touch-Gehäuse und gab Gas.

»Nicht den Mixer! Bloß nicht den Mixer!«, rief Fish-Mac. Doch der Rührmaster 3000 röhrte zu laut. Paul hatte weder Ohr noch Auge für den auf dem Bildschirm herumfuchtelnden Fish-Mac. Die geballte Rührkraft in seinen Händen ließ ihn in einen Rausch verfallen. Er jagte mit den Turbobesen durch das Eiweiß. Er zeigte dem Zeug, wer hier der Chef de Cuisine war.

Nur steif wurde es dadurch nicht.

Fragend blickte er zu Fish-Mac. Der hielt mittlerweile ein Schild hoch. »Mit dem Schneebesen schlagen!!!« stand darauf.

Na ja, immerhin musste er diesmal nicht zum Supermarkt rennen und danach alles neu kochen.

Er machte Fortschritte, ohne Frage!

Irgendwann waren die Förmchen tatsächlich im Backofen bei 180 °C und wuchsen majestätisch in die Höhe. Pauls Geierschildkröte Freddy drückte sich an ihrem Terrarium die Nase platt. Solch ein Spektakel bekam sie viel zu selten geboten. Die Goldfische dagegen waren ins hintere Ende ihres Reiches geschwommen – vermutlich aus Angst vor einer Backofenexplosion.

In Pauls Wohnung duftete es nun, und ein unbeschreibliches Glücksgefühl breitete sich in ihm aus. Er fühlte sich mit einem Mal zu Hause und geborgen – bis er den Berg schmutzigen Geschirrs im Spülbecken sah.

Na ja, er hatte schließlich noch 25 Minuten Zeit, bis er seine Kunstwerke mit Puderzucker bestäuben, stürzen – und probieren würde. Er hatte das Kochen im Blut, das spürte Paul jetzt, es war ihm in die Wiege gelegt. Er hatte seine Bestimmung gefunden. Seine ersten, eigenen Soufflés, die Krönung der Kulinarik, wären bald fertig. Wie wunderschön sich der Teig hob, zu den Seiten ausbreitete, wie ein Champignon in Zeitraffer. Und *er* hatte das geschafft. Das Beste war: In den Soufflés befand sich kein bisschen Kiwi. Er würde mal nachschauen, wie sie sich anfühlten.

»Nein!« Fish-Mac brüllte in seine Webkamera. Er wedelte mit den Händen, als hätte ihn jemand ans Stromnetz geklemmt. »Nein! Nicht die Ofentür öffnen!«

Paul öffnete die Ofentür. Kalte Luft drang hinein. Die Soufflés machten »Puff«.

Und sahen plötzlich aus wie geplatzte Luftballons.

Paul hatte die Schnauze gestrichen voll.

Er brauchte einen Experten. Einen echten, keinen Theoretiker wie Fish-Mac. Sondern einen, der ihm alle Kniffe und Tricks zeigen konnte. Einen absoluten Profi.

Seine Oma Gerti.

Birne sucht Helene. *Beamter, 29 J./1,78, interessant und lebendig, kann kochen (aber keine Soufflés!), sucht eine Frau, die ihren Traummann noch nicht gefunden hat, mit der er über alles reden kann & die nichts gegen unordentliche Küchen hat. Sie muss nicht bei Facebook sein. Er freut sich auf ein Bild von Dir: einer attraktiven Frau, mit Charme, Humor. 965938 Chiffredienst, 50590 Köln. ☎-Chiffre 0900/5000958–78591.*

DRITTER GANG

T27 süßsauer

Eli sah noch mal auf die Chiffren, doch sie fand ihre Glücksnummer nicht. Bei keiner einzigen Anzeige.

Auch heute hatte das Schicksal nicht inseriert. Aber wenigstens der Birne-Helene-Typ. Der war so erfrischend offenherzig. Wahrscheinlich total durchgeknallt, aber auf eine nette Art. Doch auch in seiner Zahlenkombination: totale Fehlanzeige. Keine 270313. Die Zahl bedeutete Eli mehr als jede andere. Und kaum einem hatte sie erzählt, warum. Es war ihr Geheimnis, viel zu wertvoll, um es einfach so zu teilen. Eigentlich wusste nur ihre Schwester Katharina davon, mit der sie die Nacht Mails hin- und hergeschickt hatte, um das ganze Roman-Debakel durchzudiskutieren. Warum konnte Mailand nicht im Siebengebirge liegen? Katharina war einfach viel zu weit weg. Wobei: Seit sie so weit weg lebte, verstanden sie sich besser.

Eli stand hinter dem Tresen in der obersten Etage, wohin sich morgens kaum jemand verirrte. Es war die naturwissenschaftliche Abteilung. Hier arbeitete nur, wer keine Karriere im Unternehmen plante. Dafür musste man nämlich bei der Belletristik loslegen oder den kostenintensiven Schulbuchbereich in eine Cashcow verwandeln.

Eli fühlte sich auf der obersten Etage sehr wohl.

Sie sortierte vom Bücherwagen die Neuerscheinungen ins Regal ein und ließ sich ausgiebig Zeit damit. Das Werk über *Die bauliche Nutzung von Vulkangestein in der Eifler Ur- und Frühgeschichte* stellte sie zu den populären Bildbänden – vielleicht fand es so einen Leser.

Als sie zurückkam, lag ein Zettel auf ihrer Theke. Nicht rot, nicht parfümiert, nicht in Herzform, nicht mit einer Rose versehen – und doch wusste Eli sofort, dass er von Roman stammte. Vielleicht wegen der Sorgfalt, mit der er gefaltet war und genau dort lag, wo sie ihn auf jeden Fall sehen musste. Mitten auf der Tastatur.

Sie blickte sich um. Es war immer noch weniger los als in einer Kölsch-Kneipe am Aschermittwoch. Aber über ihr hing eine Überwachungskamera. Sie griff sich unauffällig den Fund und verschwand hinter dem Regal für »Chemie«. Dort war keine Kamera platziert, denn niemand klaute hier je etwas. Warum auch?

Eli faltete den schlichten, weißen Zettel auseinander. Sie hatte Romans Füllerschwung noch nie gesehen, doch das musste er sein. Elegant, sehr gerade, kaum Schnörkel. Konzentriert. Er schrieb wie ein Mann, der wusste, was er wollte.

Und auf dem Zettel stand, dass dies ein Abend mit ihr war.

Eli musste schmunzeln. Das war ja wie in der Schule, als man noch Zettel zum Ankreuzen bekam: *Willst du mit mir gehen? Ja/Nein/Vielleicht/Nur Küssen.*

Irgendwie süß.

Aber Roman hatte geschrieben: *Wollen wir uns Samstag nach der Arbeit treffen? In der Altstadt bummeln?*

Da merkte man, dass er von außerhalb kam, aus Bad Kreuznach, wie sie in Erfahrung gebracht hatte. Kein Kölner mit einem Funken Selbstrespekt verirrte sich in die Altstadt. In diesem Touristenrevier wollte man nicht gesehen werden. Noch schlimmer war nur, mit einem Düsseldorfer Altbier an den Lippen erwischt zu werden. Das war wie Fremdgehen. Mit schlechtem Geschmack.

Aber wieso eigentlich nicht in die Altstadt? Eli war noch nie da gewesen, und man musste doch offen für Neues sein! Es klang nach einem Abenteuer. Wie Las Vegas. Nur kleiner. Und ohne Glücksspiel. Glamour gab es auch nicht. Fehlanzeige bei großen Shows. Dafür Kölsch und Halve Hahn. Und das war es doch, was wirklich zählte.

Ein wenig hatte Eli das Gefühl, den Zettel nun an ihre Brust drücken zu müssen. Doch sie widerstand dem Drang. Sie war in einem Alter, wo man keine Zettel mehr drückte. Wenn man drückte, dann gleich den ganzen Mann.

»Könnten Sie mir helfen? Ich suche das *Lexikon der Bratschen-Konzerte,* Band IV.«

Eli erschrak so sehr, dass sie sich fast in die Hose gemacht hätte. Überraschung schlug bei ihr immer auf die Blase. Das hatte sie von ihrer Mutter. Wie die knubbeligen Knie. Die würde sie ihr nie verzeihen.

Der Von-der-Seite-Erschrecker sprach hochdeutsch mit perfekter Endsilbenmodulation. Er hatte ein höfliches Lächeln, das von oben kam. Typ Studienrat.

»Den Gang runter und dann das zweite Regal rechts.«

»Den Gang runter?«

»Und dann das zweite Regal rechts.«

»Rechts, ja?«

»Da, wo die große Mozart-Büste steht.«

»Ach, da. Sagen Sie das doch gleich.«

»Werde ich demnächst machen.«

»Und dort rechts?«

»Das *andere* Rechts«, sagte Eli leise. Denn laut hätte es unter Umständen eine Abmahnung bedeutet.

»Nun werden Sie mal nicht frech!«

Ups, der Studienrat hatte gute Ohren. Sie setzte ihr breitestes Lächeln auf und wies in die entsprechende Richtung.

Es war Elis längstes Gespräch des Tages – denn die meisten Wissenschaftler kamen mit methodisch sortierten Büchern gut klar. Bis Löschi kam, nach der Mittagspause. Sie hatte ihn lange nicht mehr gesehen, er war ihr aus dem Weg gegangen. Eigentlich sollte Löschi um diese Zeit die Kassenabrechnung in Indien bearbeiten. Das Hinterzimmer mit dem Tresor hieß so, weil es ›Jenseits des Ganges‹ lag. Ein Gag, von dem niemand mehr wusste, wer ihn verbrochen hatte. Im Gegensatz zum indischen Subkontinent hatte das Zimmer kein Tageslicht.

Löschi sah dementsprechend blass aus. So als hätte jemand ein paar Liter Blut aus ihm gezapft.

Sie drückte ihm Romans Zettel zur Aufmunterung in die Hand. Löschi schaute ihr nicht mal in die Augen, als er ihn widerwillig annahm. Doch er machte ihn nicht auf.

»Ich hab dich enttäuscht, oder? Sag's ruhig, ich weiß es ja eh schon. Ich will mir meine Strafe abholen. Egal, was, ich hab's verdient. Man darf keinen Blödsinn mit der besten Freundin machen. Man darf sich nicht mit anderen dafür zusammentun. Ich bin so schwach. Ein schwacher, wenn auch unglaublich hübscher Mann.« Er blickte Eli mit einem Augenaufschlag an, für den Angelina Jolie ihre dicken Lippen gegeben hätte.

Eli verschränkte die Arme. »War's das?«

»Reicht das denn nicht?«

»Du musst mit mir shoppen gehen, ich hab Samstag nämlich ein Date. Guck nicht so, lies den Zettel. Außerdem lädst du mich schick zum Essen ein. Weiterhin ist ein Friseurbesuch fällig.«

»Jetzt ist aber mal gut, so schlimm war's ja auch wieder nicht! Und du hast dich da ganz alleine reingeritten, Liebelein.« Er las aufgeregt den Zettel. »Und du gehst wirklich hin?«

»Was hältst du von ihm?« Sie lehnte sich vor, obwohl hier niemand war, wegen dem sie leise sprechen musste.

»Ist ein Süßer.«

»Und passt zu mir?«

»Du bist eine Frau und er ein Mann – reicht das denn nicht? Ihr habt auf jeden Fall die richtigen Anschlussstellen.« Löschi lächelte anzüglich. Das konnte er super. Eli vermutete, dass er es zu Hause vor dem Spiegel übte.

»Aber Liebelein, deine Wangen werden ja rot.«

»Ich glaube, er könnte der Richtige sein. Mein kleines Herzchen bummert, weißt du?«

»Stimmt denn die Nummer?«

Löschi wusste nur, dass es eine Glückszahl gab, mehr hatte Eli selbst ihm nicht erzählt. Sie schüttelte den Kopf. »Aber vielleicht ist es die Kombination aus seiner Postleitzahl, seiner Hausnummer und der Etage, in der er lebt. Ich werde die Augen offen halten!«

Eli wusste, dass es auch nicht Romans Telefonnummer war. Denn ihre Glückszahl, die 270313, hatte sie letztes Jahr nach ihrem einsamen Halloween-Abend gewählt (angeschickert von etlichen Gläsern Weinschorle). Es war ein Asia-Restaurant gewesen.

Sie hatte die T27 süßsauer mit extra Reis genommen.

Seitdem bestellte sie dort nichts anderes mehr.

»Ich freu mich auf jeden Fall für dich«, sagte Löschi. »Du hast es verdient, endlich mal einen von den Guten abzubekommen. Und nicht nur die Angetätschten aus der Pralinenpackung, die keiner mehr haben wollte.«

»Na, danke.«

»Gib's doch zu!«

»Und wie sieht es bei dir aus?«

Löschi verzog das Gesicht und wurde noch ein wenig blasser. Er sah aus, als hätte man ihn großzügig in Mehl gewendet.

Ein Kunde näherte sich. Typ *Ober*studiendirektor. Dazu politisch engagiert. Eine große Nummer in seinem Viertel. Er stolzierte wie Zwerg Nase.

»Ich muss …«, sagte Eli und neigte den Kopf in Richtung des Eindringlings. Sie senkte die Stimme. »Hat sich denn der nette Typ vom Straßenverkehrsamt mittlerweile gemeldet?«

»Nee. Der einzige Mann, der in letzter Zeit durchgeklingelt hat, war von einem Meinungsforschungsinstitut.«

»Irgendeine spannende Umfrage?«

»Nein, ging um … Waschmaschinen. Mich will keiner mehr. Ich geh dreimal die Woche trainieren, damit auch alles stramm bleibt. Und wofür? Keiner wandelt in diesem Garten Eden.« Er zeigte auf seinen Körper, als wäre dieser der Hauptgewinn an der Tombola-Bude.

»Du bist ein Poet.«

»Ich wär aber lieber ein Ehemann.« Löschi tat so, als müsse er weinen, und drehte den Kopf weg. »Lass uns über was anderes reden, ja? Ich horch den Roman für dich aus, damit du vorher schon alles über ihn weißt. So was mache ich nur für dich!«

Eli nahm ihn in den Arm, obwohl er sich zuerst wehrte. Der ungeduldige Blick des Oberstudiendirektors war ihr in diesem Moment so was von schnuppe.

Sie würde jemanden für Löschi finden! Und als Erstes würde sie es noch mal mit diesem Schüchternen vom Straßenverkehrsamt versuchen. Wäre doch gelacht, wenn sie den nicht überzeugen könnte. Selbst wenn der Bursche vortäuschen würde, dass er gar nicht schwul sei, um sich aus der Affäre zu ziehen. Löschi bekäme ein Date!

Lieber Eierlikör oder doch Mon Chéri? Alkohol musste auf jeden Fall sein, der machte Oma Gerti immer redselig. Und Paul benötigte alle Infos! Er packte deshalb beides in den Einkaufswagen. Vielleicht noch etwas Bierschinken? Schaden konnte es nicht. Oma Gerti sollte singen – und alle Geheimrezepte rausrücken.

Es war das erste Mal in seinem Leben, dass Paul sich wirklich anschaute, was in den Supermarktregalen stand. Wahnsinn, wie viele Nudelsorten es gab! Aber warum nur? Eine Sorte sah aus wie Gallensteine, eine andere erinnerte an Schweineschwänzchen. Hatten die Italiener mit den Spaghetti nicht die perfekten Nudeln erfunden? Und dann noch diese Farben! Paul wollte keine bunte Pasta, denn so hatte Gott sie sicher nicht geplant. Pasta gelb, Soße rot. Amen.

»Sind Sie nicht der mit den haarigen Füßen?«

»Wie bitte?«

Eine Frau stand neben ihm. Sie war nicht mittelalt, wie ein guter Gouda. Sie war »extra belegen« – lange gereift, und ihr Gesicht war so rund wie das eines ganzen Käselaibs.

»Ja, das sind Sie doch! Der aus dem Ringe-Film. Hoooorst, komm mal von der Fleischtheke, das ist eh nicht gut wegen deinem Cholesterin, hier ist dieser Elf. Dieser Wutz!«

Jetzt fiel der Groschen bei Paul. Der sprechende Käse vor ihm meinte Elijah Wood. Mit dem hatte er allerdings nur eine vage

Ähnlichkeit. Paul war größer, sein Kinn weniger kantig, sein Konto bedeutend leerer – nur die großen, blauen Augen hatten sie gemeinsam.

Die Frau schien sehr glücklich, Herrn Wutz gerade leibhaftig zu treffen.

Dieses Glück konnte er nicht zerstören.

»Ich bin ein Hobbit, kein Elbe.«

»Wie gut Sie Deutsch sprechen.«

»Ist halt die Sprache der Dichter und Denker. Goethe, Schiller, Bohlen.«

»Jaja, da haben Sie recht. Hoooorst, nun komm doch.«

Und Hoooorst schlurfte heran. Er hatte sich gerade ein Brathähnchen eintüten lassen. Es roch göttlich. Hoooorst wollte augenscheinlich schnell nach Hause, um es noch heiß zu essen. Hobbit hin oder her.

Hoooorst musterte ihn. »Könnte er sein.«

»Das ist er! Geben Sie mir ein Autogramm? Meine Tochter, die Stefanie, die ist so ein Fan von Ihren Filmen.« Sie kam näher und zwinkerte Paul zu. »Sie sind übrigens viel größer, als ich mir Sie vorgestellt hab. Im Film sahen Sie eher zwergig aus.«

»Das war CGI.« Paul blickte in ausdruckslose Gesichter. »Ein Computertrick.«

»Na, dann ist ja gut. So klein zu sein ist ja auch nicht schön. Aber die Haare an den Füßen waren echt, oder? Die sollten Sie sich mal schneiden lassen. Sieht nicht schön aus.« Sie griff in ihren Einkaufswagen, dessen Boden nur wenige Waren bedeckten.

»Schreiben Sie Ihr Autogramm einfach hier auf die tiefgefrorenen Maultaschen. Ach, nee, lieber auf die Filtertüten – aber die stehen ja immer im Küchenschrank! Da sieht die ja keiner.«

Pauls Handy klingelte. Er musste die beiden loswerden.

»Soll ich Ihnen vielleicht das Hähnchen signieren?«

»Ja, *darf* man denn das?«

»Er ist Filmschauspieler«, sagte Hoooorst, dessen Magen bereits grummelte. »Der wird schon wissen, was er darf.«

»Na, dann kauf noch ein Hähnchen für uns, das hier bekommt

Stefanie. Was wird die sich freuen! Schreiben Sie: Für unser Speckmäuschen.«

Paul kritzelte mit Filzstift auf die knusprige Hähnchenhaut. Wie schrieb man eigentlich Elijah?

Das Handy klingelte immer noch.

»Na, gehen Sie schon ran. Vielleicht ist es ein neues Filmangebot!«

Paul verabschiedete sich schnell, staunend blickten ihm Käse-Frau und Brathähnchen-Mann nach. Er wäre sicher Gesprächsstoff beim nächsten Kaffeeklatsch. Hobbits im Belgischen Viertel. Weltstadt Köln!

Leider war nicht Hollywood an der Leitung. Sondern Rainer.

»Paul, ich brauch dich. Liege flach.«

Rainers Stimme klang immer, als hätte man eine alte, rostige Maschine nach vielen Jahren wieder angeworfen. Was daran lag, dass Rainer nicht oft redete.

»Wann?«, fragte Paul deshalb nur.

»Samstag. Grüngürtel, am Geißbockheim. Kannst du?«

»Muss«, sagte Paul, denn er konnte eigentlich nicht. Samstag war Oma Gerti eingeplant, Samstag war richtig kochen lernen. Samstag war ein neues Leben beginnen, mit dem er endlich die Frau, die eine, die Richtige, finden konnte. Aber Rainer ging vor. Rainer und seine Tiere. Sie brauchten Paul und seine Lippen.

Es war vor 21 Jahren gewesen. Ein Tag wie in der Multi-Sanostol-Werbung. Aus den Wolken fiel so viel Regen, dass man sich mit einem Löffel das Herz ausstechen wollte. Die 3. Klasse der Hölderlin-Grundschule besuchte das Freilichtmuseum Kommern – unter anderem, um zu erfahren, wie im Mittelalter Brot gebacken wurde. Prickelnd. Und wenn die Schüler Glück hatten, würden sie sogar lernen, wie die Menschen damals auf das Plumpsklo gingen.

Auf dem Hinweg schlief der achtjährige Paolo Birnbaum vor lauter Aufregung ein.

Es gab dann aber doch zwei echte Höhepunkte: 1. Er schaffte es, Verena Toltschick einen Kaugummi an den Rucksack zu kleben (ohne dass sie es merkte, den ganzen Ausflug über!). Und 2. Die Schafe.

Paul hatte gepfiffen. Nicht zu den Schafen, sondern zu Petra Müller, weil die sich die Jacke auszog (die Sonne war für einen Sekundenbruchteil herausgekommen). Petra Müller würdigte ihn dafür keines Blickes.

Aber die Schafe. Sämtliche Schafe.

Sie schauten ihn mit einem Mal erwartungsvoll an.

Oder bildete er sich das nur ein?

Der achtjährige Paolo Birnbaum pfiff noch einmal.

Die Schafsherde kam näher. Ein paar Böcke aus den letzten Reihen blökten aufmunternd.

Er pfiff tiefer.

Sie drehten sich nach rechts.

Höher.

Nach links.

Schafsballett.

Er probierte einige kurze, laute Pfiffe. Die Schafe liefen rückwärts.

Nein, er fantasierte nicht. Er konnte zwar noch kein Englisch, aber er konnte Schaf.

Die Lehrerin rief, er solle nicht so trödeln, die Klöppel-Demonstration starte gleich.

21 Jahre später stand Paul im Grüngürtel, der sich dank Konrad Adenauer halbkreisförmig um Köln legte. Genau gesagt stand er auf der großen Wiese an der Gleueler Straße, um ihn herum mampfte eine Herde Schafe das langsam wieder sprießende Gras. Es machte Paul glücklich, die weißen Fellknäuel dabei zu beobachten. Sie strahlten eine unglaubliche Gemütlichkeit aus. Paul atmete immer ruhiger, wenn er sie hütete. Was er nur tat, wenn Rainer krank war oder im Urlaub. Dann sprang Paul ein, ohne Wenn und Aber. Er stand bereit, wenn der letzte Kölner Schafhirte ihn brauchte.

Das Gute beim Hüten war, dass man viel Zeit zum Nachdenken hatte. Heute allerdings war das eher ein Nachteil. Paul wollte nicht länger über Eli grübeln, und den Soufflé-Super-GAU wollte er am liebsten komplett aus dem Gedächtnis streichen.

Gott sei Dank war irgendwann das dicke, schwarze Schaf aufgetaucht. Es fraß gerade einen Schokoriegel. Dann warf es die Verpackung ins Gras.

Paul pfiff sehr scharf und mit einem leichten Tremolo am Ende.

Kurze Zeit später war das schwarze Schaf umzingelt von der Herde. Diese guckte es böse an.

»Ist ja gut«, sagte das schwarze Schaf. Die meisten kannten es als Andy. »Wusste gar nicht, dass du Lynchmord erpfeifen kannst.«

»Ich lass mir gern was Neues einfallen. Hebst du den Müll jetzt endlich auf?«

Andy mochte sich täuschen, aber eines der Schafe hatte gerade geknurrt. Er schnappte sich seinen mitgebrachten Fußball und kickte ein wenig um die Herde, bis ihm die Luft ausging.

Nach ungefähr zehn Metern.

»Öde hier. Viel öder, als ich mir gedacht habe. Klang eigentlich nach Spaß.«

»Guck dir die Wolken an, mache ich auch immer. Heute ist ein guter Wolkenhimmel.«

Und es war wirklich ein guter Wolkenhimmel, einer mit viel Blau, von dem sich die Wolken abhoben. Sie waren für Paul wie Leinwände, auf die er projizieren konnte, was er wollte. Jetzt war es die Frau aus Ömers Laden, die ihn anlachte, dann seine Kollegin Tine, und die nächste Wolke … die nächste Wolke zierte sich. Sie wollte einfach nicht zu einem Gesicht werden.

Paul zog den Schäferhut mit der breiten Krempe tiefer ins Gesicht und blickte Andy an, der erfolglos versuchte, ein Schaf zu streicheln. Vielleicht versuchte er auch, es zu reiten. Man konnte es nicht genau erkennen.

»Was ist, wenn es gar keine wahre Liebe für mich gibt?«

»Wie bitte?« Andy ließ das Schaf in Frieden. Es rannte erleichtert blökend zurück zu seiner Herde.

»Na ja, im Fernsehen und in Hollywoodfilmen, klar, da finden sie sich, da wissen sie, dass sie zueinander gehören. Da ist es Schicksal. Aber gibt es das wirklich? Ich meine, kennst du eine Beziehung, bei der es so läuft? Bei der sie bis über beide Ohren verliebt sind, selbst wenn er mal wieder nicht den Müll rausträgt oder sie stundenlang mit ihrer Mutter telefoniert?«

»In Unterwäsche?«

»Was redest du denn da? Wer telefoniert denn in Unterwäsche?«

»Tun das nicht alle Frauen?« Andy dachte nach. »Abends? Bevor sie ins Bett gehen? Da würde ich dann auch nicht den Müll runterbringen.«

»Klar, und immer, wenn Frauen sich ohne Kerle zu Hause treffen, dann schauen sie in Strapsen Pornofilme und fangen an sich zu streicheln.«

Paul stieß drei scharfe Pfiffe aus, und die Herde bewegte sich ein Stück weiter den Decksteiner Weiher entlang, in Richtung des noch gefrorenen Tretboot-Teichs. Andy war der Falsche, um über die essenziellen Fragen des Lebens zu reden. Aber niemand sonst war griffbereit.

»Vielleicht erwarte ich einfach zu viel. Wenn man lange ohne Freundin ist, steigen die Erwartungen ins Uferlose. Denn wenn man sich dann endlich entscheidet und so richtig auf eine Beziehung einlässt, weißt du, dann muss alles stimmen. Man hat ja schließlich so lange gewartet.« Die Schafe sahen ihn etwas verständnislos an. Vor allem Bienchen, das älteste und klügste Mutterschaf. Dann kam sie zu ihm und rieb sich an seinem Bein. Paul kraulte ihr den Kopf. »Aber was, wenn es die Richtige gar nicht gibt? Was habe ich dann all die Jahre gemacht?«

»Umsonst gewartet. Wie ich mein Leben lang auf eine weitere Meisterschaft vom FC.«

»Und alles spricht dafür, dass es die perfekte Beziehung nicht gibt. Meine Eltern sind geschieden, deine Eltern ...«

»... wären's besser.«

»Ich kenne kein einziges Paar, das perfekt zusammenpasst. Nicht eins.«

»Du fängst doch jetzt nicht an zu weinen?«

»Nein, doch nicht vor den Schafen!« Paul lächelte. Zum Weinen war ihm nicht zumute. Er fühlte sich eher wie eine Frikadelle ohne Senf. So als fehle etwas unglaublich Wichtiges.

Er ging ein paar Schritte weiter, wobei Bienchen ihm nicht von der Seite wich.

»Und du, Andy? Hast du eigentlich eine Traumfrau? Die du gern in den Wolken sehen würdest?«

»Pamela Anderson.«

»Hör doch auf!«

»Ich spür da eine tiefgehende Seelenverwandtschaft.«

»Du spürst da höchstens riesige Silikon-Tüten.«

»Na, na, na, und so was von dir.«

»Ich mein's völlig ernst.«

»Ich auch.«

Andy friemelte eine zerknautschte Zigarettenpackung aus seiner Jacke. »Darf ich eine rauchen, ich mein wegen der Herde Döner im Fellpulli.«

»Nein«, sagte Paul. »Dann fallen die tot um.«

»Was?«

»Wegen des Nikotins. Ist total giftig für den Organismus eines Schafes.«

Andy steckte die Packung mürrisch grunzend wieder ein. »Scheißschafe.«

Paul brauchte gar nicht zu pfeifen. Schafbock Rocky holte Andy auch ohne Pfiff von den Beinen. Die Herde war nun auf einer Lichtung angekommen, die Bäume standen weit entfernt, der Blick war weit. Eine neue, dicke Wolke stand am Himmel.

Und sie sah aus wie Andy. Aber haargenau. Und sie flog Richtung Kölner Dom, die Lippen gespitzt. Dann gab die »Andy«-Wolke dem kölschen Wahrzeichen ein Küsschen auf die Turmspitzen.

Was um alles in der Welt mochte das bedeuten?

Die Schafherde war sicher ein gutes Zeichen. Gab es da nicht auch ein Sprichwort? Ja, genau: Schäfchen zur Linken – Glück tut dir winken! Eli liebte Schafe, und dass sie gerade heute auf dem Weg zu ihrem ersten Date mit Roman welche sah, konnte kein Zufall sein. Nicht in Köln, wo einem so etwas nur alle Jubeljahre widerfuhr. Besonders beeindruckt hatte sie der Schäfer, der ganz still inmitten der Herde stand und eine unglaubliche Ruhe ausstrahlte. Sie verstand nur nicht, warum ein Rocker neben ihm auf dem Boden lag und sich den Hintern rieb.

Warum fuhr der Idiot vor ihr denn nicht weiter? Grüner als im Grüngürtel mit einer grünen Ampel und einem grünen Ford Fiesta, in dem der Typ saß, wurde es sicher nicht mehr! Eli fuhr an – und kam direkt wieder zum Stehen. Nur Millimeter hinter der Stoßstange des Fiestas vor ihr. So ein Idiot! Sie kurbelte das Fenster herunter.

»Hast du deinen Führerschein in den Frühstücksflocken gefunden?«

Der so angesprochene Fahrer – ein Mann mit dem Gesicht eines Roggenbrots – drehte sich um und ließ seine Augen böse aufblitzen.

Eli kurbelte schnell wieder hoch. Erst dann schimpfte sie weiter.

Schließlich erspähte sie eine Lücke im Gegenverkehr und überholte. Da jedoch alle Autos vor ihr Stoßstange an Stoßstange standen, konnte sie nirgendwo mehr einscheren. Und der Gegenverkehr kam schon auf sie zugebraust. Jetzt fingen sie an zu hupen – sowohl die von vorne als auch der blöde Fiesta schräg hinter ihr, vor dem sie einscheren wollte. Eli stellte das Radio lauter. AC/DC, »Highway to hell«. Na, das passte ja!

Endlich schaltete die Ampel um, und der blöde Huper neben ihr ließ sie schließlich rein, gab aber noch mal tüchtig Lichthupe. Sie stellte aus Rache das Warnblinklicht von Sumpfi an.

Was war Eli froh, als sie endlich die Kreuzung Luxemburger Straße/Militärring hinter sich gelassen hatte. Köln hatte nämlich nicht nur die schönste Kirche der Welt, sondern auch die schlimmste Kreuzung. Selbst in Mexico City ging es gesitteter zu.

An der nächsten Ampel ordnete Eli ihre roten Locken und überprüfte im Rückspiegel, ob sich irgendwas zwischen ihren

Zähnen verfangen hatte. Nein, alles bestens! Eigentlich schaute sie richtig gut aus – was Roman hoffentlich genauso sah.

Roman. Ein Name wie ein Buch. Das passte zu ihr! Obwohl Eli ihn noch gar nicht richtig kannte, konnte sie sich ein Leben mit ihm wirklich vorstellen. Mein Gott, sie *stellte* es sich gerade vor. Wie seine Lippen sanft, aber doch leidenschaftlich ihre berührten. Seine Hände hielten ihre Wangen, dann glitten die Fingerspitzen tiefer, über ihren Hals, die Schultern …

Jemand klopfte an das Fenster auf der Fahrerseite.

Der Fiesta-Fahrer! Jetzt ganz rot im Gesicht, wie mit Tomatenmark bestrichen.

»Sag mal, Frollein, bissu taub? Wie oft soll ich denn noch hupen? Sitzt du auf deinen Ohren?«

Eli trat aufs Gas und fuhr mit quietschenden Reifen los. Leider war der Wagen vor ihr nicht ganz so schnell.

Rumms.

Es war ein silberner Mercedes SLK.

Im Polizeibericht stand später etwas von einer äußerst aufgebrachten Frau namens Elisabeth Spatzner. An ihrem Wagen sei eine leichte Delle durch den Unfall entstanden. Der SLK hätte einen Kratzer abbekommen. Doch der Fahrer sah von einer Anzeige ab, nachdem Frau Spatzner einen Heulkrampf erlitt.

Elis Herz flatterte immer noch wie ein Kolibri, als sie Sumpfi im Severinsviertel parkte, wo Romans Wohnung lag.

Sie blieb noch fünf Minuten sitzen und rettete vom Make-up, was noch zu retten war. Nicht viel also. Dann befeuchtete sie ihre Lippen und stieg aus. Roman hatte sich kurzfristig umentschieden und Eli zu sich nach Hause, statt in die Altstadt eingeladen. Was immer das zu bedeuten hatte.

Im dunklen Hauseingang des Altbaus waren die Namen über den Klingelknöpfen nur schwer zu lesen. Eli schaltete ihr Handy ein und nutzte es als funzelige Taschenlampe.

Es war die falsche Etage.

Und die falsche Hausnummer war es sowieso. Auch die Postleitzahl, das hatte Eli mittlerweile überprüft, stimmte nicht.

Nirgendwo 270313, oder Bruchstücke davon.

Na, und? Waren doch bloß Zahlen, oder? Davon würde sie sich nicht das Leben kaputtmachen lassen!

Eli holte tief Luft und klingelte.

Das Bergische Land war der Vorhof zur Hölle – meinte Andy. Für Paul war es Heimat, die Hälfte davon zumindest. Die andere lag im Piemont. Mit ihren leichten Hügeln – von Bergen konnte trotz des Namens keine Rede sein – ähnelten sich die beiden Regionen sogar. Paul tuckerte mit seinem Fiat 500 über die A4 Richtung Gummersbach. Es war keines von den neuen, hippen Modellen, sondern ein altes, gegen das Sardinenbüchsen echte Luxuslimousinen waren. Immerhin ersparte das tägliche Ein- und Aussteigen in den Wagen einen Yogakurs. Paul liebte sein Gefährt, weil noch niemals ein Kunde mit einem solch historischen »Cinquecento« zu ihm in die Zulassungsstelle gekommen war. Es war sein Auto, nur seins. Und es hatte die Farbe von Schurwolle.

Oma Gerti lebte in Hündekausen, einem Ortsteil von Much. Von der Autobahn aus war es nicht mehr weit. Als Paul so durchs Bergische schaukelte, wurde ihm bewusst, dass hier nicht unbedingt das Herz der deutschen Kulinarik pochte. Als Höhepunkt des Genusses galt die Bergische Kaffeetafel – und die war pure Völlerei. Bergische Waffeln (aus Hafermehl bitte schön) mit Kirschen, Vanilleeis und Milchreis, Brot, Brot und noch mal Brot (in allen Formen und Farben, aber unbedingt Hefeplatz und Zwieback mit Zuckerguss), Wurst, Käse, Butter (dick drauf), Rüben- und Apfelkraut. Um nur eine kleine Auswahl zu nennen. Prachtstück einer solchen Tafel war die Dröppelminna, eine riesige Zinnkanne mit Hahn zum Zapfen, aus dem glühend heißer Kaffee kam. Kurz gesagt: Koffiedrenken met allem dröm on dran.

Und danach brauchte man einen Klaren, sonst explodierte der Magen.

Oma Gerti war zu ihren Glanzzeiten eine Hohepriesterin der Bergischen Kaffeetafel gewesen, beherrschte aber auch Klassiker wie den Rheinischen Sauerbraten oder Pillekuchen (Kartoffelpuffer).

Und Kochen verlernte man schließlich nicht, das war wie Fahrradfahren.

Paul parkte direkt vor dem kleinen Hexenhäuschen, das Oma Gerti ihr Reich nannte. Der Vorgarten war verwildert, der Jägerzaun in Unehren ergraut, und hinter dem Haus lag ein kleines Stück Land, auf dem Oma Gerti Kartoffeln, Salat, Rosenkohl, Petersilie, Karotten und alles, was sie halt so brauchte, anbaute. Nur ihre geliebten Dickmanns wuchsen dort nicht. Was sie sehr ärgerte, denn Oma Gerti ging nicht gerne einkaufen.

Die Haustür stand wie immer offen, und Oma Gerti saß wie stets in der Küche und tat … nichts. Das konnte sie wie ein Weltmeister. Stundenlang. Ohne einzuschlafen! Ihre Katze Dicker lag neben ihren Füßen, die wie immer in Filzpantoffeln steckten. Der Linoleum-Fußboden wellte sich, und die ringsum schulterhoch gekachelten Delfter Kacheln waren längst nicht mehr alle an ihrem Platz. Viele Möbel standen nicht in der Küche. Ein alter, hölzerner Schrank, hinter dessen Glasscheiben noch weiße Vorhänge prangten, ein Gasherd und ein Küchentisch, auf dem eine altrosafarbene Plastikdecke mit Muster (Kaffeemühlen, Röschen, Töpfe) lag. So hatte es hier bereits ausgesehen, als Paul seine Milchzähne bekommen hatte.

»Jung«, wurde er beim Eintreten begrüßt. »Der Jung ist wieder da.« Die Stimme war mit der Zeit dünn geworden, die Worte kamen nur langsam und leicht zittrig heraus, doch es lag immer noch viel Wärme in ihnen.

»Hallo, Oma Gerti.« Er gab ihr einen Kuss auf die Stirn. »Alles im Lot?«

»Muss, Jung, muss. Ich will zufrieden sein.«

Er setzte sich zu ihr und legte eine Hand auf die ihre. »Ich brauch deine Hilfe, Oma. Hab's dir am Telefon ja schon erzählt. Ich muss Kochen lernen. Was Einfaches, das ich auch hinkriege, aber ich will damit ein Mädchen beeindrucken können. Ein Festessen wäre super.«

»Hm?«

»Ein *Festessen*!«

»Jaja, muss nicht so brüllen. Ich hör noch ganz gut. Festessen, ja. Machen wir.« Sie lächelte selig.

»Jetzt?«, fragte Paul.

»Jaja, aber sicher. Ich hol die Kartoffeln.«

Und Paul durfte diese mit der Gemüsebürste abschrubben. Dann ließ Oma Gerti ihn einen Topf mit Wasser aufstellen und Salz hineingeben.

»Haste gut gemacht, Jung. Du kannst ja schon richtig kochen.«

»Was jetzt, Oma? Sag's mir, ich tu's. Soll ich etwas Fleisch in die Pfanne hauen? Einen Salat machen? Musste nur sagen. Ich will ja lernen.«

»Ein Festessen für deine Freundin, weiß ich doch. Als ich so alt war wie du, na ja, ein paar Jährchen jünger, aber das ist ja auch schon so lange her, da hat dein Opa das für mich gemacht. Hat sonst nie gekocht. Nur das eine Mal. Da war ich baff, das kann ich dir sagen. Da wusste ich, der isset.« Oma Gerti nickte lächelnd.

Wow, heute würde also ein Familien-Liebes-Rezept an ihn weitergegeben werden! Opa hatte Oma damit für sich gewinnen können, und er würde es mit *ihr* genauso machen. Wer auch immer sie war.

»Was hat Opa denn Raffiniertes für dich gezaubert.«

»Sind die Kartoffeln schon gut? Stich mal mit der Gabel da rein.«

Sie waren gut, die Gabel drang ohne Widerstand hindurch.

»Jetzt verrat schon, was ich noch machen soll?«

»Hm?«

»Was ich noch kochen soll?«

»Muss nicht so brüllen. Ich hör noch ganz gut.«

Paul legte den Arm um Oma Gerti. Das mochte sie gern. »Ja?«

»Ja.«

»Nein, ich meinte: Ja, was soll ich denn jetzt machen?«

»Zum Kühlschrank gehen, Jung. Oberste Etage, das weiße Ding.«

Paul sprang geradezu zum eingebauten Frischhaltewunder. Er

fand das weiße Ding auf Anhieb, denn ansonsten war die oberste Etage auch leer.

»Der Sahnehering?«

»Der Sahnehering.«

»Und jetzt?«

»Auf den Tisch stellen.«

Paul meisterte auch diesen Teil des Kochvorgangs mit Bravour. »Und dann?«

»Aufmachen. So hat das dein Großvater damals auch gemacht. Jaja. Pellkartoffeln mit Sahnehering. Kann es was Schöneres geben? Ich glaub nicht, Jung. Ist und bleibt das Beste. Und«, sie lehnte sich vor und zwinkerte Paul aufmunternd zu, »das können sogar Männer kochen!«

In den Tagen nach dem Pellkartoffel-Kochkurs-Desaster ackerte Paul den Stapel Kochmagazine durch, von deren Last er Ömers Zeitschriftenregale befreit hatte. Selbst in den Arbeitspausen. Die Kollegen auf der Zulassungsstelle beäugten ihn deswegen schon kritisch. Doch Paul machte sich nichts draus. Denn – wie die *Freundin* schrieb – moderne Männer kochten gern. Selbst David Beckham schwang zu Hause den Kochlöffel. Manchmal. Wenn Kameras in der Nähe waren. Und er mit großen Messern und blutigem Fleisch hantieren durfte. Aber immerhin.

Die Tage auf dem Amt flossen träge dahin wie alter Honig. Und die ewig gleichen Abläufe raubten Paul den letzten Nerv. Viel lieber wäre er wieder bei den Schafen gewesen. Allerdings ohne Andy.

Eigentlich hätte Paul an diesem Donnerstag schon längst in die Pause gekonnt, doch es war so viel Andrang, dass er beschloss, noch einen Kunden dranzunehmen. Die Leute warteten alle schon ewig und standen kurz vor einer Revolte.

Die Wartenummer E678 war eine Ummeldung für einen gebrauchten Ford Ka, der vier Jahre alt und mit 95 PS ordentlich motorisiert war. Doch die Antragstellerin sah kreuzunglücklich aus. Sie war vielleicht Mitte zwanzig und hatte sehr blasse Haut, süße Sommersprossen und mittellange, blonde Haare. Es hätte Paul nicht gewundert, wenn sie komplett aus Porzellan bestanden hätte.

Er fasste sich ein Herz.

»Geht es Ihnen nicht gut?«

»Heimweh.« Sie hatte einen äußerst reizenden Akzent.

»Von wo stammen Sie denn?«

»Litauen.«

Litauen? Da hatte er doch gestern etwas in der *Essen & Trinken* gelesen. Ein Land mit reichhaltiger kulinarischer Tradition. Und gegen Heimweh half nichts besser als heimische Küche!

»Essen Sie einfach einen Zeppelin, dann fühlen Sie sich gleich wie zu Hause.«

Der Zeppelin war das Nationalgericht der Litauer. Eine Art Knödel mit einer Füllung aus Fleisch und Räucherspeck. In manchen Regionen des Landes wurde dazu eine Soße aus saurer Sahne und Pilzen gereicht. Weiter hatte Paul nicht gelesen, denn das klang viel zu schwer und rustikal für ein Abendessen, das die Sinne betören sollte.

Die Antragstellerin, Dalia Paulauskas – wie ihr Personalausweis kundgab –, sprang auf. Ihre Augen strahlten plötzlich wie die Sonne am Nordpol.

»Sie kennen Zeppelin? Sie können Zeppelin kochen?«

Nun ja, nein, das konnte er nicht. Aber schwer würde das sicher nicht sein. Knödel waren ungefähr so raffiniert wie Stampfkartoffeln. Vielleicht beruhigte es Dalia Paulauskas, wenn sie wusste, dass auch fern der Heimat ihre kulinarischen Traditionen gepflegt wurden.

»Ja, aber sicher. Ein großartiges Gericht.«

Dalia Paulauskas atmete schwer, ihre Augen musterten Paul von oben bis unten, bis sie einen Entschluss gefasst hatte. »Könnten Sie Zeppelin für mich kochen? Wie zu Hause? Ich kann nämlich nicht kochen. Zwei linke Hände.« Sie zeigte Paul ihre wohlgeformten, langgliedrigen Klavierspielerinnenhände. *»Bitte!«*

Aber wir kennen uns doch gar nicht, wollte Paul antworten.

Doch dann sah er, wie sie nervös auf ihrer Unterlippe kaute und ihn anstarrte, als wäre er der Weihnachtsmann und würde gleich ein feuerrotes Fahrrad aus dem Sack holen.

»Warum eigentlich nicht? Wir Rheinländer sind ja bekannt für unsere Gastfreundschaft. Wann hätten Sie denn Zeit?«

»Heute Abend?«, platzte Dalia Paulauskas heraus. »Und machen Sie auch Schwilpikaj. Ich liebe Schwilpikaj!«

Keine Ahnung, was das war. Aber egal, worum es sich handelte, er musste es nur nachschlagen.

»Morgen vielleicht?«

»Ja, morgen. Ich freu mich so sehr.« Sie lehnte sich über den Schreibtisch und drückte ihm einen Kuss auf die Lippen. Ein Prickeln lief Pauls Wirbelsäule herunter. Und wieder herauf. Und noch einmal herunter.

Als er endlich zur Mittagspause aus der Zulassungsstelle trat, hatte er ein Date – und allerbeste Laune. Paul war geradezu euphorisch, als hätte er einen irren Drogencocktail eingeworfen. Jetzt konnte er Bäume ausreißen! Er wollte am liebsten die ganze Welt umarmen. Und alle Frauen auch.

Eli konnte es nicht fassen. Da kam der Zulassungsstellen-Typ doch tatsächlich gerade aus der Tür! Das musste Schicksal sein. Die Götter halfen der Liebesbotin des armen Löschi! Eli ging schnurstracks auf ihn zu.

»Wow, das ist ja ein Glück. Ich wollte gerade zu Ihnen. Können wir vielleicht du sagen, das ist irgendwie komisch sonst. Ich muss ja auch über was Persönliches reden. Ich bin die Eli. Kurz für Elisabeth. Na ja, aber das wissen Sie sicher, Sie kennen ja meine Papiere. Blödsinn, Sie treffen ja so viele Leute, wahrscheinlich erinnern Sie sich, also erinnerst du dich – wenn das für dich okay ist – gar nicht an mich.«

Meine Güte, warum plapperte sie plötzlich so? Schlimmer als eine Wasserflasche unter Hochdruck, die man gerade aufgedreht hatte. Und warum war sie so nervös? Sie machte doch nur ein Date für Löschi aus.

»Ich bin Paul.«

»Freut mich.«

»Mich ...«, er stockte, lächelte dann, »... auch. Wirklich. Sie sind die Polo-Fahrerin, oder?«

»Ja, Sie erinnern sich! Ich habe Ihnen doch die Nummer von meinem Kollegen gegeben, Löschi. Sie sollten ihm wirklich, also *du* solltest ihm wirklich eine Chance geben. Ich bin heute seine Kupplerin – nicht, dass er das nötig hätte.« Ruhig durchatmen, Eli! Du redest dich um Kopf und Kragen. Und Löschi gleich mit. »Aber du hast ihn noch nicht angerufen, und da wollte ich mal nachhorchen. Ich hab so ein gutes Gefühl bei euch beiden.«

»Sollen wir ein Stück gehen?«, fragte Paul. »Ich bin während der Mittagspause immer gern an einem Platz, von dem aus ich das Amt nicht sehen muss. Dann kann ich mir einreden, ich würde gar nicht hier arbeiten.«

»Klar, gerne.«

Und so schlenderten sie fort von dem roten Gebäude mit den vier lebensgroßen Pferde-Skulpturen. Den Taubenholzweg entlang, denn dort gab es ein wenig Grün. Idyllischer, erklärte Paul, wurde es hier nicht.

Plötzlich holte er tief Luft. »Ich glaube, ich muss etwas klarstellen: Ich bin überhaupt nicht schwul.«

»Ich wusste, dass du das sagst! Ich wusste es. Nur um dich herauszureden. Ihr Männer seid doch alle gleich, ob schwul oder nicht.«

»Ehrlich. Wie soll ich es dir beweisen?«

Er schien nachzudenken. Plötzlich wurde Paul rot, er lächelte sie zaghaft an, beugte sich blitzschnell zu ihr und küsste sie. Es war ein Kuss von der guten, von der sehr guten Sorte. Ganz natürlich, wie eine Welle, die über den Strand spülte.

Danach schien Paul von sich selbst überrascht, als könne er nicht glauben, dass er sie gerade geküsst hatte. »Das hätte ich an keinem anderen Tag getan«, brachte er stockend hervor. »Aber heute ist ein ganz besonderer. Ich fühl mich gerade wie ein anderer Mensch. Kennst du so was?«

Eli sagte nichts. Es war das erste Mal, dass sie ohne Vorwarnung geküsst worden war. Diesen Kuss hatte sie überhaupt nicht kommen sehen. Sie wünschte sich, er würde noch mal … nein! Sie war doch wegen Löschi hier!

»Das ist kein Beweis. Auch ihr Schwulen könnt küssen.«

»So?«

Er küsste sie wieder. Diesmal war es keine Welle mehr, diesmal war es eine Brandung. Und sie war meterhoch, der Traum jedes Surfers. Nur ganz sachte legte sie sich, bis das Meer wieder spiegelglatt war und die Sonne darüber ihr Licht ergoss.

»Jetzt weiß ich erst recht, dass du schwul bist. So küsst kein normaler Mann.«

Paul beugte sich wieder vor, doch diesmal hielt sie ihm den Zeigefinger auf die Lippen. Obwohl es sehr schön war, ging das jetzt doch zu weit. Denn wenn Paul tatsächlich nicht schwul war, dann waren es irgendwie *echtere* Küsse.

»Okay, nehmen wir an, ich glaube dir. Könntest du dich trotzdem mit Löschi treffen? Er braucht jetzt einen schönen Abend.«

Paul schmunzelte. »Der würde aber nicht schön werden, dein Löschi wäre am Ende ganz enttäuscht.«

»Hast du vielleicht einen Schwulen im Bekanntenkreis?«

»Nicht, dass ich wüsste. Tut mir leid.«

»Auf der Arbeit?«

»Passe.«

»In der Familie?«

Paul überlegte. »Der ist aber schon tot.«

Sackgasse, dachte Eli. Und wusste nichts, was sie noch sagen konnte. Stattdessen balancierte sie auf der Bordsteinkante, wie zuletzt in der Grundschule.

»Wie schade. Du wärst so ein netter Schwuler!«

»Das hast du schön gesagt.«

Sie sah ihn an. Er wäre nicht nur ein netter Schwuler. Und diese Küsse! Vielleicht konnte sie ihn dazu bringen, noch einmal? Nur noch einmal?

Ihr Handy piepte. Eine SMS. Von Roman.

Hallo, Traumfrau, gleich ist es so weit. Freu mich sehr! Ich bin schon da und warte auf dich! In 15 Min. geht's los. Roman.

Oh, Gott! Wie hatte sie das nur vergessen können! Sie musste sofort los. Wo stand bloß Sumpfi?

»Ich muss ganz schnell weg. War trotzdem nett«, sagte sie und reichte Paul die Hand. Wobei sie sich augenblicklich blöd vorkam.

»Fand ich auch«, antwortete Paul. »Und alles Gute für dich und deinen Traummann!«

»Meinen *Traummann*? Was weißt du denn von meinem …« Wenn Eli sich nicht täuschte, wurde Paul bleich im Gesicht.

»Falls … du einen hast«, brachte er stotternd hervor. »*Das* meinte ich! Aber so eine Frau wie du hat sicher einen.«

»Du bist ein komischer Kauz, Paul. Aber küssen kannst du gut.«

Er schaute nervös auf die Uhr. »Oh, schon so spät, da muss ich schnell zurück. Sonst kann ich heute Abend nicht früher gehen und einen Zeppelin kochen.«

»Du bist sogar noch komischer, als ich dachte.«

Doch Eli mochte komisch. Immer schon. Komisch war gut. Komisch war nämlich überhaupt nicht langweilig.

In diesem Moment fuhren zwei Wagen hintereinander an ihnen vorbei. Das Kennzeichen des einen endete mit ES 270, das des anderen mit PB 313.

Doch Eli sah es nicht.

Birne sucht Helene. *Beamter, 29 J./1,78, interessant und lebendig, kann kochen (aber keine Soufflés!), sucht vielleicht keine Frau mehr, die ihren Traummann noch nicht gefunden hat. Vielleicht hat er sie längst gefunden. Morgen Abend weiß er mehr. Aber da er diese Annoncen für ein Jahr im Voraus bezahlt hat, schreibt er trotzdem etwas. Falls Du denkst, dass der Abend schiefläuft, kannst Du – eine attraktive Frau, mit Charme und Humor – schreiben. Aber wenn der Abend erfolgreich ist, wird er Deinen Brief nie öffnen. ✉ 965938 Chiffredienst, 50590 Köln. ☎-Chiffre 0900/5000958–78591.*

VIERTER GANG

Darauf einen Zhalgiris

Eli schaute auf ihre Uhr. Viertel vor. Verdammt! Hoffentlich schaffte sie es, pünktlich da zu sein. Roman hatte genau beschrieben, wo, aber nicht, warum sie sich dort treffen würden. Eli liebte Überraschungen – aber nur, wenn sie vorher genau darüber Bescheid wusste.

Er wollte sie am Zoo treffen, das heißt am Rheinufer davor. Dort gab es glücklicherweise ein Parkhaus. Ohne es zu merken, fuhr Eli mit den Fingerspitzen über ihre Lippen. Sie konnte Pauls Kuss noch immer spüren. Solche guten, solche richtig, richtig guten Küsse waren selten. Am liebsten hätte Eli Pauls Küsse in ein kleines Schmuckkästchen gesteckt, um sie bei Bedarf hervorholen zu können. Und Bedarf gab es immer genügend.

Warum fuhr sie dann jetzt zu Roman, anstatt sich noch mehr davon für ihre Sammlung zu gönnen? Weil das erste Date mit ihrem Traummann so nicht stehenbleiben durfte. Es war ein Abend wie ein Elektroschock gewesen.

Er fing schon seltsam an: Roman öffnete nicht selbst die Tür. Sondern sein Kumpel Lars. Im Arm seine Herzdame Sabine. Ein Pärchen wie aus einem Werbespot. Für Bausparen. Beide hatte Eli nie zuvor gesehen. Und beide hatte sie nicht erwartet – zu diesem romantischen Candle-Light-Dinner bei Roman. Sabine drückte ihr ein Glas Prosecco in die Hand, weil »der Roman in der Küche was für uns zaubert, was Leckeres«.

Später stellte sich heraus, dass Roman nur ein paar Kleinigkeiten aus dem Delikatessengeschäft aufgewärmt hatte.

Eli hatte gelächelt, den ganzen Abend über. Sie hatte fast das Gefühl, die verkrampften Mundwinkel mit Botox wieder wegspritzen lassen zu müssen.

Ein Viererdate, ohne Vorwarnung! Die anderen wussten schon über sie Bescheid, über die nette Kollegin, die Roman direkt ins Auge gefallen war. Wenigstens hatte er sich soweit zusammengerissen und nichts von der Traummann-Episode erzählt. Dafür war Löschi das Thema des Abends. Die Welt der Schwulen war anscheinend ein unerschöpflicher Quell der Belustigung für die anderen drei.

Eli war sehr früh gegangen. Ihr ginge es nicht gut, hatte sie vorgeschoben. Doch beim Abschied an der Tür hatte sie Roman gesagt, dass sie sich diesen Abend ganz anders vorgestellt hatte – nicht als Fleischbeschau durch seine besten Freunde.

Da war endlich das Parkhaus!

Sie musste rennen, um rechtzeitig zum Treffpunkt zu kommen. Roman war bereits da – und hinter ihm lag die »Colonia 5«, eines der kleinen, weißen Passagierschiffe, die Touristen über den Rhein schaukelten. Es hatte zwei Etagen, wobei die obere außer dem Steuerhäuschen nur Bänke ohne Überdachung bot. Verblasste Girlanden baumelten am Funkmast des Schiffes. Roman winkte ihr mit den Karten für die Fahrt zu. Heute trug er zum ersten Mal keine Designerjeans, auch kein Fred-Perry-Hemd und keine bunten Turnschuhe. Stattdessen waren seine Klamotten verwaschen, die Schuhe ausgelatscht. Er sah aus wie der Bassspieler einer Grunge-Band.

»Du hast gestern erzählt, du wärst noch nie mit dem Müllemer Böötche gefahren, und das wäre für eine waschechte Kölnerin wie dich ein Riesenmakel. Zeit, den zu beheben!«

Stimmt. Das hatte sie gesagt. In einem Nebensatz. Und Roman hatte es sich gemerkt.

»Sie mögen dich übrigens sehr. Lars und Sabine.«

Eli warf ihm einen tödlichen Blick zu. Ihre Geheimwaffe. Deren Beherrschung wurde in der Familie Spatzner seit Generationen von Mutter zu Tochter weitergegeben.

Roman lächelte entschuldigend. »Ich hab schon gemerkt, dass es dir nicht ganz recht war. Deshalb will ich es ja heute wiedergutmachen. Aber es ist mir halt wichtig, was meine Freunde von meiner … von einer Frau halten, die mir sehr gefällt.« Wieder dieses Lächeln. Das konnte er gut. Ein bisschen spitzbübisch, sodass man ihm nichts übel nehmen konnte.

Seine Geheimwaffe schlug ihre.

Natürlich war es wichtig, ob die Freundeskreise kompatibel waren, verdammt wichtig sogar. Aber es auf diese Art und Weise zu testen? Beim ersten Date? Na ja, besser, man wusste gleich zu Beginn, ob das passte. Das stimmte schon. Manche Frau mochte so etwas sogar schmeichelhaft finden, immerhin zeigte es, dass er ernstes Interesse hatte und über Details nachdachte.

Trotzdem.

»Komm, lass uns an Bord gehen. Sonst legen sie ohne uns ab, und du bist noch länger eine unvollständige Kölnerin.«

Als sie sich an die Reling stellte, um den Fahrtwind zu genießen, legte er von hinten seine Arme um ihre Taille. Das mochte Eli grundsätzlich nicht, weil an ihrem Bauch ihrer Meinung nach ein paar Gramm zu viel waren, und außerdem hatte sie gerade erst einen anderen Mann geküsst. Da konnte sie sich ja jetzt nicht von einem anderen einfach so umarmen lassen. Wer war sie? Paris Hilton? Eli drückte seine Hände mit sanfter Bestimmtheit nach hinten weg und schüttelte den Kopf.

»Du bist mir immer noch böse«, sagte Roman. »Okay, das habe ich verdient. Aber darf ich dich wenigstens zu einem Heißgetränk deiner Wahl einladen? Und zu einem begleitenden Schokoriegel?«

Eli nickte. »Aber denk bloß nicht, dass du so billig davonkommst.«

»Denke ich auch gar nicht.«

Der Rhein war so anders, wenn man mit dem Schiff über ihn tuckerte, als wenn man ihn vom Ufer betrachtete. Die unbändige Kraft des Stroms, der Geruch des Wassers, der sich mit dem Dieselgestank des Bootsmotors vermischte, das war wie eine andere Welt. Der Wind zerzauste ihre roten Locken und Eli musste ein ums andere Mal die Strähnen aus dem Gesicht streichen. Die Fahrt war wie ein Kurzurlaub, und den hatte sie dringend gebraucht.

Roman legte seinen Arm um ihre Schulter. Eli schob ihn wieder fort. Was sollte das? Warum akzeptierte er ihre Entscheidung nicht? Hatte er früher auch immer in der Keksdose rumgefingert trotz des Verbots seiner Eltern?

Hatte sie sich gerade wirklich mit einer Keksdose verglichen? Sie war so ein Chauvi!

Roman zog einen zusammengefalteten Zettel aus seiner alten Jeans. Als Eli einen Blick darauf werfen wollte, drehte er ihren Kopf sanft in Richtung Zoobrücke, das war der schönste Blick. Dann fing er leise an zu singen.

»Heidewitzka, Herr Kapitän
Mem Müllemer Böötche fahre mer su jän
mer kann su schön em Dunkle schunkele
wenn üvver uns de Stääne funkele.«

Sie lachte. »Und dafür brauchst du einen Zettel? Daran sieht man, dass du nicht von hier kommst.«

Doch insgeheim dachte Eli: wie süß. Er versuchte wirklich, die Sache wieder auszubügeln. Es war immer gut, wenn Männer sich ein bisschen schuldig fühlten. Dann ließen sie sich besser in die richtige Richtung manövrieren. Eine Lebensweisheit ihrer Mutter.

Aber wollte sie Roman überhaupt manövrieren? Wollte sie nicht lieber zurück zur KFZ-Zulassungsstelle? Sie drehte sich um und sah ihn lange an. Er hatte jetzt den Kopf in den Nacken gelegt und die Augen geschlossen, um die frische Brise zu genießen.

Roman war wirklich ihr Traummann.

Es war unglaublich surreal, ihn in Person zu sehen – und noch dazu interessierte er sich für sie.

Und doch stimmte irgendetwas nicht. Was fehlte ihr nur? Waren es die Zahlen? Diese vermaledeiten Zahlen! Glück ließ sich nicht berechnen. Trotzdem sah Eli sich nun um. Hatte das Schiff hier oben nicht 27 Sitzreihen, waren es nicht eigentlich drei Decks? Und wie schnell mochte das Müllemer Böötche fahren? Vielleicht 13 Knoten?

Aber es waren nicht nur die Zahlen. Es war ihr Bauch. Und auf diesen hatte sie gelernt zu hören. Das dumme Ding mochte an einigen Stellen zu gut gepolstert sein, aber auf seinen Ratschlag konnte man zählen.

Plötzlich riss ein Schrei Eli aus den Gedanken. Am Schiffsheck war ein Mann über Bord gegangen. Die wenigen Passagiere versammelten sich panisch am Geländer. Das Ufer war nicht weit, doch das Wasser jetzt im Februar noch klirrend kalt, und die Strömung extrem stark. Eli stand wie versteinert da.

»Ich kann nicht schwimmen«, brüllte der glatzköpfige Mann, während das Rheinwasser in seinen Mund schwappte. »Hilfe! Ich ertrinke!«

Keiner tat etwas. Dann schoss ein Blitz an ihr vorbei. Er riss einen Rettungsring von der Bordwand und sprang in die eisigen Fluten.

Es war Roman.

Selbst als David Hasselhoff noch nüchtern war, tauchte er bei »Baywatch« nicht eleganter ins Nass. Mit kraftvollen Kraulbewegungen schaffte Roman es blitzschnell zum Ertrinkenden und zog ihn in 1a-Rettungsschwimmerhaltung zum Landungssteg. Die Menge hielt den Atem an, dann begann sie zu applaudieren, ihn anzufeuern. Und Fotos zu schießen. Das Schiff stoppte und legte an. Als Roman und der Glatzkopf an Land kamen und sich erschöpft auf die Holzbohlen setzten, legte ihnen der Kapitän schwere, graue Filzdecken um die Schultern. Eli rannte sofort zu Roman und drückte ihm einen langen Kuss auf die Lippen. Zwei Männer an einem Tag hin oder her. Dieser Held verdiente zur Belohnung einen Kuss – und eigentlich sogar noch mehr. Dann wäre sie heute eben mal wie Paris Hilton. Das musste auch mal drin sein!

Paul war fassungslos. Wie hatte er das nur tun können? Eli küssen? Das war so was von untypisch für ihn. Ein Dämon aus dem dritten Kreis der Hölle musste in ihn gefahren sein.

Der Bursche durfte ruhig öfter vorbeischauen!

Aber wenn er jetzt käme, würde er Paul vermutlich ins Koma saufen. Denn dieser befand sich gerade in einer Weinhandlung auf der Venloer Straße. Paul war auf der Suche nach einer ganz besonderen Spezialität. Es war nur leider niemand da, den er danach fragen konnte. Der Laden bestand komplett aus Regalen, die allesamt bis obenhin mit Weinflaschen vollgestopft waren. Vor einer nach unten führenden Wendeltreppe prangte ein Weinfass, einige gefüllte Gläser waren einladend darauf drapiert. Aber nirgendwo eine Menschenseele.

»Hallo? Kundschaft!« Keine Antwort. »Ich würde gerne Wein kaufen.« Blöder Satz. Ein Paar neue Schuhe hätte er hier wohl auch kaum bekommen. Paul blickte die Wendeltreppe hinab, im Keller war es stockdunkel. »Hört mich jemand? Ich hätte gerne eine Flasche Pommes Fritz!«

Wie lang hatte Paul darauf gewartet, diesen Didi-Hallervorden-Gag mal selbst zu machen.

Es fühlte sich nicht halb so lustig an wie gedacht. Plötzlich hörte er eine Stimme näher kommen, dann tauchte ein Mann aus einer vorher nicht erkennbaren Seitentür des schlauchförmigen Ladens auf, ein Mobiltelefon am Ohr.

»Jaja, sehen Sie, das ist alles eine Frage des Jahrgangs. Fontanafredda hat in diesem Jahr einfach nicht gut gearbeitet.« Als der Weinhändler Paul sah, hob er die Hand kurz zur Begrüßung. »Glauben Sie mir, ich habe alles, wirklich alles gelesen, was es über den Jahrgang gibt. Die Amerikaner und nicht nur Parker sehen das genau richtig. Nehmen Sie Castello di Brolio Chianti Classico von Barone Ricasoli, der hat 96 Punkte vom Wine Spectator bekommen – und das bei dem Preis. Das ist der Wahnsinn. Den Wein werden Sie nirgendwo günstiger finden, verspreche ich Ihnen.« Er griff sich einen Block und kritzelte etwas Unleserliches darauf. »Lege ich Ihnen mit ins Paket. Ja, geht heute noch raus, machen Sie's gut!« Er lehnte sich über das Treppengeländer. »Herr Thomassen, machen Sie gerade die Bestellung für Dr. Zöller fertig?«

Einige Sekunden Ruhe. »Mach ich!«, kam es schließlich aus der Dunkelheit.

Dann schenkte der großgewachsene Weinhändler endlich Paul seine Aufmerksamkeit. Er war sicher über fünfzig, sah aber so fit aus, als jogge er jeden Morgen komplett um Köln. Mit einem Weinfass auf dem Rücken. »Wie kann ich Ihnen helfen?«

»Ich hätte gerne eine Flasche … litauischen Wein.«

Die Kinnlade des Weinhändlers schlug auf die Bodenfliesen. Und durch bis in den Keller.

»Haben wir nicht. Brauchen wir nicht. Kommt auch nicht mehr rein.«

»Nur eine Flasche.«

»Litauischen Wein?« Er ging wieder zum Treppengeländer. »Herr Thomassen. Litauischer Wein?« Er wartete.

Dann erklang wieder die Stimme aus der Dunkelheit. »Die produzieren vor allem Fruchtweine oder versekten Fassware aus dem Ausland.«

Der Weinhändler trat wieder zu Paul. »Die produzieren vor allem Fruchtweine, oder versekten Fassware aus dem Ausland.«

»Wo kann ich denn eine Flasche bekommen?«

»Nirgendwo. Wer soll so was trinken? Kann man doch keinem Esel ins Ohr schütten.«

»Ist für eine sehr wichtige Verabredung.«

Die Augen des Händlers bekamen einen besonderen Glanz. »Und? Ist sie hübsch? Bestimmt, oder?«

War er das gerade wirklich gefragt worden? Na ja, was hatte er zu verlieren. Karten auf den Tisch.

»Sehr. Sie hat süße Sommersprossen. Und sie kommt aus Litauen. Ich koche für sie Gerichte aus ihrer Heimat.«

»Verstehe.« Er trat abermals ans Treppengeländer. »Herr Thomassen! Der richtige Wein zu litauischem Essen?«

Diesmal dauerte das Warten noch länger.

»Hm.« Herr Thomassen konnte ein »Hm« rufen, ein bemerkenswerter Stimmkünstler.

Paul nutzte die Pause, um nochmals über das Essen nachzudenken. Er hatte alle Zutaten im Internet gegoogelt, damit er gleich alles einkaufen konnte. Immer wieder lief ihr Name wie eine Neonreklame durch seinen Kopf: Dalia Paulauskas. Doch im Hintergrund hing ein riesiges Plakat, auf dem Eli Spatzner stand. Paul linste immer wieder hin.

Herr Thomassen meldete sich wieder – der Weinhändler aus der Dunkelheit.

»Die Nachbarstaaten produzieren auch nichts Ordentliches, aber Litauen ist nur durch das Meer von Dänemark getrennt, und in Dänemark betreut der Winzer von Schloss Sommerhausen ein Weingut, und von dem führen wir Wein. Der Silvaner passt gut zur litauischen Küche.«

Der oberirdische Weinhändler lehnte sich vor. »Das ist ein säurearmer Weißer«, erklärte er. »86 Punkte bei Eichelmann, 85 beim Gault Millau. Superpreis.«

»Ich nehme lieber gleich ein paar verschiedene Weine von diesem Winzer. Dann kann Dalia selber auswählen, was ihr schmeckt.«

»Sie überlassen aber nichts dem Zufall. Guter Mann!«

Das ging auch nicht, dachte Paul, denn viel zu selten brachte der Zufall Erfreuliches. Meistens nur aus dem Nichts auftauchende Schlaglöcher bei den Fahrten ins Bergische oder Zwiebeln auf der Thunfischpizza, obwohl er doch extra ohne bestellt hatte. Zufälle konnten gerne anderen widerfahren.

Schließlich kaufte er drei Flaschen Wein – weiß, rot, rosé – und der Händler schenkte ihm einen Sekt dazu. »Geht auf's Haus. Begrüßen Sie Ihre Dalia gleich mit einem Gläschen davon. Das hebt die Stimmung.«

»So hat er seine Frau rumgekriegt!«, rief Herr Thomassen aus dem Keller.

»Ach was, Blödsinn. Rumgekriegt hab ich sie mit meinen Tanzkünsten.«

Paul wusste nicht, was er dazu sagen sollte, und deswegen ließ er es einfach bleiben.

»Daug laimes!«, rief Herr Thomassen zum Abschied. »Das ist Litauisch und heißt ›Viel Glück!‹.«

Verdammt, Litauisch! Er musste unbedingt noch ein paar Worte der Sprache lernen, bevor sie kam!

Hoffentlich würde die Zeit für alles reichen.

Die Neonreklame mit Dalia Paulauskas Namen flackerte nervös auf.

Am nächsten Abend war nichts mehr von Pauls Euphorie übrig. Sie war unter dem Gewicht von Kartoffeln, Räucherspeck und Roggenbrot erdrückt worden.

Sollte King Kong jemals kochen lernen, käme für ihn nur die litauische Küche in Frage. Denn für diese brauchte man Affenpranken in der Größe von Schulbussen. Unter anderem, um Kartoffeln durch ein Leinentuch auszudrücken. Welcher mental eingeschränkte Koch war auf die bekloppte Idee gekommen, Kartoffeln auszudrücken? Waren das die Orangen des Baltikums?

Kartoffeln schälte man. Und selbst das war schon im *Räuber Hotzenplotz* ein Job gewesen, den keiner wollte. Dabei musste damals keiner die Knollen durch ein Leinentuch ausdrücken und den Saft sammeln. Den Kartoffelsaft. Dachten Litauer wirklich: »Hm, und jetzt ein Glas frisch gepresste Kartoffeln zum Frühstück!«? Erst nach etlichen Anläufen bewältigte Paul die Aufgabe, formte Fladen aus der entsafteten Mischung roher und gekochter Kartoffeln, gab jeweils einen Esslöffel Fleischmatsch hinein, faltete alles in Längsrichtung zusammen, drückte die Ränder gut an und formte auf diese Weise längliche Klöße, die mit viel gutem Willen wie Zeppeline aussahen. Allerdings wie Zeppeline nach einem Totalcrash. À la Hindenburg, sozusagen.

Der Fleischmatsch, welcher den unaussprechlichen litauischen Namen »Jautienos ar Kiaulienos« trug, war dagegen ein Kinderspiel gewesen. Wobei das Rezept leider zu ungenau bei den Garzeiten war. Dort stand zum Beispiel »Zwiebeln anbraten«. Ohne Zeitangabe. Wie lange mussten sie in der Pfanne brutzeln? Doch sicher, bis sie schön kross waren, also dunkel, um nicht zu sagen beinahe schwarz. Alles andere wäre ja nur erwärmt und nicht angebraten.

Und dann die Mengenangaben! Pfeffern und salzen. Kein Wort davon, wie viel. Mit Salz musste man vorsichtig sein, das wusste

Paul. Schließlich existierte in der deutschen Sprache auch das Wort »versalzen«. Verpfeffern gab es dagegen nicht.

Dementsprechend würzte Paul.

Drei Körner Salz. Eine gute Handvoll Pfeffer.

Nach getaner Arbeit war Paul verdammt stolz auf sich. Nichts war zusammengefallen!

Die schmutzigen Küchenutensilien stellte er auf den Boden, sodass sie vom Wohnzimmer aus nicht zu sehen waren.

Das Dessert würde er live zubereiten – Show-Kochen, wie das heute hieß. Schnell holte er seinen Tischläufer mit Paisley-Muster, streute die Rosenblätter aus Stoff darüber und positionierte den Keramikblock mit vier Teelichtern in die Tischmitte. Danke, *Brigitte*, für diese Deko-Tipps!

Jetzt hatte er noch ein halbes Stündchen, um sich in Schale zu werfen.

Erst im Bad bemerkte Paul das Problem. Oder besser: die Katastrophe. Seine Hände sahen aus, als hätte er sie gerade in Blut gebadet. Das hatte er der Vorspeise zu verdanken. Kalte Rote-Bete-Suppe. Er begann zu schrubben, doch es ging nicht weg, Paul stellte das Wasser heißer, keine Wirkung, Kochstufe, es tat höllisch weh, aber weiß wurden seine Hände nicht.

Bei schönen Dingen merkte man gar nicht, wie die Zeit vergeht. Leider traf das auch auf etwas so Blödes wie Händeschrubben zu.

Es klingelte an der Wohnungstür.

Dalia Paulauskas hatte anscheinend ausreichend Zeit gehabt, sich zurechtzumachen. Sie sah atemberaubend aus. Ein knielanges, geblümtes Kleid mit einem sehr verführerischen Ausschnitt.

Als Paul die Tür öffnete, sagte Dalia weder »Hallo!« noch »Da bin ich«, sondern: »Oh super, es gibt Rote-Bete-Suppe!«

Paul fiel ein Stein von der Größe des Matterhorns vom Herzen.

»Labas!«, sagte er, das war Litauisch und hieß Hallo. Dafür erntete er einen Kuss auf die Wange. Als er mit »Vi« (»Danke«) antwortete, gab es einen auf den Mund.

Der Abend begann bestens! Heute, das spürte Paul, würde nichts mehr schiefgehen. Er hatte schließlich an alles gedacht.

Dalia flanierte durch seine Wohnung, strich mit den Fingerspitzen über die Buchrücken, kicherte, als sie seine Schlumpfsammlung sah und stellte ihren Versuch, Freddy zu streicheln, ein, nachdem das bösartige Reptil beinahe ihren Zeigefinger erbeutet hätte.

»Machst du uns was Musik an?«

Mist! Musik! Daran hatte er nicht gedacht. In seiner Sammlung gab es nichts Litauisches. Aber in den Ländern der ehemaligen UdSSR hörten sie doch viel Klassik. Als er die »Brandenburgischen Konzerte« von Bach auflegte, verdrehte Dalia jedoch die Augen.

»Rock, Paul! Und laut.«

Das konnte sie haben. Paul legte »Elephant« von den *White Stripes* auf und drehte die Bässe rein.

»Gut so?«

»Viel besser. Ich mag deine Wohnung. Sie ist so ... übersichtlich.«

»Na ja, das ist nett ausgedrückt. Sie ist halt klein. Aber dafür liegt sie gut, ich wollte unbedingt im Belgischen Viertel wohnen. Vorher hab ich im Bergischen Land gelebt, das liegt östlich von Köln. Und gegen das Bergische Land ist der Arsch der Welt eine Villa am Lago Maggiore.«

Dalia lachte. »So was kenne ich! Meine Familie lebt auch auf dem Land. Ganz schrecklich.« Sie presste die Lippen aufeinander. »Trotzdem vermisse ich es. Verstehst du das?«

»Leider ja«, antwortete Paul. »Wollen wir was gegen dein Heimweh unternehmen? Du bist ja zum Essen hier.«

»Genau«, antwortete Dalia. »Ich hab auch schon einen Bärenhunger. Das ist wirklich irre lieb von dir. Du kennst mich ja gar nicht.«

»Kölsche Gastfreundschaft«, sagte Paul und hätte sich am liebsten auf die Zunge gebissen. Ein Satz wie: »Für eine so schöne Frau wie dich, tue ich das doch gern«, oder: »So etwas hätte ich nicht für jede Litauerin gemacht« wäre passender gewesen. Aber Komplimente kamen ihm einfach nicht über die Lippen. Es sei denn, sein Blut war mit ordentlich Alkohol verdünnt. Aber dann haperte es an der Artikulation. Ein Teufelskreis.

Paul servierte die kalte Rote-Bete-Suppe und hörte nicht auf über seine Blödheit zu fluchen. Wie gut, dass Jack White so brüllte.

»Gero apetito!«, wünschte Paul in perfektem Litauisch, was Dalia ihm mit einem kecken Lächeln dankte. Dann nahm sie ihren ersten Löffel Suppe. Doch danach keinen zweiten – und lange Zeit sagte sie nichts mehr.

»Alles okay?«, fragte Paul, dem die Idee einer kalten Suppe völlig suspekt war.

»Die Suppe schmeckt ganz anders, als ich sie in Erinnerung hatte. Meine Motina, also meine Mutter, hat sie immer auf andere Weise gekocht.«

»Leckerer?«

Dalia versuchte ernst zu blicken, musste dann aber losprusten. »Ja, viel leckerer. *Essbar!*«

Paul musste mitlachen: »Sie ist grauenhaft geworden. Tut mir total leid. Aber genau nach Rezept.«

»Verbrenn das lieber!«

Paul schob den Brotkorb in ihre Richtung. »Hier die Vorspeise von der Ersatzbank.«

Dalia legte ihre Hand auf Pauls. »Das war eh nie mein Lieblingsgericht. Dafür esse ich jetzt mehr Zeppeline!« Sie rieb ihren flachen Bauch. »Bis ich aussehe wie meine Bobute·Akvile.« Sie plusterte die Wangen auf und lachte. »Eigentlich reden wir Litauer nicht viel beim Essen. Aber heute bin ich mal unanständig.«

Sie war heute unanständig! Pauls Nackenhaare schossen dermaßen schnell in die Höhe, dass man es zischen hörte.

Das Eis war endgültig gebrochen, und sie begannen, sich richtig gut zu unterhalten. Es stellte sich heraus, dass Dalia zwei Auslandssemester Germanistik in Köln belegte, dass sie die deutsche Kultur liebte, vor allem Goethe, dessen Namen sie auf zauberhafte Weise falsch aussprach. Sie war erst vor zwei Wochen angekommen und immer noch auf der Suche nach einer WG – von der Kölner Gastfreundschaft hatte sie bisher nichts mitbekommen.

Stattdessen: gestresste Uni-Mitarbeiter, unverschämte Vermieter und genervte Straßenbahnfahrer. Viva Colonia! Paul war ihr erster Lichtblick.

Und dieser Lichtblick servierte nun den extra für sie ausgewählten Wein, wobei er von den Geschehnissen in der Weinhandlung berichtete.

Doch Dalia lehnte dankend ab. »Jetzt hast du dir so viele Gedanken gemacht – aber wir Litauer sind keine Weintrinker, wir sind ein Volk von Biertrinkern.«

»Und wir Kölner sind keine Biertrinker«, sagte Paul. »Wir sind ein Volk von *Kölsch*trinkern!«

Die Laune war prima – bis Paul den Hauptgang servierte. Diesmal aß Dalia, doch nicht viel, und sie sagte gar nichts.

»Ich hoffe, du stammst nicht aus Shemaitija?« Paul brach sich fast die Zunge bei der Aussprache der litauischen Region. »Denn sonst hätte ich dir Soße mit Pilzen kochen müssen.«

»Nein, keine Sorge, ich komme aus Klaipeda, wo wir die Zeppeline mit Fischfüllung zubereiten.«

Mist! Das war so, als würde er einem Hamburger Schweinshaxe mit Knödel vorsetzen – damit er sich richtig zu Hause fühlte. Dalia lehnte sich vor, wodurch ihr Dekolleté noch mehr preisgab. »Welchen Fisch hast du genommen?«

Schweine- und Rinder*fisch*, dachte Paul. Seine Fleischfüllung schmeckte also nach Fisch. Das sollte Fleisch, soweit er wusste, nicht tun. Vielleicht hätte er doch nicht das Hack aus dem Sonderangebot nehmen sollen.

Immerhin schien Dalia der Salat halbwegs zu schmecken. Salat war wunderbar zuzubereiten. Es gab tatsächlich fertige Mischungen – und fertige Soßen! Leider hatte auf keiner gestanden, dass man nicht alles schon zu Beginn des Kochens zusammenschütten sollte. Nach zwei Stunden sah nämlich jeder noch so knackige Salat aus, als hätte ein Hund darauf ein Nickerchen gemacht. In Pauls Kompostschüssel hatte sich allem Anschein nach ein Berner Sennenhund gewälzt.

Pauls letzte Rettung hieß Zhalgiris. Der 75 %ige Nationallikör der Litauer. Er konnte sich in Sekundenbruchteilen durch untrainierte Magenwände fressen, führte zur spontanen Selbstentzündung oder ließ einen – wenn alles glimpflich verlief – nur erblinden.

Aber der Zhalgiris hatte auch gute Eigenschaften. So ging er problemlos als Spritersatz für russische Panzer durch.

Dalias Miene hellte sich auf, als sie die Flasche sah.

»Den brauche ich jetzt. Gleich einen doppelten.«

Auch Paul nahm einen – und wünschte sich danach ein Feuerlöscher stände bereit. Er rannte in die Küche und hielt seinen Mund unter den laufenden Wasserhahn.

»Ich mach uns jetzt den Nachtisch. Schwarzbrot und Honigquark – meine Spezialität.«

Dalia stand auf und kam zu ihm, dann blickte sie ihm ernst in die Augen.

»Du kannst gar nicht kochen, oder? Das ist das schrecklichste Essen, das ich jemals hatte. Ich verzichte lieber auf den Nachtisch.« Dalias Blick fiel auf den Berg schmutzigen Geschirrs auf dem Boden. Sie hielt sich die Hände vor lauter Schrecken vor den Mund. »Oh, mein Gott. Das ist ja grauenhaft.«

Der 75 %ige Zhalgiris schaffte es endlich, Pauls Alkoholpegel über die magische Grenze zu heben. Er war nun zu Komplimenten fähig.

»Du siehst heute übrigens sehr gražus aus. Also, du siehst wahrscheinlich, oder sogar bestimmt, immer sehr gražus aus, aber heute besonders. Finde ich.« Komplimente machen war unangenehm, peinlich, und es konnte schreckliche Konsequenzen nach sich ziehen. Trotzdem kam man nicht drum herum.

»Du hast dir wirklich viel Mühe für mich gegeben.«

Paul hörte schon das »Aber«, bevor sie es aussprach. Aber ... du bist unmöglich. Aber ... diesen Abend will ich trotzdem schnell vergessen. Aber ... du hast mich unter falschem Vorwand hierhergelockt.

Stattdessen kam Dalia näher und noch etwas näher. Dann schlang sie ihre Arme um Paul und drückte ihn fest an sich. »Ich habe eine Schwäche für Männer mit zwei linken Händen. Lass uns Meile·machen.« Ihre Lippen kamen ganz nah an sein Ohr. »Meile· heißt Liebe.«

Ihre Küsse brannten heißer als eine ganze Kiste Zhalgiris. Als sie auf die Küchenfliesen niedersanken, hatte Dalia ihm längst das Hemd ausgezogen.

Sie warf sich auf ihn.

Seksas, dachte Paul. Auch dieses Wort hatte er zur Sicherheit nachgeschlagen.

So viel Spaß wie in dieser Nacht hatte Paul niemals zuvor in seiner Küche gehabt. Und im Wohnzimmer. Und im Flur. Der Dusche und dem Kleiderschrank. Dann wusste er, wofür die Litauer so deftig essen mussten.

Als sein Wecker am nächsten Tag klingelte, fühlte sich Pauls Kopf breiter an als die Ringe des Saturns. Durch die Ritzen der Rollladen drangen die ersten Strahlen Morgenlicht und stachen ihn wie Nadelspitzen.

Dann kehrten die Ereignisse des gestrigen Abends zurück.

Was für eine Nacht, was für eine Frau. Sie hatte ihn wie eine Kartoffel langsam durch ein Tuch ausgepresst. Hoffentlich war alles an ihm heil geblieben. Er tastete zur Sicherheit die relevanten Körperteile ab. Alles noch am Mann und in einwandfreiem Zustand.

Er drehte sich, um Dalia mit einem heißen Guten-Morgen-Kuss zu wecken, doch seine Lippen fanden nur eine leere Betthälfte. Das heißt, eine ordentlich zusammengefaltete Bettdecke samt aufgeschütteltem Kopfkissen.

Aber das Bett roch noch wunderbar nach ihr.

Paul hatte sich so darauf gefreut, gemeinsam mit ihr aufzustehen – aber natürlich erst, nachdem er ihren bettwarmen Körper in die Arme geschlossen hätte. Kaffee wollte er kochen und versuchen Spiegeleier zu braten, um dann im Bett gemeinsam zu frühstücken.

Hätte Paul zwischen einem solchen Frühstück und dem Sex

wählen können, das Frühstück wäre der Sieger gewesen. Und dabei war der Sex wundervoll gewesen. Mehrmals sogar.

Schlaftrunken tappte Paul durch die Wohnung, lüftete, fütterte Freddy und die Goldfische. Seine Wohnung kam ihm heute viel einsamer als sonst vor. Obwohl Paul wusste, dass Dalia nicht im Bad war, sah er dort nach. Auch in der Küche: Fehlanzeige. Dalia musste in der Nacht noch gespült haben, denn nun sah alles tipptopp aus. Gehört hatte er nichts davon, der teuflische Zhalgiris musste ihn ins Koma geschickt haben.

An der Wohnungstür fand er ein Post-it: *Danke – für alles! Mach's gut, Dalia.* Darum hatte sie ein Herz gemalt.

Das war die ehrlichere Form von: Ruf mich nicht an, ich ruf dich (nicht) an.

Doch einen Stich ins Herz versetzte ihm auch diese.

Er nahm das Post-it ab und ließ es durch die Finger gleiten. Es war kein Vergleich zu Dalias zarter Haut. Und es würde alles sein, was ihm von ihr blieb. Warum nur wollte sie ihn nicht wiedersehen? Warum nur ein One-Night-Stand? Was stimmte nicht mit ihm?

Freddy kletterte auf den höchsten Stein in seinem Terrarium und stierte ihn an.

»Was?«, fragte Paul. Freddy senkte den Kopf.

»Ich soll nicht traurig sein? Bin ich auch gar nicht. Wirklich. Macht mir nichts aus.«

Freddy blinzelte.

»Musst gar nicht so gucken. Ja, Dalia ist eine tolle Frau. Aber das hätte eh keine Zukunft gehabt, irgendwann geht sie zurück nach Litauen und dann bleibe ich mit einem gebrochenen Herzen und einer Zhalgiris-Leber zurück. So hatten wir eine tolle Nacht miteinander, die wir nie vergessen werden.«

Freddy hob sein rechtes Vorderbein.

»Ja, und ein Essen, das wir nie vergessen werden. Aber aus anderen Gründen. Jetzt hack doch nicht darauf rum!«

Paul schnitt eine Kiwi auf und setzte sich mit einem Löffel bewaffnet vor Freddys Behausung.

»Ich fand sie wirklich süß, weißt du. Und es war alles so … unangestrengt. Aber ich war für sie halt nichts weiter als ein Sexspielzeug.« Er hob triumphierend den Löffel. »Bin ich vorher noch nie gewesen. Ist zur Abwechslung mal nicht schlecht, nur ein geballtes Stück Erotik zu sein.«

Wem machte er etwas vor? Selbst Freddy drehte ihm jetzt beleidigt den gepanzerten Hintern zu. Paul wollte keine Abenteuer, er wollte eine Beziehung, nein, falsch, er wollte die große Liebe. Das konnte er natürlich weder Andy noch Fish-Mac oder gar Freddy erzählen. Die würden ihn nur auslachen und ihn als hoffnungslosen Romantiker verspotten.

Die Frage, warum Dalia einfach gegangen war, brannte weiter und tiefer in Paul.

Doch sie vermischte sich mit einer anderen. Hatte es gestern nicht einen Moment gegeben, einen klitzekleinen, in dem er sich wünschte, es wäre nicht die zauberhafte Dalia gewesen, mit der er durch sein Bett turnte? In dem er sich vorstellte, es wäre eine andere Frau, und es wären ihre Lippen, die er küsste? Es wären Elis?

»Weißt du was, Freddy?«

Die Geierschildkröte drehte sich nicht um. Sie hatte anscheinend genug von den Lügenmärchen. Paul hob sie heraus. »Jetzt hör mir doch mal zu, wenn ich mit dir rede. Aus so einer Sache muss man was lernen, oder? Und die eine Lehre ist: Ich muss richtig gut kochen lernen, sonst nimmt meine große Liebe nachher noch Reißaus. Ich muss zu einem Profi, einen Kochkurs bei einem Sternekoch belegen. Je schneller, desto besser. Und zweitens …«

Freddy hob den Kopf.

»… zweitens. Wenn eine Chance besteht und wenn sie noch so klein ist, dass bei Eli die Sache mit dem Traumprinz in die Hose geht, will ich da sein und ihr Herz zum Kochen bringen. Also nicht wörtlich. Du weißt schon, wie ich das mit dem Kochen meine.« Er trug Freddy zum Fenster, damit er einen guten Blick auf den wolkenverhangenen Himmel über Köln und auf die regennasse Maastrichter Straße hatte. »Das ist nämlich folgendermaßen mit den Traumprinzen: Irgendwann müssen sie den Müll raustragen, und darin sind Traumprinzen einfach verdammt schlecht.«

Paul setzte Freddy zurück in sein Reich und spendierte ihm ein frisches Salatblatt.

»Und weißt du, wer mein persönlicher MI6-Agent wird? Andy! Den ruf ich jetzt sofort an. Agentennummer 00. Mit der Lizenz zum Schnüffeln.«

Eli öffnete die Augen und blickte in völlige Dunkelheit. Sie hatte es wirklich getan, sie hatte mit Roman geschlafen – obwohl ihre Schwester Katharina sie eindringlich davor gewarnt hatte. Es war nicht direkt nach seiner Heldentat am Rhein geschehen, an diesem Abend hatten sie nur bei einem Italiener gegessen, ganz romantisch, mit Kerzenlicht und einer langstieligen Rose auf dem Tisch. Roman hatte den Kellner sogar ein Erinnerungsfoto mit seinem Handy schießen lassen. Ein echter Romantiker. Sie hatten viel geredet, über seine Freunde, seine Karrierepläne, seine Lieblingsfilme, seine Traumreiseziele. Roman konnte wunderbar erzählen – und Eli gut zuhören. Mit einigen Ratschlägen zur Erkältungsvorbeugung nach einem Bad im Rhein hatte Eli ihn dann früh ins Bett geschickt. Aber schon in der nächsten Nacht hatte sie den Lebensretter vom Müllemer Böötche neue Heldentaten vollbringen lassen.

Es war schön gewesen. Doch. Er hatte extra Kerzen angezündet und sein Wasserbett auf eine höhere Temperatur gestellt. Roman war eher einer von den sportiven Liebhabern, die auf kurzen Strecken alles gaben. Eli hatte eigentlich mehr für Kuscheln übrig. Vorher wie nachher. Aber er war danach recht schnell eingeschlafen. Das würde sie ihm schon noch austreiben! Einige Männer sollten ja lernfähig sein. Hatte sie gehört.

Eli fuhr mit der Hand über Romans Arm und kitzelte ihn etwas. Dafür erntete sie ein mürrisches Grunzen.

Sie hatte also Zeit, sich in Ruhe umzusehen.

Okay, Neugierde war eine schlechte Eigenschaft, klar, das wusste Eli. Aber wenn man sie besaß, musste man irgendwie damit klarkommen. Am besten, indem man ihr hemmungslos nachgab. Endlich konnte sie Romans Loft in Augenschein nehmen. Bisher war nie Zeit für mehr als ein paar interessierte Blicke gewesen, sie wollte ja schließlich nicht … neugierig wirken. Aber jetzt schlief Roman tief und fest, und sie war putzmunter – wer konnte etwas dagegen sagen? Es konnte ja niemand verlangen, dass sie neben ihm im Bett blieb, bis er aufwachte!

Da Zimmerlampe einschalten nicht ging, half Eli sich mit der kleinen Maglite an ihrem Schlüsselbund. Sie kam sich vor wie eine Einbrecherin – es fühlte sich richtig gut an. Männer mochten davon träumen, in der Unterwäscheschublade ihrer Angebeteten zu wühlen. Frauen dagegen hatten ü-ber-haupt kein Interesse daran, die Unterhosen ihres Mr. Rights in Augenschein zu nehmen. Viel wichtiger war, ob die Herren der Schöpfung ihre Mülleimer regelmäßig leerten und dass im Kühlschrank nichts abgelaufen war und vor sich hin schimmelte. Frauen wussten eben, was wichtig im Leben war!

Mit nackten Füßen trat Eli auf die kühlen Terrakottafliesen des Lofts im neuen Kölner Hafenviertel. Hoffentlich würde sie sich keine Blasenentzündung holen. Die Wohnung war riesig und erinnerte an eine Flughafenwartehalle. Sie war mehr als eine Nummer zu groß für einen Buchhändler mit seinem Gehalt, er musste ebenso reiche wie großzügige Eltern haben. Beneidenswert. An den Wänden hingen riesige, gerahmte Plakate von Sportwagen, sonst nichts.

Eli wanderte umher. Die Pflanzen sahen allesamt fantastisch aus. Roman musste einen grünen Daumen haben. Das schätzte Eli an Männern. Sie leuchtete näher an den großen Ficus. Auf dem Topf pappte ein Aufkleber: *Grüner wird's nicht – Kölner Mietpflanzen-Service.*

Er musste wirklich sehr, sehr reiche Eltern haben.

Vor dem großen Panoramafenster zum Rhein stand ein Crosstrainer. Allerdings sah er noch brandneu und völlig unbenutzt aus.

Vom Bett her kam ein lautes Schnaufen, und Roman drehte sich um.

Eli hatte die Luft angehalten. So berechtigt ihr Interesse, so peinlich wäre es, wenn Roman sie mit der Taschenlampe herumlaufen sah. Da könnte sie sich höchstens mit Restalkohol herausreden …

Sie musste schnell machen.

Als Nächstes zur CD-Sammlung. Beim Essen mit Sabine und Lars hatte Roman nur ganz leise im Hintergrund etwas laufen lassen, nicht mehr als ein rhythmisches Rauschen. Jetzt stellte sich heraus, dass Roman eine Sammlung hipper Chill-out-Musik aus Ibiza besaß, dazu noch etliche Bands, die sie nicht kannte, auf deren Covern aber fast immer Strand- und Bikini-Schönheiten prangten. Ihr Musikgeschmack war das ganz bestimmt nicht – aber sie war offen für alles. Es war doch schön, wenn ein Mann einem ganz neue Welten eröffnete.

Vorsichtig schwenkte sie den Schein ihrer kleinen Lampe über den Boden, um gegen nichts zu stoßen. Die Küche! Darauf war sie besonders gespannt. Welche kulinarischen Leckerbissen warteten im Kühlschrank, die er bald für sie zubereiten würde? Die Tür des amerikanischen Metallungetüms gab beim Öffnen ein Geräusch von sich, als würden zwei Elefanten knutschen. In seinem Inneren verbarg sich … nichts. Na gut, es war kein völliges Nichts. Aber eine Flasche Orangensaft, eine Milchschnitte und ein alter Pizzakarton samt mittlerweile knochenhartem Inhalt konnte wohl nicht als Speisekammer gewertet werden. Sogar in Kate Moss' Kühlschrank stand sicher mehr. Wenn die Atombombe fiele, könnte Roman sich keinen Nachmittag lang allein versorgen. Elis Mutter würde bei diesem Anblick sagen, dass er dringend eine Frau bräuchte, die sich um ihn sorgt. Und so erschreckend das war: Eli musste ihr zustimmen.

Bevor Roman von der Helligkeit des Kühlschranks wach werden konnte, verschloss sie diese Eiswüste wieder und stellte den Lichtkegel ihrer Taschenlampe größer, um damit einen großen Schwenk durch Romans Traumprinzenreich zu vollführen.

Erst jetzt fiel Eli auf, dass etwas fehlte, etwas unglaublich Wichtiges. Bücher! Roman hatte scheinbar kein Einziges, selbst auf dem Nachttisch lag keins. Es gab auch keine Schrankwände, in denen sich seine Schätze verbergen konnten. Ein Buchhändler ohne Bücher? Das war ja wie ein Schreiner ohne Möbel. Das gab es doch gar nicht. War das vielleicht gar nicht seine Wohnung, sondern die eines reichen Freundes, der gerade in Abu Dhabi oder Schanghai wichtige Geschäfte machte? Wie konnte sie das nur herausfinden?

Sein Schreibtisch! Ein Kunstwerk aus Aluminium und Glas. Darauf befand sich ein ultradünnes Notebook in Holzoptik. Aber das durfte sie wirklich nicht hochfahren. Das war Intimsphäre. Nein, das ging gar nicht.

Eli schaltete es ein. Das Ding piepste so laut, als sei es ein hungriges Dinosaurier-Küken.

»Was ist los?«, kam es schläfrig vom Wasserbett. Eli klappte den verräterischen Computer schnell zu, schaltete ihre Lampe aus und hielt die Luft an.

»Eli?« Den Geräuschen nach zu urteilen, tastete Roman mit der Hand das Bett nach ihr ab. »Bist du auf der Toilette?«

Eli sagte nichts. Für gefühlte drei Stunden. Dann klang Romans Atem wieder gleichmäßig tief. Als sie die Lampe zitternd erneut einschaltete, ging sie leise zu ihm hinüber. Er schien fest zu schlafen. Ausgebreitet lag er im Bett, alle Viere von sich gestreckt. Elis Herz pumpte immer noch so schnell in der Brust, als wolle es lieber explodieren, als diesen Wahnsinn auch nur eine Minute länger zu ertragen. Doch Eli war noch nicht zufrieden.

Wahrscheinlich war es eine unsinnige Frage, ob dieses Luxusloft Roman wirklich gehörte – doch sie fraß sich immer tiefer in Elis Bewusstsein, wie die kleine Raupe Nimmersatt.

Deshalb schlich sie nun zurück zum Computer, legte die Taschenlampe neben sich – und bemerkte erst viel zu spät, wie diese herunterfiel. Gott sei Dank auf den dicken Flokati! Als Eli sich bückte, um sie wieder aufzuheben, erkannte sie aus den Augenwinkeln etwas breites Rotes, verborgen unter dem mattgebürsteten Aktenschränkchen des Schreibtisches. Vielleicht besaß er ja doch ein Buch? Eins, das ihm so viel bedeutete, dass er es versteckte? Es stellte sich als Fotoalbum heraus, wie man es in Fachgeschäften bekam. Braunes Kunstleder mit dickem Einband, zwischen den Seiten Seidenpapier. Mit Klebe-Ecken hatte Roman Schnappschüsse gesammelt. Von Frauen. Unterteilt in Kapitel. Mit Namen. Juliane. Verena. Nicola. Imke. Tina. Levke. Und noch ein paar mehr. Einige hatten rote Haare wie sie, andere Korkenzieherlocken, fast alle waren so zierlich wie Eli. Auf vielen Fotos war Roman gemeinsam mit ihnen abgebildet. Wie er sie im Arm hielt, sie küsste, mit ihnen Boot fuhr, und von jeder Einzelnen gab es eines mit ihm in einem italienischen Restaurant. Auf dem Tisch standen immer Kerzen und eine langstielige rote Rose in der Vase.

Sie sahen alle unglaublich glücklich aus.

Eli konnte es in den Augen der Frauen lesen. Sie blätterte schnell von einer zur nächsten. Roman hatte sogar immer dasselbe an.

Genau dasselbe wie am gestrigen Abend mit ihr.

Nach dem Kapitel einer Frau namens Judy kam eine leere Seite und dann eine neue Überschrift: Eli.

Plötzlich zuckte sie zusammen.

Roman stand neben ihr.

***Birne sucht Helene.** Beamter, 29 J./1,78, interessant, lebendig, lernfähig, kann kochen (aber keine Soufflés, und nicht litauisch) und Wein einkaufen (weiß wie rot), sucht eine Frau, die ihren Traummann noch nicht gefunden hat, und gerne auch bis zum Morgen bleibt (Frühstück im Bett inkl.). Aber nicht nur einen Morgen – sondern alle (Frühstück im Bett nur am Wochenende inkl. – aber immerhin, oder?) ✉ 965938 Chiffredienst, 50590 Köln. ☎-Chiffre 0900/5000958–78591.*

FÜNFTER GANG

Blutorangen-Tarte (zum Mitnehmen)

Andy war so aufgeregt, als dürfte er Metallica backstage treffen. Vor ihm lag eine fremde, exotische Welt. Er konnte sich nicht daran erinnern, jemals zuvor eine Buchhandlung betreten zu haben. Es würde schon alles gut gehen.

Andy holte noch einmal tief Luft.

Er hatte im Copyshop extra früher Schluss gemacht, um diesen Geheimauftrag übernehmen zu können. Entschlossen öffnete er die Glastür und trat von der Kälte des Neumarkts in die abgestandene Wärme der Eselsohr-Buchhandlung.

Jetzt hieß es, Eli Spatzner ausfindig machen, sie beobachten und falls möglich befragen. Alles unauffällig und ohne seinen liebeskranken Auftraggeber Paolo, genannt Paul, Birnbaum preiszugeben. Es wäre verheerend, wenn diese Eli erfuhr, dass der Schalterbeamte von der KFZ-Zulassungsstelle ihr nachspionieren ließ.

Bei »Raumschiff Enterprise« hatte Andy mal ein Suchmuster mit Long Range Scanner gesehen. Allerdings ging es da bloß um einen romulanischen Warbird im Delta-Quadranten, jetzt dagegen um die U.S.S. Eli im Buch-Universum. Das war deutlich schwieriger.

Er begann im Kellergeschoss und drehte auf jeder Etage eine Runde. Doch als er oben ankam, hatte er sie noch nicht ausmachen können.

Vielleicht schob sie heute keinen Dienst? Oder das Zielobjekt bewegte sich! Er musste seine Runden also schneller drehen. Zehn

Minuten später stand er schwitzend im Keller der riesigen Buchhandlung.

Mist. Immer noch keine Eli.

Dafür hatten ihn gut ein Dutzend Buchhändlerinnen angesprochen, angelächelt oder ihm freundlich zugenickt. Beinah hätte er aus lauter Verlegenheit ein Buch über *Die bauliche Nutzung Vulkangesteins in der Eifeler Ur- und Frühgeschichte* gekauft.

Jetzt fixierte ihn ein Verkäufer. Der Bursche blickte ihn ganz unverhohlen an und kam sogar näher. Er sah aus wie einem H&M-Plakat entsprungen. Roman Holz stand auf seinem Namensschild.

Andy fand ihn auf Anhieb super. Super unsympathisch.

»Kann ich Ihnen vielleicht behilflich sein?«

»Nee, ich find mich schon zurecht.«

»Was suchen Sie denn?«

»Ein … Buch!«, antwortete Andy, stolz, dass ihm dieser geniale Einfall gekommen war.

»Aha.«

»Aber ich glaube, ich finde es auf einer anderen Etage.«

»Welcher denn?«

»Der dritten«, sagte Andy und war weg. Die dritte Etage gab es tatsächlich und dort auch ein kleines Café. Er beschloss, eine heiße Schokolade mit Sahne zu bestellen und hier Ausschau nach Eli zu halten. Eine Tür hatte es Andy besonders angetan, die unauffällig in die Wand eingelassen war. Immer mal wieder gingen Menschen mit Namensschildern hinein oder kamen heraus. Auch der Frühlingskollektions-Dressman aus dem Keller. Andy musste nur drei Kakao mit extra Sahne (»Ja, gerne auch mit einem Keks«) lang warten. Dann erschien sie.

Zierlich, mit hübschen roten Locken und einem großen Mund. Doch von dem tollen, unwiderstehlichen Lächeln, das Paul beschrieben hatte, war nichts zu sehen. Sie zog eine Flappe. Es war, als trüge sie ein Schild mit der Aufschrift: *Bloß nicht ansprechen – sonst erschlage ich Sie mit den Diercke-Atlanten!*

Trotzdem musste Andy jetzt genau das machen. Keine Ahnung,

wie er sie in ein Gespräch über ihre Beziehung verwickeln konnte. Am besten war immer, wenn man etwas über sich selbst erzählte, über die eigene Beziehung.

Leider hatte er zurzeit keine.

Außer der zu Paul, und die zählte ja nicht. Aber besser als nichts.

Er folgte Eli auf die oberste Etage, wo sie sich hinter einem mannshohen Bücherstapel postierte *(Die schönsten Bahnstrecken der Alpen – Der große Panorama-Bildband)*, praktisch uneinsehbar.

Gerade als er zu ihr gehen wollte, verschwand sie in eine andere Richtung. Wenn er jetzt rechts um dieses Regal ginge, müsste er sie abfangen können!

Hey, das machte richtig Spaß. Wie früher beim »Wizardry« spielen, nur dass dies kein Verlies, sondern eine Buchhandlung war. Und er keine Monster, sondern Buchhändler jagen musste. Aber Andy war mit dem zufrieden, was das Schicksal ihm zugestand.

Tatsächlich. Da kam sie. Ungeschützt. Die Beute hatte keine Chance zu entkommen! Andy räusperte sich. Es klang, als würde er ein Eichhörnchen hochwürgen.

»Oh«, sagte Eli. »Kann ich Ihnen vielleicht behilflich sein?«

»Einen Beziehungsratgeber, bitte.«

Sie lachte auf. »Da bin ich wirklich nicht die Expertin. Aber wir haben hier einen Kollegen, den Herrn Holz, unser … Spezialist auf dem Gebiet Beziehungen. Sie finden ihn im Erdgeschoss.« Eli drehte sich weg.

»Ich möchte mich aber von Ihnen beraten lassen.«

Sie musterte ihn. »Tut mir leid, aber ich habe einen dringenden Vertretertermin. Herr Holz ist sicher für Sie da.«

Hm, das lief irgendwie nicht so toll. Andy erinnerte sich daran, was manche Frauen im Copyshop machten, wenn sie wollten, dass er ihnen half, obwohl er Arbeit bis unter beide Arme hatte. Sie weinten. Besonders Studentinnen konnten das gut. Lernten sie wohl im Proseminar.

Andys Versuch fiel allerdings ziemlich mickrig aus. Trotzdem brachte es Eli dazu, bei ihm zu bleiben.

»Meine … Frau will immer, dass ich mit ihr über ihre Arbeit rede.« Das tat Paul tatsächlich, und es nervte Andy kolossal.

»Es tut mir leid«, sagte Eli mit einer Stimme, die zeigte, dass es ihr überhaupt nicht leid tat. »Aber das ist doch nicht schlimm. Unternimmt Ihre Frau oft etwas mit Ihnen? Geht Sie regelmäßig mit Ihnen essen?«

Andy überlegte. Machte Paul das?

»Nee, eigentlich nicht. Meist bestellen wir uns was. Jetzt fällt mir erst auf, wie faul der, äh, die ist.«

»Seien Sie bloß froh! Ansonsten bekommen Sie nämlich so eine Standardbehandlung, wie alle vorher, inklusive roter Rose und Kerzenlicht. Danach fühlt man sich wie eine Cola-Flasche.«

»Cola-Flasche?«

»Cola-Flasche. Eine wie die andere. Austauschbar. Männer sind so zum Kotzen.«

Was redete diese Eli nur für einen Blödsinn? So fand er nie etwas über den Stand ihrer Beziehung heraus. Er würde sie jetzt ganz direkt fragen, wie es mit ihrem Traummann lief. Einfach freiheraus, die Überrumpelungstaktik. Eigentlich die einzige Taktik, die Andy wirklich beherrschte.

Doch plötzlich stand der Buchhändler aus dem Kellergeschoss hinter ihr, mit einer riesengroßen Schachtel in Herzform in der Hand. Sicher Pralinen, dachte Andy. Und sicher der Traummann. Wenn er eine Frau wäre, würde der ihm nicht gefallen. Er sah aus, als würde er seine CDs alphabetisch ordnen und Metallica für einen Autolack halten.

Mit einem Mal schob sich ein anderer Verkäufer zwischen ihn und das Paar.

Er hatte kurze blonde Haare – und einen attraktiven Augenaufschlag. Für einen Mann, versteht sich.

»Kann ich Ihnen vielleicht behilflich sein?«

»Bekommt ihr hier einen Sprachchip eingebaut, damit ihr diesen Satz automatisch raushaut?«

»Wie bitte?«

»Sie können gleich wieder abdrehen. Die Frau da, die Eli Spatzner, berät mich schon.«

»Ich übernehme!« Der Buchhändler schob ihn mit sanftem Druck in einen anderen Gang. »Sie sehen ja, dass die Frau Spatzner grad was ganz Wichtiges zu tun hat.« Er zwinkerte ihm verschwörerisch zu. Sein Namensschild wies ihn als Alexander Löschmeyer aus. Aha, das war also dieser Löschi. Vom anderen Ufer. Warmer Strandabschnitt.

»Sie riechen übrigens streng.«

»Ist das gut?« Andy schnüffelte an seinen Achseln. Roch wie immer.

»Für manche schon – aber ich mag das nicht so. Körperbehaarung ja, Stinken nein.«

»Ich würde mich wirklich lieber von Frau Spatzner beraten lassen.«

»Aber das geht jetzt leider nicht«, sagte Löschi. »Es tut mir übrigens weh, so von Ihnen abgelehnt zu werden. Für Sie bin ich nur ein kleiner, dummer Buchhändler, oder? Ist ein Buchhändler kein richtiger Mensch? Hat nicht ein Buchhändler Augen? Hat nicht ein Buchhändler Hände, Gliedmaßen, Werkzeuge, Sinne, Neigungen, Leidenschaften? Mit derselben Speise genährt, mit denselben Waffen verletzt, denselben Krankheiten unterworfen, mit denselben Mitteln geheilt, gewärmt und gekältet von eben dem Winter und Sommer als ein Christ? Wenn ihr uns stecht, bluten wir nicht? Wenn ihr uns kitzelt, lachen wir nicht? Wenn ihr uns vergiftet, sterben wir nicht?«

»Wie bitte?«

»Das war Shakespeare, der Shylock. Gut, was?«

»Hat mich gerade echt getroffen.«

»Ich mach mit bei so einer Theatergruppe: *Die Bühne Maja*. Ganz verrückte Hühner sind da mit dabei.«

»Ich würde trotzdem lieber von Frau …«

Löschi hob den Finger. »Neeeinn! Der gute Löschi wird Sie beraten, wie Sie noch nie in Ihrem Leben beraten wurden. Und die arme Eli lassen wir mal schön allein.«

»Aber …«

»Pscht!«

»A …«

Löschi hob wieder mahnend den Finger.

Okay, Auftrag gescheitert. Er würde Paul ein paar Lügen auftischen müssen. Das bekam er sicher hin.

Löschi hüstelte. »Also, welches Buch darf es sein?«

Andy hatte keine Ahnung, was für ein Buch er suchte. Soweit hatte er seinen Plan nicht ausgearbeitet.

»Was zu Körperhygiene?«

»Guter Mann!«

Auf den Weinbergen des Ahrtals reiften noch keine roten Trauben, und ein kalter Wind zog von den Hängen. Doch Paul war unendlich glücklich, hier zu sein. Er hatte den letzten Platz beim Kochkurs von Sternekoch Julius Eichendorff ergattert! Und jetzt stand er vor dem Restaurant des Maestros und würde gleich die Weihen der Spitzenküche erhalten.

Heppingen war eigentlich ein Dorf und das Restaurant von außen eher unscheinbar. Nur der Eingang verströmte mit mattem Metall und viel Glas die Aura des Besonderen. Paul tastete in seiner Jackentasche nach der Anmeldung, alles bestens. Doch mit einem Mal wurde er unruhig. Vielleicht war das alles ein großer Fehler. Drinnen wartete ein Spitzenkoch. Und er selbst konnte kaum einen Kochlöffel gerade halten. Vielleicht sollte er lieber nach Hause gehen und sich den Briefen widmen. Paul war immer noch verwundert, wie viele Zuschriften er auf die neueste Kontaktanzeige erhalten hatte.

Sie waren alle noch ungeöffnet.

Irgendwie fühlte es sich nicht richtig an, sie zu lesen. So als würde er Eli irgendwie untreu werden. War natürlich Blödsinn, hatte Andy auch mehr als deutlich und mehr als einmal gesagt. Und trotzdem. Paul hatte eine Schleife um die Briefe gemacht und sie auf die Schlüsselablage im Flur gelegt.

»Sind Sie Herr Birnbaum?« Ein Mann wie ein Mittelgebirge stand in der Tür.

Paul nickte zögerlich.

»Dann kommen Sie rein, die Schürze wartet schon sehnsüchtig auf Sie!«

Der berühmte Julius Eichendorff persönlich bat ihn herein. In der Küche drückte ihm dann ein Mann mit Zwirbelbart und schwarzer Kellnermontur ein Glas Brause in die Hand. Vermutlich Champagner. Die anderen fünf Kursteilnehmer hatten ihre Gläser schon fast ausgetrunken und betrachteten interessiert den Neuankömmling.

Beim Essen mochten die Zutaten wichtig sein, bei einem Kochkurs, das merkte Paul sofort, waren es die Teilnehmer. Folgende wurden an diesem Tag zusammengeworfen:

- Rolf: Er sah aus wie ein »Tagesschau«-Sprecher aus der guten alten Zeit und trug eine gepunktete Fliege. Rolf hielt sich für unglaublich klug, weswegen er ständig unglaublich kluge Sachen fragte. Und wenn es nichts zu fragen gab, fachsimpelte er über Wein.
- Julie & Tristan: ein frisch verliebtes Paar. Schnäbelten dauernd aneinander herum. Mit anderen Worten: zum Kotzen.
- Charly: eigentlich Karl-Heinz. Ein Mann im Muskelshirt. Er trug dazu die passenden Muskeln. Und polierte Glatze. Sie glänzte wie ein mit Speckschwarte eingeriebenes Osterei. Charly war darauf aus, Fleisch zu schneiden, es von Sehnen zu befreien, es zu portionieren – und Paul wurde den Eindruck nicht los, dass Charly das rohe Fleisch am liebsten mit bloßen Händen ausgedrückt hätte und das Blut in seinen Rachen fließen lassen.
- Rosemarie: Sie war komplett in Grau gekleidet und schaffte es, vor den Augen aller zu verschwinden – und zum Schatten Julius Eichendorffs zu werden. Sie schrieb alles, was der Meister sagte, fast schon bevor er es sagte, in ein altrosa eingeschlagenes Notizbüchlein.

»Dann sind wir jetzt ja komplett und können loslegen. Zuerst einmal müssen die Hände desinfiziert werden, danach nimmt sich jeder eine Schürze. Die dürfen Sie nach dem Kurs übrigens behalten. Außerdem bekommt jeder ein Handtuch, das so an der Schürze befestigt wird.« Er demonstrierte es. »Soll ich Ihnen helfen, Herr Birnbaum?«, wollte der »Tagesschau«-Sprecher wissen.

Paul schüttelte den Kopf. Doch Rolf lächelte und tat es trotzdem. Paul kam sich vor, als könne er nicht alleine den Hosenlatz zubinden. Und für diese Demütigung zahlte er auch noch über 200 Euro.

Zum Aperitif: Thunfischvariationen

Zu Beginn reichte Julius Eichendorff etwas, das er selbst mit seinem Trupp vorbereitet hatte. »Mit leerem Magen kocht es sich schlecht, deswegen ein paar Kleinigkeiten voraus.«

Es sah ganz unscheinbar aus, wie ein Salzcracker, auf dem, nun ja, grauer Matsch lag, in welchem irgendein Unkraut wuchs. Alle steckten es sich in den Mund. Paul steckte es sich in den Mund.

Booooooooooooooooom.

Was war das denn? Ihm kam es vor, als hätte er das ganze Meer im Mund. Aber nicht die trübe Nordsee, sondern das Wasser einer unberührten, südwestpolynesischen Insel. Die verschiedenen Aromen waren klar wie Laserstrahlen und harmonierten perfekt miteinander. Paul wollte mehr davon, viel mehr. Doch die Platte war bereits leer und die zweite Variation rauschte heran. Diesmal war der Thunfisch gebraten und mit Meersalz besprenkelt, dazu gab es gegrillte Paprika. Die zwei tanzten Tango in Pauls Mund.

Zu jedem dieser Gänge gab es einen passenden Wein. Vor allem das Kraftpaket Charly probierte ausgiebig, wie gut die Weine das Essen ergänzten.

Irgendwann klatschte Eichendorff voller Tatendrang in die Hände. »So, jetzt sind wir gestärkt. Sie können ja alle kochen, deshalb legen wir sofort los.«

Paul spürte kurz den Impuls zu widersprechen, beschloss dann jedoch, sich vor Rolf, Julie und Tristan, Charly sowie Rosemarie nicht bloßzustellen.

»Heute wird Ihnen alles spanisch vorkommen – denn alle Gerichte stammen von der iberischen Halbinsel. Für die Vorspeise verteilen Sie sich bitte an die verschiedenen Küchenstationen. Wer will, kann mit mir die Jakobsmuscheln von Rogen und Muskeln befreien und sie danach anbraten. Mein Sous-Chef Jochen braucht jemanden, um die Macadamianüsse anzurösten und die Melonen in Würfel zu schneiden. FX ist eigentlich unser Maître d'hôtel, doch heute hilft er mal in der Küche aus. Er ist aus Österreich, also seien Sie nachsichtig mit ihm. FX braucht Hilfe bei der Passionsfrucht-Kokoscreme. Und ab geht es!«

Paul konnte sich nicht entscheiden. Wo konnte man sich am wenigsten blamieren? Irgendwie musste Eichendorff sein natürliches Talent direkt erfasst haben – und teilte ihm die Aufgabe für Saudumme zu. Macadamianüsse rösten und danach klein hacken. Immerhin durfte er auch die Pak-Choi-Blätter kurz in Olivenöl anbraten. Pak Choi war ihm völlig neu. Den hatte er bisher immer für Jackie Chans Gegenspieler in *Sie nannten ihn Knochenbrecher* gehalten. Aber es war eine Kohlart. Eichendorff ermunterte seine Schüler, alles auch im rohen Zustand zu probieren, daran zu riechen, zu ertasten, damit man ein Gefühl für die Zutaten bekam.

Pak Choi schmeckte bitter.

Da bekam Paul gar keine Gefühle.

Doch als er später alle Zutaten des Gangs zusammen aß, fügte sich der bittere Ton des Pak Choi perfekt mit dem würzigen der Macadamianuss und dem fruchtig-süßen der Melonenvinaigrette zusammen. Ohne den Pak Choi hätte dem Gericht die Erdung gefehlt, nur mit ihm war alles in der Balance. Dieser Eichendorff wusste tatsächlich, was er kochte. Und Pak Choi war zum Angeben ein Supergemüse.

Zwischengang: Butternuss-Kürbisrisotto mit gebeizter Gänsestopfleber, krossen Haselnüssen und Trüffelschaum

Charly erklärte sich netterweise wieder bereit, den Wein schon mal vorzutesten, während »Tagesschau«-Sprecher Rolf ihm einen Vortrag über die Rebsorte hielt. Paul hörte gar nicht zu, denn er war völlig fasziniert von Julius Eichendorff. So schwer und unbeweglich der Mann wirkte, so flink und geschickt war er mit seinen großen Händen. Sie flogen über die Lebensmittel, alles sah bei ihm ganz einfach und schwerelos aus. Dabei strahlte er trotz der irren Geschwindigkeit eine große Ruhe aus. Nur einmal wurde er laut – als Julie & Tristan, die das ganze als Vorspiel zu sehen schienen, zu viel vom Butternuss-Kürbis wegwarfen.

»So was kann sich eine Spitzenküche nicht erlauben! Lebensmittel kosten Geld, und nicht nur deshalb sollte man sie mit Respekt behandeln. Schauen Sie sich doch an, was das für eine wunderbare Frucht ist, und was sie für einen weiten Weg zu uns zurückgelegt hat. Doch nicht, um dann im Mülleimer zu landen, oder?«

Rosemarie notierte alles nickend. Sie kochte nicht, war nur stiller Beobachter. Nachdem Eichendorff die Teller dekoriert hatte, aß sie Reiskorn für Reiskorn. Sie sah überhaupt nicht aus, als hätte sie Freude am Genießen. Oder am Leben.

Selbst jetzt dachte Paul an Eli. Hoffentlich erledigte Andy seinen Job ordentlich und fand heraus, ob sie tatsächlich ihren Traummann gefunden hatte. Als er den ersten Bissen des Essens probierte, wusste Paul sofort, dass er dieses Gericht unbedingt für Eli kochen wollte, damit sie das gleiche Glück spüren konnte wie er. Ja, es war tatsächlich Glück, was er da aß, pures Glück in köstlichen Happen. Es war ganz anders als alles, was er bisher gegessen hatte. Es verhielt sich wie Farbfernsehen zu Schwarzweiß.

Hauptgang: Rücken und Schulter vom Lamm mit Ziegenkäseschaum, Tomatenconfit, Artischockensalat und Olivenpolenta

Paul kamen fast die Tränen, als er das Rückenstück sah. Es stammte von einem Lamm, einem Babyschaf. Das konnte er nicht anpacken, geschweige denn essen. Charly, mittlerweile leicht angeschickert, stürzte sich sofort auf die Aufgabe, doch es wäre fast zu einem Streit mit Rolf gekommen, der mit dem extra mitgebrachten Keramikmesser seine Fleischschneidekünste unter Beweis stellen wollte. Paul widmete sich derweil dem Artischockensalat. Es machte ihm richtig Spaß, das Gemüse in der Pfanne anzubraten, zu hören, wie es im Olivenöl brutzelte, zu sehen, wie sich seine Farbe veränderte und vor allem zu riechen, wie sich die Aromen ausbreiteten. Paul schloss die Augen.

»Das machen Sie gut so.« Eichendorff stand plötzlich hinter Pauls Rücken. »Sie haben ein Gefühl dafür.«

»Es macht mir richtig Spaß«, sagte Paul, selbst überrascht.

Eichendorff klopfte ihm auf die Schulter. »Das ist das Wichtigste. Ohne Leidenschaft geht nix. Aber wenn ich mir Ihren Bauch so ansehe, essen Sie zu wenig. Wer gut kochen will, muss gut essen. Trauen Sie nie einem dünnen Koch!«

Okay, Schritt eins auf dem Weg zum Spitzenkoch: Wampe anfuttern. Das bekäme er hin. Andy würde ihm sicher gern dabei behilflich sein.

Dessert: Blutorangen-Tarte mit Eis von Pedro Ximénez und Estragonmarzipan

Beim Dessert hatten die meisten der Gruppe schon keine Lust mehr zu kochen und ließen die Küchentruppe arbeiten. Nur Paul nicht, er machte Estragonmarzipan und wunderte sich nicht einmal mehr darüber, herzhafte Küchenkräuter mit süßem Marzipan zu vermählen. Beim Kochen gab es viel weniger Grenzen, als er dachte. Hier war so viel möglich. Es mochte nur angewandte Chemie und Physik sein, doch es fühlte sich an wie Zauberei.

Rosemarie ließ sich während des letzten Gangs ihr Kochbuch von Julius Eichendorff signieren und Nachrichtensprecher Rolf unterschrieb ungefragt mit – was der Guten fast die Tränen in die Augen trieb. Charly hatte vier Weingläser vor sich aufgebaut und probierte, welcher der mittlerweile lauwarmen Tropfen am besten zur Blutorangen-Tarte passte. Eichendorff flüsterte Paul die

Lösung zu: »Keiner davon, die sind alle zu trocken. Aber wir wollen ihm ja nicht den Spaß verderben.«

Am Schluss des Tages trug Paul seine Kochschürze mit Stolz. Er hatte mit großen, scharfen Messern hantiert, gegen die jedes Ninja-Schwert wie ein Kinderspielzeug erschien, Blut war von seinen Händen getropft, und er konnte Servietten in Muschelform falten.

Paul fühlte sich wie ein echter Mann.

Nun würde er mit ganzem Herzen kochen können – es war fraglos der richtige Weg, die Liebe seines Lebens zu gewinnen.

Eli dachte wieder einmal an den Morgen zurück, als Roman sie mit dem Fotoalbum in der Hand erwischt hatte. Sie hatte ihn einfach stehenlassen, ohne ein Wort zu sagen, hatte nur ihre Klamotten zusammengesucht und war durch die Tür. Erst im Flur hatte sie sich umgezogen.

Im Nachhinein war sie stinksauer auf sich selbst. Er hätte eine Ohrfeige verdient gehabt. Mindestens! Aber sie hatte nicht den Mumm dazu gehabt. War einfach nur geflohen. Grrr! Das hatte etliche Mails an ihre Schwester Katharina nach sich gezogen – die ihr aus Mailand schrieb, wie die Frauen vom Stiefel solche Dinge handhabten. Glückliches Italia!

Roman hatte seitdem mehr warme Worte rausgehauen als Kamps in einem Jahr Brötchen. Eli hatte sie in der Buchhandlung zu hören bekommen, auf ihrem AB, als SMS, in Zettel-, dann in Briefform, als Pralinenherz und schließlich in Kombination mit einem riesengroßen Strauß Rosen.

Und schließlich hatte sie … nachgegeben. Aber abgeschlossen war das Thema damit noch lange nicht! Seine Erklärung, dass es eine Tradition wäre, mit seinen Freundinnen ganz romantisch wie in *Susi und Strolch* italienisch essen zu gehen, reichte Eli bei Weitem nicht. Obwohl sie den Film wirklich süß fand. Doch jeder verdiente eine zweite Chance. Und Roman hatte das Fotoalbum, welches ihm so viel bedeutete, vor ihren Augen weggeworfen. Nur für sie.

Nun stand er neben ihr und klingelte am Haus seiner Eltern. Diese lebten in Düsseldorf – was kein Charakterfehler war, auch wenn manche Kölner das glaubten. Wie Eli vermutet hatte, wohnten sie feudal, in einer Villa, die römisch aussah, allerdings so, als hätte Julius Cäsar sie strunzbetrunken errichten lassen. Alles war beige. Die Wände, die Säulen, die armlosen Büsten. Als die Tür geöffnet wurde, sah Eli, dass auch Romans Mutter beige war. Beiger Hosenanzug, beige Haut. Alles Ton in Ton.

Aber das war nicht das Schockierende. Seine Mutter sah aus wie Eli.

Inklusive roter Locken. Rund ein Vierteljahrhundert später, aber ausgesprochen gut konserviert. Jetzt begriff Eli, warum sich in Romans Fotoalbum nur Freundinnen gefunden hatten, die rote Haare oder Locken besaßen.

Ihr Herz blieb stehen.

Ein, zwei, drei, vier Sekunden, erst dann traute es sich langsam wieder zu schlagen. Eli legte schnell ihre Haare in eine andere Richtung, damit wenigstens die Frisur sich unterschied und setzte ihre Lesebrille auf. Sie wollte *nicht* Romans Mutter sein! Und er durfte keinen Ödipuskomplex haben. Bestimmt bildete sie sich das alles nur ein, und wahrscheinlich war die Ähnlichkeit gar nicht so schlimm.

Doch, sagte eine nagende Stimme. So wie bei Margot und Maria Hellwig.

Na dann Servus, Grüezi und Hallo!

Romans Vater war kackbraun. Anzug wie Haut und Haare. Typ Ledersitzgruppe.

»Und das muss die Eli sein«, begrüßte Mutter Holz sie.

Eli setzte ihr bestes Bewerbungslächeln auf und reichte die Hand, widerstand jedoch erfolgreich dem Drang, einen Knicks zu machen.

»Sie ist ja noch viel hübscher, als du uns erzählt hast, Roman. Ich bin Rotraud und …«

»Ich schaffe das schon, mich selbst vorzustellen.« Herr Holz gab Eli einen Kuss auf die Wange. »Ich bin Georg, freut mich sehr.

Wir nehmen den Champagner im Wintergarten. Darf ich dir den Mantel abnehmen?«

Eli fühlte sich, als sei sie auf Staatsbesuch. Der Wintergarten war prachtvoll und erinnerte Eli ans Tropenhaus im Kölner Zoo. Nur ohne Affen.

»Georg, legst du uns etwas Schönes auf? Mir ist heute so nach Mozart«, sagte Rotraud, während sie die Gartenbeleuchtung aufdrehte. Unzählige kleine Lichter erleuchteten nun Wege, Beete, Bäume und einen Brunnen. Plötzlich ertönte Musik aus versteckten Boxen, und Georg brachte auf einem Silbertablett die Champagnerflöten. Die Gläser klangen beim Anstoßen wie Swarovski-Kristalle.

Der Hausherr lehnte sich zu ihr. »Die Pferde sind leider schon im Stall, sonst könntest du die jetzt sehen.«

»Entschuldigen Sie, wenn ich frage. Aber als was arbeiten Sie?«

»Ich bin Arzt, ganz einfacher Hausarzt.«

Dann musste er im Lebenslauf unter Hobbys wohl Plündern, Rauben und Brandschatzen angeben.

»Mein Mann hat mehrere Arztpraxen. Roman, warum erzählst du das denn nicht? Ist ja nicht so, als müsste man sich deswegen schämen.« Rotraud sah Eli lange an. »Und gefällt es dir bei uns?«

Oha, da hatte sie wohl vergessen, ein Kompliment zu machen. Schnell nachholen. Welches Adjektiv hörte man in diesen Kreisen wohl gerne? »Es ist ganz … zauberhaft bei Ihnen. Wirklich. Hier ist Roman also groß geworden?«

Rotraud lachte und ergriff Elis Hand. »Aber nein, wir kommen aus ganz einfachen Verhältnissen und haben uns hochgearbeitet. Was machen deine Eltern denn so beruflich?«

»Mein Vater ist Beamter, auf Lebenszeit, im Ministerium. Als Kind habe ich immer gesagt, Papa geht regieren.« Sie lachte, aber Rotraud und Georg Holz lachten nicht.

»Und was macht deine Mutter?«, hakte Rotraud nach.

»Meine Hausfrau ist Mutter, also meine Mutter ist Hausfrau. Sind Sie denn auch Hausfrau?«

»Gott sei Dank nicht mehr. Ich leite jetzt unsere Verwaltung, wenn du so willst, bin ich regierende Bundesfinanzministerin unseres kleinen Gesundheitsunternehmens.«

Und was sagte man jetzt darauf? Eli entschied sich für: »Herzlichen Glückwunsch!« Und dann rutschte ihr eine Frage heraus, ohne den Umweg über das Hirnareal für logisches Denken zu nehmen. »Wieso ist Roman denn dann Buchhändler und nicht Arzt geworden?«

»Das«, antwortete Rotraud spitz, »fragst du ihn lieber selber. Frag ihn dann bitte auch gleich, ob er absichtlich durch den Medizinertest gefallen ist. Aber so was würde er natürlich nie tun, nicht wahr, Roman?«

»Habe ich dir eigentlich schon meine entzückenden Eltern vorgestellt?«, fragte dieser Eli nun mit schiefem Lächeln.

»Wenn du der Meinung bist«, fuhr Rotraud an Eli gewandt fort, »dass Roman den Test wiederholen sollte, sag es ihm ruhig. Meinen Segen hast du auf jeden Fall.«

Danach war die Stimmung erst mal im Keller. Wie gut, dass sie plötzlich von einem livrierten Kellner zu Tisch gebeten wurden. Wo kam der denn plötzlich her? Versteckten die ihr Personal in Schränken?

Wie sich herausstellte, hatten sie für diesen besonderen Abend extra einen Mietkoch samt Ober engagiert. Das Pizza-Taxi der feinen Leute.

Sie tafelten groß auf. Rotraud und Georg verwandelten sich mit jedem Schluck Wein mehr in die Menschen zurück, die sie einst wohl gewesen waren. Der Alkohol löste die mit der Zeit hart gewordenen Schalen einfach ab. Rotraud wurde immer geselliger und Georg immer müder. Oft schweifte sein Blick hinaus in den Garten zum Stall, und Eli konnte beobachten, wie sich seine Lippen still bewegten, so als rede er beruhigend auf eines seiner Pferde ein. Eigentlich waren die beiden gar nicht so übel. Und das Essen war super, meine Güte, sie hatten sogar daran gedacht, dass Eli Vegetarierin war. Der Koch hatte einen traumhaften Löwenzahnsalat gezaubert und mit Gorgonzola gefüllte Cannelloni mit hauchdünnen Trüffelscheiben kreiert.

So ließ es sich leben.

Was war an reichen, leicht versnobten Schwiegereltern auszusetzen? Die man nur an Feiertagen sah? Und bei denen man vermutlich noch Reiten lernen konnte. Eigentlich nichts! Außerdem fand sie es sehr sympathisch, dass die beiden das alles kraft ihrer Arbeit erreicht hatten.

Eli war in der Laune, etwas klarzustellen. Roman hatte sie zwar eindringlich darum gebeten, nichts von seiner Heldentat im Rhein zu erzählen, aber seine Eltern sollten ruhig wissen, was sie an ihm hatten. Medizinstudium hin oder her.

»Roman hat letzte Woche übrigens jemanden vor dem Ertrinken gerettet. Wir waren gerade bei unserem ersten gemeinsamen Ausflug, mit dem Schiff auf dem Rhein. Da fiel ein Mann ins Wasser, alle guckten nur, aber Roman sprang direkt rein und rettete ihn.«

Rotraud winkte ab. »Wir wissen doch, dass unser Roman ein echter Ritter ist. Zwei seiner Freundinnen hat er vor Straßendieben bewahrt, und einmal wollte so ein grober Typ seine Damalige, die Eva war das, glaube ich, na ja, der wollte sie betatschen, den hat Roman dann davon gejagt. Da sind ihm natürlich die Herzen zugeflogen.« Sie hielt sich plötzlich die Hand vor den Mund. »Ach, Roman, du hattest ja gesagt, wir dürfen das nicht erzählen. Hab ich jetzt ganz vergessen. Aber es macht uns doch stolz, wenn wir sehen, wie du deine Herzdamen verteidigst. Nicht wahr, Georg?«

Georg nahm noch einen Schluck und prostete in Richtung Stall. »So ist es!«

Zufälle gab es …

»Was waren denn das für Typen?«

»Ach, immer solche Glatzköpfe.«

Genau wie bei ihr. Was für ein wahnsinniger Zufall. Eli fuhr es eiskalt über den Rücken, während Rotraud weiterredete. »Bullige Kerle, ganz schlimme Burschen. Aber einen Menschen aus dem Wasser gefischt hat er noch nie. Warum berichtete denn die Zeitung nicht darüber?«

»Dafür mach ich das doch nicht«, sagte Roman. »Und jetzt lasst uns über was anderes reden. Mir ist das unangenehm.«

Doch Eli hakte nach: »War Roman da immer schon lange mit seinen Freundinnen zusammen, wenn es zu den Heldentaten kam?«

»Das ist aber jetzt eine komische Frage«, antwortete Rotraud.

Roman stand auf. »Jetzt ist genug über mich gesprochen worden. Lasst uns doch wieder in den Wintergarten gehen und einen schönen Digestif nehmen.«

Doch Rotraud hörte ihn nicht, war mit den Gedanken ganz woanders. »Jetzt, wo du es sagst, Eli, fällt mir erst auf, dass es tatsächlich immer bei einem der ersten Rendezvous war. Nur bei Tanja bin ich mir nicht sicher. Bei ihr auch, Mäuschen?«

Offiziell hieß Mäuschen Roman.

»Ich weiß es nicht mehr.«

Eli dagegen wusste jetzt Bescheid. Und sie war entsetzt. Die ganze Retterei war nichts als Masche. Was war Roman nur für ein Mensch? Eli sah in seinen Augen, dass sie recht hatte mit ihrer Vermutung. Dieser schuldige Blick, wie ein Dackel, der gerade auf den guten Perser gepinkelt hatte. Er hatte also alles eingefädelt, weil er sich als Held darstellen wollte, damit Eli all ihre Frühwarnsysteme für Luschen ausschaltete. Und genau das war Roman: eine Lusche. Er mochte gut aussehen, okay, verdammt gut aussehen, aber er hatte keinen Humor, las keine Bücher, sein Musikgeschmack endete an der Strandbar – und er war ein elender Lügner. Das wog am schlimmsten. Ihm war nicht zu trauen. Egal, wobei. Was sollte sie mit so einem anfangen? Wenn er sagte, dass er zum Volleyball ging, baggerte er vielleicht ganz woanders herum?

Männer waren alle Schweine. Wildschweine.

Sie hatte genug von dem Pack. Und von dem Exemplar hier ganz besonders! Eli baute sich vor Roman auf. »Und der Sex? War der auch nach Schema F? Drücken Sie jetzt auf Punkt B, ziehen Sie dann F durch H, bevor Sie P festschrauben. *So hat es sich nämlich angefühlt!*«

Sie griff sich die Wasserkaraffe. Ja, die Holzens hatten nicht nur für den Wein, sondern auch für das Wasser eine *Karaffe*, diese Angeber. Den kompletten Inhalt schüttete sie Roman langsam über den Kopf.

»Du wirst doch so gerne nass, um Frauen zu beeindrucken. Ein guter Rat von mir: Werd Bademeister!«

Sie griff sich ihre Jacke, rannte davon und knallte die Tür hinter sich zu.

Peng!

Danach ging es ein kleines bisschen besser. Und dann kamen ihr die Tränen.

Paul linste immer wieder in die Wartezone, auch wenn er wusste, wie niedrig die Wahrscheinlichkeit war, Eli dort zu sehen. Obwohl sie einen enormen Verbrauch an Autos hatte, wäre zweimal in einem Monat selbst für sie ein bisschen viel.

Er musste sie sowieso aus dem Kopf bekommen. Andy hatte ihm erzählt, dass Elis Traummann – der wohl richtig Waschbrettbauch-attraktiv war – sie in der Buchhandlung mit einem großen Pralinenherz überrascht hatte. Danach hätten sie lange geknutscht, wonach der Typ ihr einen Ring an den Finger gesteckt hätte. Hochzeitsglocken, ich hör euch läuten!

Also: Eli abhaken. So verdammt schwer es auch fiel. Sie fuhr sowieso keinen Mini. Man musste seinen Prinzipien treu bleiben! Und Mini-Fahrerinnen waren eben einfach die besten.

Nach der Arbeit würde er die gesammelten Antwortbriefe von der Schlüsselablage im Flur nehmen, das Band aufknoten und sie lesen. Und dann würde er sich mit den nettesten Schreiberinnen treffen. Vielleicht ließ er auch das Schicksal entscheiden, breitete sämtliche Einsendungen auf dem Boden aus und lud die Frau zu einem Essen ein, auf deren Brief Freddy ein Nickerchen machte. Glücksfee, das wäre doch mal ein guter Job für das übellaunige Reptil.

Oder er konnte Fish-Mac die Briefe auswerten und über ein mathematisches Verfahren die richtige Partnerin ermitteln lassen. Aber was sagten Zahlen schon aus? Wenn es so einfach wäre und

Liebe nichts als eine Gleichung darstellte, würden sicher nicht so viele Menschen allein durchs Leben straucheln.

Erst jetzt bemerkte Paul, dass die nächste Nummer bereits vor ihm saß. Konzentrier dich auf deine Arbeit, Mann! Du darfst nicht den ganzen Tag vor dich hin träumen, wenn du deinen Job noch ein Weilchen behalten willst. Die Antragstellerin war eine Asiatin, sehr dunkles Haar, sehr mandelförmige Augen – und sehr süß. Trotz der rosa Hello-Kitty-Haarklammern. Und des bayerischen Akzents.

»Guten Tag, wie kann ich Ihnen helfen?«

»Ich will meinen neuen Wagen anmelden – ein Mini Cabrio.« Sie strahlte. »In feuerrot.«

Paul nahm die Papiere entgegen. Eine Mini-Fahrerin. Sein Puls schlug höher.

»Na, bei dem Wetter können Sie ja bald mit offenem Verdeck zum Picknick fahren.«

»Ja, klasse Idee.«

»Ich würde an Ihrer Stelle eine Blutorangen-Tarte dafür backen. Selbst wenn sie nicht kalt ist, schmeckt sie erfrischend. Und mit Estragonmarzipan ist sie der Kick. Am Decksteiner Weiher könnten Sie gut mit dem Wagen parken, von da sind es nur ein paar Schritte bis zum See.«

Paul sah gar nicht auf, er kämpfte gegen die Bilder in seinem elend dummen Kopf an, die ihm zeigten, wie Eli und er zusammen auf einer Picknickdecke saßen. Aber Eli war vergeben. Wie es schien, für immer und ewig. Und er? War allein, aber kein Mönch. Und vor ihm saß die süßeste Mini-Cabrio-Fahrerin, die er je gesehen hatte. Meine Güte, so viel Erotik hatte die KFZ-Zulassungsstelle nicht mehr zu Gesicht bekommen, seit die *Siebengebirge Dream Girls* in Mannschaftsstärke ihren Bus angemeldet hatten. Mit einem Mal musste Paul an Geishas denken – allerdings nicht daran, wie sie eine Tee-Zeremonie abhielten.

»Blutorangen-Tarte klingt toll«, sagte sie nun.

»Und geht viel einfacher zu kochen, als es klingt. Möchten Sie ein Wunschkennzeichen?«

»Ja?«

»Kostet allerdings ein paar Euro.«

»Ach so, nein, ich meinte das mit dem einfachen Kochen. Mein Wunschkennzeichen habe ich im Internet schon reserviert, ich suche schnell den Ausdruck. Oh, jetzt ist er ganz zerknittert. Ich hoffe, das macht nichts?«

»Ach was.« Paul strich ihn glatt. »Steht ja alles drauf, was wir brauchen.«

Die Asiatin kramte auch Zettel und Stift hervor. »Sollte ich denn alles für das Picknick vorbereiten oder ist es besser, die Dinge ganz frisch zu machen?«

Paul hatte sich erst vor kurzem in dieses Thema eingelesen und auch bereits eine Meinung zu der großen Frage »Vor Ort schmieren oder mitbringen?«. Nämlich vor Ort schmieren, wo bliebe sonst der Spaß? Es folgten Rezepte zu süßsauren Soleiern, Waldorfsalat, provenzalischen Oliven und Chicken Teriyaki. Es sprudelte nur so aus Paul, während er auf seinem Computer-Keyboard tippte. Genauer gesagt: sich ständig vertippte. Saß etwa eine neue Dalia Paulauskas vor ihm? Oder eine Frau, die bis zum Frühstück bleiben würde – und sogar länger. Paul versuchte seinen Puls auf ein nicht gesundheitsschädigendes Maß herunterzubringen. Es gab da so eine Atemübung aus der *Amica*. Aber wahrscheinlich machte er sich nur etwas vor, sie würde niemals mit ihm ausgehen, egal, wie viele Rezepte er kannte. Dann fiel ihm etwas Wichtiges ein: Fleisch! Er musste Fleisch erwähnen, sonst hielt sie ihn sowieso für schwul.

»Und natürlich Fleisch, ohne geht es nicht. Was toll Mariniertes.« Pfeffer! »Mit Pfeffer, schön scharf.«

So, jetzt hatte er eigentlich alle Reizworte gesagt.

»Gehört das zum Service des Hauses, jeder Frau das passende Rezept zum Auto zu geben?«

Jetzt war etwas Schlagfertiges gefragt! Etwas, womit sie nicht rechnete, was souverän seinen Witz unterstrich.

»Äh, ja.«

Okay, gescheitert.

»Wenn Sie wollen, kann ich Ihnen die Rezepte auch mailen. So, an der Kasse den Beleg bezahlen und wenn Sie zurückkommen, ist alles fertig.«

Er würde gerne selber mal dieses Chicken Teriyaki ausprobieren. Es war eine echte Offenbarung für ihn gewesen, was da alles hineingehörte. Unter anderem Mirin, süßer Reiswein. Damit konnte man sich wahrscheinlich prima die Kante geben.

Schon war die bayrische Asiatin zur Kasse unterwegs, und der nächste Antragsteller saß vor ihm. Eine Ummeldung, er hatte noch nicht die Plakette für die Hauptuntersuchung abgerubbelt. Also retour. Da klingelte plötzlich das Telefon. Paul sah, dass es Oma Gerti war. Sie wollte bestimmt wissen, wie es mit seiner Freundin lief – die er ihr zuliebe erfunden hatte. Er hatte es einfach nicht übers Herz gebracht, ihr zu erzählen, dass kein Rendezvous mit Pellkartoffeln und Sahnehering stattgefunden hatte. Stattdessen hatte er angedeutet, dass er mit der Frau seiner Träume nach dem Verspeisen von Fisch und Kartoffeln in der Kiste gelandet war. Das hatte Oma Gerti sehr, sehr glücklich gemacht. Sie hatte sogar ein bisschen anzüglich gekichert.

Seitdem rief sie regelmäßig an, um sich über den Stand der Beziehung zu informieren. Regelmäßig bedeutete stündlich.

Paul schaffte es einfach nicht mehr, sich weitere romantische Geschichten auszudenken. Deswegen konnte er jetzt nicht rangehen. Stattdessen bediente er den aktuellen Kunden fertig. Dann kam die Asiatin wieder zu ihm.

»So, ich habe bezahlt. Und hier sind die neuen Kennzeichen.«

Sie legte die beiden Schilder auf den Schreibtisch.

Paul brachte die Hauptuntersuchungsplakette an und schob ihr die neuen Papiere zu. »Viel Spaß mit dem Wagen – und denken Sie ans Picknick. Gibt keine schönere Art zu essen.«

Sie nickte höflich und drehte sich weg.

Tja, dachte Paul, ein Date hatte er diesmal nicht bekommen. Kochen war eben doch kein Selbstläufer. So viel zum Traum von der süßesten Mini-Cabrio-Fahrerin Kölns, wahrscheinlich ganz Nordrhein-Westfalens.

Doch plötzlich kam die kleine Asiatin zurück.

»Ach, was soll's«, sagte sie. »Hier meine Handynummer. Ruf mich an – wenn du Lust auf ein Picknick hast. Aber du musst alles kochen! Ich stelle dafür den Wagen und die Decke.«

Zu früh gefreut. Paul musste lächeln. Er durfte Chicken Teriyaki kochen! Für eine Frau, die als Viva-Moderatorin durchgehen könnte! Seine Laune hätte nicht besser sein können.

Diesmal würde er von vornherein drei Hähnchen kaufen. Dann musste er nicht mehrmals den Supermarkt-Triathlon absolvieren (Busfahren /Gehen /Einkaufswagen schieben).

Pauls Kollegin Tine hatte den ganzen Morgen immer wieder zu ihm herübergeschaut. Er hatte schon gedacht, irgendwas stimme nicht mit ihm, ihm wachse vielleicht eine Karotte auf der Stirn. Jetzt kam sie herüber und setzte sich auf seinen Schreibtisch. Heute trug sie ein knielanges Lederkleid, natürlich in rot. Sie sah aus wie ein Ferrari auf zwei Beinen.

»Habe ich das richtig gehört, du kochst? So wie Tim Mälzer?«

Okay, das war jetzt spooky. Tine hatte ihn noch nie irgendwas Persönliches gefragt. Wenn sie miteinander redeten, redete eigentlich nur sie. Über sich.

»Na ja, so gut noch nicht. Aber ich versuch's halt. Kochen macht mir Spaß. Ja, du brauchst gar nicht so zu gucken, ich bin selbst am meisten überrascht.«

»Was kochst du denn so?«

»Ach, weißt du, ich probier eigentlich alles aus. Aber vor allem natürlich Fleisch. Und scharfe Sachen, Chilis und so. Roter Pfeffer.«

»Vielleicht lädst du mich ja mal ein?«

»Ja, vielleicht. Wieso nicht.«

Das war jetzt definitiv der falsche Film. Eigentlich sollte er heute wieder in *Endstation Zulassungsstelle – Teil 4376* sitzen oder in *KFZ Wars – Die Rückkehr der Jedi-Gebrauchtwagen*. Stattdessen befand er sich plötzlich in *Das KFZ-Kochstudio*. Mit Co-Moderatorin Tine. Gutes Programm!

Auf einmal fuhr sie ihm mit der Hand durch die Haare und

wuschelte richtig darin herum. »So siehst du direkt viel besser aus. Wenn du willst, gehe ich nach der Arbeit mal mit dir shoppen, damit du was Ordentliches zum Anziehen hast. Na, ist das ein Angebot?«

Es war tatsächlich eines. Auch wenn Paul überhaupt nicht den Eindruck hatte, etwas Neues für den Kleiderschrank zu brauchen. Bald käme die Zeit der Polohemden, von denen er bereits in jeder Pastellfarbe ein Exemplar besaß.

Die Chefin trat aus dem Büro und warf ihnen einen Blick zu, bei dem selbst Hannibal Lecter weiche Knie bekommen hätte. Kollege Günther – der Fehltritt Gottes – schnaufte zufrieden. Und das Telefon klingelte wieder. Oma Gerti.

Vielleicht konnte sie ihm ja sagen, wie man zwei Dates jonglierte, vor denen man doppelt Schiss hatte.

Sie war doch so praktisch veranlagt.

Eli war nie zuvor so froh darüber gewesen, sich zum Power-Boxing angemeldet zu haben, wie an diesem Samstag. Sonst musste sie sich immer hinquälen, den inneren Schweinehund gehörig in den Hintern treten. Heute war das ganz anders. Denn sie wollte ganz dringend irgendwas schlagen. Und wenn es sich nicht wehrte, umso besser! Der große Sandsack würde gleich ordentlich einstecken müssen.

Den ganzen Vormittag hatte sie in der Wohnung verbracht und versucht, nicht an Roman zu denken. Sie hatte allen möglichen Blödsinn gemacht, um sich abzulenken: den Keller aufgeräumt, die Fenster geputzt – und im Internet geshoppt. Gefrustet sein konnte ganz schön teuer werden.

Sie hatte keine Ahnung, was sie morgen machen würde, um nicht die Wände hochzugehen. Krankgemeldet hatte sie sich für zwei Tage, danach musste sie ein Attest vorlegen. Und wenn Sie sich dafür mit Sumpfi über ihren rechten Fuß fahren musste, sie würde niemals zurück in die Buchhandlung gehen.

Selbstverstümmelung war eine Lösung.

Die Boxhalle hatte so viele Spiegel wie eine Ballettschule. In der Mitte gab es keinen Ring, um den lauter schwitzende Männer Seilchen sprangen. Dies hier war nicht *Rocky I–V.* Es war der gleiche Sportraum wie schon beim Power-Yoga. Das hatte Eli gemacht, bevor sie dem Boxen verfiel. Aber Power-Yoga war was für Prinzessinnen. Eli hatte beschlossen, dass es an der Zeit war, ein echtes Weib zu werden.

Außerdem hatte sie sich beim Power-Yoga immer wie im chinesischen Staatszirkus gefühlt. »Sonnengrüße« – Pah! Die Sonne grüßte sie jetzt mit der rechten Geraden.

Heute war Benny ihr Trainer. In Bennys Adern floss kein Blut, sondern pures Testosteron. Er war ein Silberrückenmännchen und so breit wie ein Einbauschrank. Benny gab auch Unterricht in Kickboxen und Ho Sin Do – bei Letzterem kämpfte man wahrscheinlich mit spitzen Essstäbchen. Gegen Pekingenten. Nach einem Training bei ihm war man zu fertig, um noch irgendwas zu denken. Geschweige denn, den eigenen Namen zu wissen.

Und das war gut so.

Punkt acht ging es los. Normalerweise der Zeitpunkt, an dem sich Eli auf ihre Couch fallen ließ und nur noch den Finger über die Fernbedienung bewegte.

Jetzt hieß es: Warm-up, dann Sit-ups und Liegestütze. Benny war ein Schleifer. Wer einen Sit-up nicht richtig ausführte, bekam fünf extra. Und keine Widerworte. Die dicke Klara bekam immer ein paar gratis – und erschien trotzdem zu jedem Training.

Eli boxte sich innerlich. Gott, wie konnte sie nur so dumm gewesen sein, sich auf Roman einzulassen? Beziehungen am Arbeitsplatz waren immer eine schlechte Idee. War man zusammen, lief man sich viel zu oft über den Weg. Wo blieb da das Aufeinanderfreuen? Und war man nicht mehr zusammen … Hölle! Wie sollte man da einen sauberen Schlussstrich ziehen, man sah den Ex ja immer. Dazu kam das Getuschel der Kollegen. Sie konnte gar nicht lange genug krank sein, das würde ihr ewig nachhängen. Bei jedem neuen Buch mit Trennungsgeschichte würden die lieben Kolleginnen es ihr unter die Nase reiben. Vor kurzem hatte sie ein Angebot bekommen, in die Filiale nach Schirgiswalde zu wechseln.

Schirgiswalde – Perle der Oberlausitz.

Kulinarische Spezialitäten waren dort Quirlfett, Deichelmauke und Schälklöße. Eli hatte sich informiert.

Leider.

Doch vielleicht war ein Neuanfang in der Walachei genau das, was sie jetzt brauchte. Dann musste sie Roman wenigstens nie wiedersehen – und damit nicht mehr permanent ihre eigene Blödheit vor Augen haben.

Endlich durfte sie an den Sandsack. Den würde sie fix und fertig machen!

»Scheiße, Eli! Nicht blöd drauflosschlagen. Gezielte Geraden, sonst kannste gleich noch mal zwanzig Liegestütze machen. Auf einem Arm!«

Gezielte Gerade. Auf Romans große, hässliche, verlogene Nase.

Jetzt erst fiel Eli auf, wie wichtig Roman die Uhrzeit bei ihrem Treffen am Müllemer Böötche gewesen war. Dabei fuhren die Schiffe doch alle paar Minuten. Aber auf eben dieser einen Fähre war der Glatzkopf, mit dem er den Rettungsdeal ausgehandelt hatte. Und – natürlich! – seine Klamotten. Das war der einzige Tag, an dem er nicht wie aus dem Ei gepellt ausgesehen hatte. Er wusste schließlich, dass er mit den Sachen in den Rhein springen würde. Alles geplant, bis ins kleinste Detail. Und sie hatte es nicht bemerkt.

Nimm dies! Und das! Und hier, hier, hier!

Die Zahlen hatten von Anfang an nicht gestimmt. Keine 270313. Und sie hatte nichts darum gegeben.

»Eli, Schluss jetzt! Komm zu mir an die Pratzen – und konzentrier dich, wenn dein Frauenhirn das auf die Reihe bekommt.«

Pratzen, so nannten die Experten, zu denen sich jetzt auch Eli zählte, die Schlagkissen, in die es zu treffen galt. Mal hielt Benny sie hoch, mal weit auseinander.

»Ist das alles, was du draufhast? Dann geh lieber zurück an deinen Herd. Meinst du, das ist ein Tanztee hier? Na, komm, mach schon. Feste! Lass deine ganze Wut raus.«

Manchmal wussten Menschen, wenn sie etwas Falsches sagten.

Manchmal nicht. Eli traf, sie traf sogar sehr gut. Ein lehrbuchmäßiger Aufwärtshaken. Doch sie traf nicht die Pratzen. Sie traf Benny ans Kinn. Er fiel um wie ein Baum.

Knock-out in der ersten Runde. *And the winner is … Eli Spatzner!* In diesem Moment hatte sie eigentlich nicht Benny eins verpasst, sondern Roman. Und für einen kurzen Augenblick, bevor sie begriff, wen sie gerade umgenietet hatte, fühlte sie sich grandios.

Dann war das Training für sie leider beendet.

Nach der Dusche kam Benny zu ihr, einen Kühlpack ans Kinn haltend. »Geiler Schlag, Eli. Aber wenn du das noch mal bringst, fliegst du raus.«

Ihr Handy klingelte. Kein hipper Klingelton, kein Top-Ten-Track, kein pupsender Frosch. Es klang wie ein altes Telefon. Sie ging ran, ohne auf die Nummer zu achten.

»Was denn? Ich bin in der Umkleide!«

»Spreche ich mit Frau Elisabeth Spatzner?«

»Ja, wieso? Wer ist denn da?«

»Hier ist die Universitäts-Klinik. Ihre Mutter wurde gerade eingeliefert.«

Birne sucht Helene. *Beamter, 29 J./1,78, kann kochen (keine Soufflés, nicht litauisch) und Wein einkaufen (weiß wie rot), mit Messern umgehen und Servietten in Muschelform falten. Sucht Frau, die sich gern bekochen lässt, die es liebt, gut essen zu gehen, und sich bei alldem unsterblich in ihn verliebt. (Dann muss er seiner Oma nämlich keine Beziehung mehr vorgaukeln, damit sie sich keine Sorgen um ihn macht.) Nur ernsthafte Zuschriften – alles andere schmerzt zu sehr (selbst aufregende One-Night-Stands). ✉ 965938 Chiffredienst, 50590 Köln. ☎-Chiffre 0900/5000958–78591.*

SECHSTER GANG

Zwei Glückskekse

Paul liebte es, wenn die Schafe auf den Poller Wiesen weideten, direkt am Rhein, zwischen Südbrücke und Rodenkirchener Brücke. Für ein Rendezvous konnte es keinen schöneren Platz geben.

Leider hatte er heute keins.

Aber der Frau seines Lebens würde er dieses kleine Geheimnis der Domstadt zu Füßen legen. Wenn sie eines Tages an seiner Seite wäre. Die Schafherde wirkte wie eine Fata Morgana, wie ein Blick zurück in die Epoche, als die Landwirtschaft noch einen Großteil des Kölner Lebens bestimmte. Im Mittelalter wurde sogar innerhalb der Kölner Stadtmauern Wein angebaut, weil dies die profitabelste Form der Landnutzung war. Rainer hatte dies an einem seiner gesprächigen Tage erzählt, und Paul wurde seitdem den Gedanken nicht los, dass der Schäfer besser in ein früheres Jahrhundert gepasst hätte. Er war jetzt wieder gut auf den Beinen und freute sich, Paul zu sehen, was er durch ein kurzes Nicken zeigte. Und das, obwohl Paul heute die Kamera mitgebracht hatte. Rainer hasste es, fotografiert zu werden.

Bienchen, das älteste Mutterschaf, war da anders. Es kam sofort zu Paul – ohne dass er einen Pfiff abgegeben hätte. Bienchen hatte Güte in den Augen und wusste, wie man vor der Kamera posierte. Eine Claudia Schiffer im Schafspelz. Woll-Moden-Katalog.

»Noch ein Stück nach rechts, Bienchen, Kopf leicht anheben, jetzt deinen verruchten Blick, ja, ja, ganz genau! So bleiben!«

Rainer blickte zu ihnen. »Machst aber schöne Bilder von meinen Schafen, ja?«

»Weißt du doch, Rainer. Bienchen ist heute mein Topmodel.«

»Da hast du dir die Richtige ausgesucht.«

Auch die anderen Schafe kamen jetzt, und nach ein paar Pfiffen standen sie genau richtig. Im Hintergrund prangten die mächtigen Brückenpfeiler, ein Frachtkahn schob sich neben ihnen schwer rheinaufwärts. Die Sonne stand perfekt in Pauls Rücken, er stellte auf Weitwinkel, so bemerkte Rainer gar nicht, dass er mit auf dem Bild war – und schoss ein Foto. Es war der Anfang einer langen Serie an diesem Tag. Einige der Lämmer zeigten sich als hoffnungsvolle Model-Anwärter. Vielleicht sollte er Heidi Klum informieren? Schafe statt Zicken in der Sendung. Wär mal was Neues. Und irgendwann schaffte Paul es sogar, Rainer für ein Foto zu einer Art Lächeln zu bewegen.

Die Tiere verwirrte das völlig.

Wo um alles in der Welt lag eigentlich das Bonner Universitäts-Klinikum? Eli war einfach ins Auto gestiegen und Richtung Ex-Hauptstadt gedüst. Jetzt hatte sie keine Ahnung, wohin sie fahren sollte. Sie musste deshalb bei der Auskunft anrufen, sich die Telefonnummer des Krankenhauses geben, dann dort anrufen und sich den Weg beschreiben lassen. Eli wechselte auf die rechte Spur der A 555 und suchte in der Handtasche nach ihrem Handy – was leichte Schlingerbewegungen zur Folge hatte. Immer rutschte das blöde Ding nach unten, vorbei an den beiden Labellos ohne Kappe, der Wimperntusche, der Tempo-Packung und dem verlorenen Bonbon mit Flusenkruste. Wenn man Pech hatte, brach man sich einen Fingernagel bei der Suche. Ihre Tasche war wie ein riesiges schwarzes Loch, das alles verschluckte.

Hinter ihr gab ein Laster Lichthupe und Eli merkte, dass sie nur noch 60 km/h fuhr. Gut, also Gas geben und suchen. Kein Problem. Da war es! Eli tippte schnell die Nummer der Auskunft ein. Hinter ihr hupte jemand. Was? Schon wieder unter 60? War ihr gar nicht aufgefallen.

Ein blaues Schild teilte ihr mit, dass in 500 Metern ein Rastplatz kam. Doch sie hatte keine Zeit zu verlieren. Vorhin am Telefon wollte die sture Krankenhaustante keine Auskunft über den Gesundheitszustand ihrer Mutter geben. Nur so viel: Sie schwebe nicht in Lebensgefahr, und sie habe nach ihrer Tochter gefragt.

»Ich hätte gern die Nummer von der Bonner Uni-Klinik. – Ach, das geht? Ja, dann direkt verbinden! – Hallo, hier ist Spatzner, ich muss heute meine Mutter besuchen und weiß nicht, wie ich mit dem Auto zu Ihnen komme. – Aus Köln, ich fahre gerade auf der 555. – Sekunde, das schreibe ich mir lieber auf.« Als Eli diesmal langsamer wurde, gab der LKW keine Lichthupe. Er überholte sie mit einer eindeutigen Geste, die Eli zum Glück nicht sah. »Hab ich, danke schön! Bis gleich.« Gut, dass sie die alten Servietten noch dabeihatte, dafür brauchte sie nun einen neuen Lippenstift.

So, jetzt konnte nichts mehr schiefgehen.

Plötzlich blinkte im Heckfenster des Autos vor ihr etwas auf: *Bitte folgen!*

Es war ein Streifenwagen.

Warum tauchte der jetzt auf? Und warum sollte sie ihm folgen? Was hatte sie getan? Langsam fahren war ja wohl nicht verboten! Immer, wenn man es eilig hatte. Na, denen würde sie was erzählen. Eli ordnete ihre Haarsträhnen. Gut auszusehen konnte nicht schaden. Vielleicht noch mal die Wimpern tuschen? Wann hatte sie eigentlich das letzte Mal ihre Augenbrauen gezupft?

Der blau-silberne VW Passat fuhr die nächste Ausfahrt hinaus und hielt unter einer Brücke. Dann passierte erst mal nichts. Niemand stieg aus, Eli auch nicht. Wieso ließen die sie jetzt warten? Eli ertappte sich dabei, wie sie an den Fingernägeln kaute. Sie musste irgendwas tun, sonst wurde sie wahnsinnig. Dann würde sie jetzt eben Zeitung lesen, bis sich die Herrschaften aus ihrem Auto bequemten. Aber kein langer Artikel. Kontaktanzeigen! Ah, wieder was Neues von »Birne sucht Helene«. Wieso eigentlich Birne? Sah er etwa so aus? Vielleicht war er auch ein dicker Brummer, der nur Süßkram wie Birne Helene aß. Und war Helene nicht die schönste Tochter von Zeus, die später den trojanischen Krieg auslöste? Oder hieß die Helena?

Auf jeden Fall klang er richtig nett.

Sie blickte kurz in Richtung Streifenwagen. Ein Polizist war ausgestiegen und sprach etwas in sein Funkgerät, der andere öffnete nun ebenfalls die Tür. Es war eine Frau. Mist! So viel zur Idee, die Staatsmacht zu bezirzen. Sie würde sicher Führerschein und Fahrzeugpapiere zeigen müssen. Wo hatte sie die bloß? Im Portemonnaie waren sie nicht … wahrscheinlich rausgerutscht …

Es klopfte am Fenster.

Und erst jetzt bemerkte Eli, dass sie nicht angeschnallt war.

Paul roch schon im Flur seiner Wohnung den Senfrostbraten. Vor vier Tagen hatte er ihn nach einem Rezept von Alfred Biolek zubereitet – und aß immer noch daran. Er hing ihm zum Hals raus, dabei war der Braten gar nicht so schlecht geworden. Biolek hatte ihm zu Recht drei lang gezogene Mhms und ein großes Augenrollen gegeben. Aber jeden Tag? Doch wegschmeißen ging nicht, denn Respekt vor Nahrungsmitteln, vor allem für Fleisch, für das immerhin Tiere ihr Leben gaben, hatte Sternekoch Julius Eichendorff ihm eingeimpft. Also würde es heute wieder Senfrostbraten geben.

Als er das Prachtstück in der Küche aus der Tupperdose befreite, sah er, dass ein großes Stück fehlte. Scheinbar war Andy gekommen und hatte seiner Fleischeslust gefrönt.

»Bin da! Wer noch?«, rief Paul Richtung Wohnzimmer. Keine Antwort. »Andy? Hallo?«

Auf dem Sofa lungerte er nicht rum. Komisch. Vielleicht war er auch nur kurz hier gewesen, hatte den Kühlschrank geplündert und war wieder abgedüst. Paul beschloss, duschen zu gehen und sich danach in seine neueste Kochbuch-Errungenschaft zu vertiefen, die er extra für das Picknick mit der atemberaubenden Asiatin erstanden hatte: *Sexy Food – Rezepte für Zwei*. Um Austern und Champagner würde sein Portemonnaie nicht herumkommen, so viel war bereits klar. Als Paul ins Bad gehen wollte, fand er die Tür verschlossen.

»Andy? Bist du etwa da drin? Im *Badezimmer*?« Er hämmerte dagegen. »Andy? Nimmst du da … Drogen?«

Eigentlich nahm Andy nur eine Droge, und die hieß Kölsch. Und nie hatte er sich für deren Einnahme im Badezimmer verbarrikadiert. Das sah ihm alles überhaupt nicht ähnlich. Weder intensive Körperpflege noch intimer Drogenkonsum passten zu Andy. Paul musste unbedingt nachsehen, was da los war. Wie gut, dass er ausgebildeter YPS-Detektiv war! Er holte ein Blatt Papier, schob es unter der Tür durch und drückte mit einem kleinen Schlitzschraubenzieher den Schlüssel aus dem Schloss. Der Schlüssel fiel aufs Papier, Paul zog es zu sich, und schon konnte er ins Badezimmer.

Was er hinter der Tür sah, übertraf seine schlimmsten Befürchtungen. Andy saß mit Kopfhörern in der Badewanne und ... bearbeitete seine Fußsohlen mit einer Hornhautraspel.

Das zu sehen schmerzte Paul in den Augen. Er wandte sich schnell ab und schloss die Tür tief durchatmend hinter sich. Wenn er in diesem Augenblick geschielt hätte, dann wären seine Augen mit Sicherheit für immer so stehen geblieben. Gott sei Dank hatte Andy ihn nicht bemerkt. Dann wäre es noch peinlicher gewesen.

Jetzt brauchte Paul etwas zur Stärkung!

Er warf ein paar schon gestern Abend gekochte Kartoffeln in die Pfanne und mischte einen Salat dazu an. Passte sicher gut zum Senfrostbraten. Einen kurzen Moment hielt er inne und staunte, wie selbstverständlich er solche Küchenklassiker mittlerweile zubereiten konnte. Vor einigen Wochen waren sie noch böhmische Dörfer für ihn gewesen. Ach, was hieß böhmisch? In der tiefsten Walachei standen die Dinger. Hieß das eigentlich walachische oder walachesische Dörfer? Egal, er kochte und es ging ihm leicht von der Hand. Das Gute an der neuen Ernährung: Der Skorbut war weg, wohl zurück ins Meer geschwommen.

Gerade als er fertig gegessen hatte, klingelte es an der Tür. Andy war immer noch im Badezimmer. Ob überhaupt noch was von seiner Fußsohle übrig war? Wusste Andy, dass es Zeit war aufzuhören, wenn man den Knochen traf?

Kopfschüttelnd öffnete Paul die Wohnungstür. Fish-Mac stand im Treppenhaus. Und er war nicht allein. In einer Transportbox fauchte und spuckte R2-D2. Sein Hass schien niemandem speziell zu gelten, sondern mehr der Welt im Allgemeinen.

»Fish-Mac.«

»Herr Birnbaum.«

»Komm rein. Es sei denn, du musst ins Bad.«

»Was? Hä?«

»Vergiss es. Wieso schleppst du R2-D2 mit dir rum? Sollte der mal was von der Welt sehen?«

»Hast du ’ne Apfelschorle für mich? Ich brauch dringend was zu trinken, komme gerade erst vom Tierarzt.«

»Oh, muss er …?«

»Nein, hat nix mit Einschläfern zu tun.«

Sie setzten sich aufs Liegesofa und Fish-Mac exte zwei Gläser hintereinander. Dann holte er tief Luft. »Okay, Herr Birnbaum, jetzt kommt’s: Das Augenjucken und mein ständiger Schnupfen, die kommen gar nicht davon, dass ich die ganze Zeit am Computer sitze und nie das Sonnenlicht sehe. Ich bin allergisch gegen Katzen.«

Paul schenkte ihm nach und legte ein paar Dinkelkekse mit Schokoglasur auf einen Teller. Echte Seelentröster, sagte zumindest Jamie Oliver.

»Oh, Mann, das ist echt ein Schlag. Mein Beileid. Du und R2-D2, ihr seid doch ein Team.«

Fish-Mac schluckte. »Ich will, dass du dich um ihn kümmerst!«

»Was?«

»Dass du auf ihn aufpasst. Dir vertraue ich.«

»Der Kater hasst mich.«

»Das stimmt nicht. Er kann dich sogar gut leiden.«

»Er faucht mich immer an.«

»Aber auf die nette Art.«

»Die *nette* Art?«

»Und außerdem bist du der einzige meiner Freunde, den R2-D2 noch nie gebissen hat. Frag Andy.«

Paul blickte Richtung Badezimmer. »Geht gerade nicht. Du willst nicht wissen, warum.«

»Du musst R2-D2 nur hierbehalten, bis ich desensibilisiert bin.« Er stellte die Transportbox auf den Tisch. »Eine Katze macht dein Heim erst heimelig.«

»Stammt der Spruch aus einem Katzenzüchter-Katalog?« Paul stand auf, um den angemessenen Sicherheitsabstand zu R2-D2 wiederherzustellen. »Ich würde dir echt gern helfen, Fish-Mac, aber das ist hier doch kein Zoo.«

»Du könntest Eintritt nehmen, Grundschulklassen kommen immer gern. Dritte Stunde: Tiere gucken bei Herrn Birnbaum.«

»Für eine Geierschildkröte, drei Goldfische und einen Kampfkater?«

»Die Jugend von heute ist bescheiden.«

»Es bleibt beim Nein.«

Fish-Mac öffnete mit schnellen Handgriffen die Katzenbox. Mit durchgedrücktem Rücken und angelegten Ohren schlich R2-D2 hinaus. »Schau, wie niedlich er ist.«

»So niedlich wie Godzilla auf der Suche nach einer japanischen Großstadt zum Niedertrampeln.«

»Ich verrat dir ein Geheimnis.« Fish-Macs Stimme wurde leiser. »Tiere sind super zum Frauen kennenlernen.«

»Nein, *Hunde* sind super zum Frauen kennenlernen! Mit denen kann man nämlich Gassi gehen. Und im Park trifft man dann alleinstehende Damen mit ihren Chihuahuas.«

»Kann man mit R2-D2 auch.«

Paul zog die Augenbrauen hoch.

»Okay, kann man nicht. Aber Chihuahuas sind eh voll die Tussi-Hunde, seit wann willst du die denn kennenlernen? Aber vielleicht gehst du mal mit ihm zum Tierarzt, da sitzen immer nette Frauen, die Anschluss suchen. Und das sag ich aus eigener Erfahrung!«

»Deswegen bist du auch solo.«

»Mach's mir doch nicht so schwer, Herr Birnbaum. Ein Gefallen unter Freunden.«

Plötzlich hörten sie ein Geräusch, als risse ein Löwe eine Onyx-Antilope.

Fish-Mac blickte in die Küche. »Was frisst mein Kater da?«

»Senfrostbraten.«

»R2-D2 isst echt alles. Der ist ein wandelnder Mülleimer. Völlig anspruchslos.«

Paul brauchte nicht lange zu überlegen. »Okay, er kann bleiben.«

»Indianerehrenwort?«

»So wahr Winnetou drei Teile zum Sterben gebraucht hat. Hugh!«

»Möge mein Dank dir ewig nachschleichen.«

Sie besiegelten es zwar nur mit Handschlag und nicht mit Blut – aber für das würde R2-D2 sicher sehr bald sorgen.

Endlich erreichte Eli das Krankenhaus. Am Tresen erfuhr sie die Zimmernummer ihrer Mutter. 2703 – das waren vier Ziffern ihrer Glückszahl! Allerdings blieb dadurch die 13 übrig, und das war nicht unbedingt glückverheißend. Vielleicht Glück im Unglück, oder Unglück im Glück? Was wollten ihr die Zahlen bloß sagen? Der Aufzug hielt auf der vierten Etage und öffnete sich. Eine Krankenschwester schob einen Apparat vorbei, der schwer nach Wiederbelebung aussah. Oh Gott, wo war ihre Mutter hier nur gelandet?

Ängstlich klopfte sie an die Tür mit der Nummer 2703. Als keine Antwort kam, ging sie einfach hinein. Es war nur ein Bett belegt – und aus diesem strahlte ihre Mutter sie an.

»Hättest doch gar nicht zu kommen brauchen, Kind! Du hast doch so viel zu tun.«

»Aber das Krankenhaus hat gesa …«

»Ist aber schön, dass du da bist! Hast du mir denn auch Pralinen mitgebracht?«

Nein, hatte sie vergessen. Weder Süßigkeiten noch Blumen. Nur ein fetter Strafzettel. Böse Tochter!

»Hier gibt es einen Kiosk, da kann man was holen«, sagte ihre Mutter mit einem Zwinkern.

Eli tat, wie ihr geheißen. Eine große Packung Champagnertrüffel und einen Strauß Tulpen später stand sie wieder am Bett ihrer Erzeugerin.

»Ach, wie schön. Dank dir sehr. Da sieht das Zimmer gleich viel freundlicher aus. Und die Pralinen … oh, sind davon einige mit Nüssen? Die mag ich doch nicht. Aber es sind ja auch ein paar andere dabei.«

»Soll ich noch mal runter?«

»Blödsinn! Aber beim nächsten Mal denkst du dran, ja?«

»Sagst du mir jetzt endlich, was du hast, oder muss ich erst den Oberarzt rufen?«

Ihre Mutter hob die Bettdecke, ein Bein war komplett in Gips.

»Ich hab's mir gebrochen. Eine mehrfache Fraktur. Deswegen bekomme ich jetzt auch starke Schmerzmittel. Es wird wohl ziemlich lange dauern, bis ich wieder gehen kann.«

»Puh, dann bin ich ja beruhigt.«

»Also ich finde es schlimm genug!«

»Na ja, besser als … Du weißt schon, ich dachte, es wäre was Lebensgefährliches. Wie ist es denn passiert?«

»Beim Gardinenaufhängen. Da hab ich wohl einen falschen Tritt auf der Leiter gemacht und schon lag ich auf dem Boden. Es ist ja keiner da, der mir hätte die Leiter halten können. Ich war auch kurz ohnmächtig, hatte eine kleine Gehirnerschütterung. Bin dann aber wieder zu mir gekommen. Was kann ich froh sein, dass ich neben dem Telefon gelandet bin, sonst würde ich jetzt noch da liegen. Nach mir schaut ja keiner.« Sie gab einen Seufzer von sich. »Aber deine Schwester kommt ja jetzt zu Besuch. Sie hat extra den ersten Flug aus Mailand genommen. Gott sei Dank hat sie gerade Semesterferien und wird sich die nächsten zwei, drei Wochen um mich kümmern.«

Eli hätte am liebsten ins Krankenhausbett gebissen. Niemand beherrschte den vorwurfsvollen Unterton so gut wie ihre Mutter. Wie sie deutlich machte, dass es eigentlich Elis Aufgabe gewesen wäre, sich um sie zu kümmern, ohne es auch nur mit einem einzigen Wort zu erwähnen, war diabolisch. Und sosehr sie sich darüber ärgerte, so sehr kam sie doch ins Grübeln über die Situation ihrer Mutter. Elis Vater war schon lange fort, mit einer viel jüngeren und viel blonderen Frau, und hatte sie allein zurückgelassen. Und allein war sie geblieben. Sie wäre zu alt, um sich noch einmal neu zu binden, hatte sie immer gesagt. Ihre Mutter war wirklich nicht mehr die Jüngste. Erst spät hatte sie Eli und kurz danach Katharina bekommen, nicht mehr erwartetes Glück. Aber den Altersunterschied gegenüber den jüngeren, progressiveren Eltern ihrer Freunde hatten die beiden Mädchen immer gespürt.

Die Stimme ihrer Mutter wurde leiser. »Das Letzte, woran ich beim Sturz dachte, war, dass ich noch keinen Mann für dich gefunden habe. Und dich allein zurücklasse. Da wollte ich nicht sterben.«

Eli war nie bewusst gewesen, wie wichtig ihrer Mutter das Thema war. Sie hatte es immer als typischen Mutterwunsch abgetan, den sie äußern musste, so wie das Krümelmonster nun mal nach Keksen schrie. Jetzt ergriff Eli ihre Hand.

»Aber, Mama. Ich kann noch keinen Mann heiraten, den ich nicht liebe, nur um dich glücklich zu machen. Sosehr ich mir auch wünsche, dass du … stolz auf mich bist.«

»Aber das bin ich doch, Kind. Immer gewesen. Was meinst du, was ich von dir alles beim Kaffeekränzchen erzähle?«

Eli musste lachen. »Was gibt es da schon groß zu berichten? Buchhändlerin, unverheiratet, lebt in einer zugigen Altbauwohnung mit klemmendem Badezimmerfenster.«

»Red doch keinen Blödsinn.« Ihre Mutter setzte sich auf, was ihr merklich Schmerzen bereitete. »Du bist genau das geworden, was du immer werden wolltest. Bücher waren schon dein Liebstes, als du noch ein kleines Kind warst. Selbst als du noch gar nicht lesen konntest. Du bist deinen Weg gegangen, ohne dich ablenken zu lassen. Während die Kinder der anderen Mütter noch zu Hause wohnten, standest du schon auf eigenen Füßen. Ich hätte dich gern länger bei mir gehabt, aber ich war auch so stolz, was du alles geschafft hast, ganz allein, auch deine Ausbildung. Komm her, mein Mädchen.«

Sie nahm Elis Kopf und drückte ihr einen dicken Schmatzer auf die Stirn. Eli blickte schnell zum Fenster hinaus, damit ihre Mutter die Tränen in ihren Augen nicht sah.

»Ich werde dich nicht mehr hetzen. Das verspreche ich dir. Du machst das schon, das weiß ich ja auch. Ich will doch nur, dass du glücklich bist. Nichts anderes, Kind.«

»Und ich will, dass du ganz schnell wieder gesund wirst!« Eli musste schniefen.

»Dann musst du mir beim nächsten Mal noch mehr Pralinen mitbringen. Aber ohne Nüsse. Oder ein leckeres Stück Kuchen. Das Zeug hier im Krankenhaus kannst du nämlich nicht essen.«

Eli ärgerte sich plötzlich über sich selbst. Eigentlich war ihre Mutter gar nicht so übel. Darauf hätte sie ruhig eher kommen können.

»Weißt du was?«, schlug Eli kurz entschlossen vor. »Ich koche dir was!«

Ihre Mutter hob abwehrend die Hände und grinste verschmitzt. »Oh, Eli. Willst du etwa, dass ich nie mehr hier rauskomme?«

»Nein, das will ich nicht.«

Es war so schön, wieder mit ihr lachen zu können.

Und dafür musste sie nur von der Trittleiter fallen.

Die Asiatin war eine Chinesin, sie hieß Yu Ling und drei Wochen später war es endlich so weit. Der Frühling stürmte nach Köln wie ein ungeduldiger Liebhaber. Man konnte die sich öffnenden Blüten der Haselnusssträucher und Birken fast explodieren hören, so eilig hatten sie es. Picknickwetter.

Paul hatte die Zeit bis zum Ausflug ins Grüne nicht tatenlos verbracht. Köln war voller Kochschulen und Kochkurse – und er hatte jede freie Minute in ihnen verbracht. Sushis rollen, Tapas füllen, Cocktails mixen, Paul war mittendrin statt nur dabei. Er ging dahin, wo's wehtat. Paul schnitt sich in die Fingerkuppen, verbrannte sich die Lippen, bekam Fettspritzer in die Augen, bekleckerte seinen halben Kleiderschrank. Doch er biss sich durch. Im wahrsten Sinne des Wortes. Denn ein echter Mann durfte keine Angst vor Brokkoli haben! Nein, er musste ihm mutig entgegentreten und ihn nur mit einer Prise Salz und einer Handvoll gerösteter Mandelsplitter bewaffnet in die Knie zwingen. Die heimische Küche hatte sich derweil mit jedem nur erdenklichen Kochschnickschnack gefüllt: Dampfgarer, Induktionsherd, Paco-Jet und natürlich ein massiver Holztisch, wie Jamie Oliver einen besaß. Ganz zu schweigen von Kleinigkeiten wie der Tim-Mälzer-Zange.

Paul ging noch einmal alle Speisen durch, die nun auf der Küchentheke standen, bereits ordentlich in kleine Gefäße gefüllt. Ganz links der marinierte Spargel. Der hatte viel Vitamin B9 – was die Produktion von Histamin anregte, und das brauchten Männlein wie Weiblein, um zum Orgasmus zu gelangen. Paul hatte den Spargel mit viel Basilikum gewürzt – hervorragend gegen Kopfschmerzen. Falls Yu gerade welche hatte, was bei Frauen ja durchaus vorkommen konnte. Basilikum war außerdem gut für die Blutzirkulation und von der konnte man ja nie genug haben …

Rechts daneben: das Gericht mit Mandeln, von denen man schon in der Antike sagte, dass sie Männer wie Frauen leidenschaftlich werden ließen. Der Dichter Alexandre Dumas aß jeden Abend Mandelsuppe, bevor er seine Geliebte traf. Paul hatte die Mandeln in eine Mousse verwandelt und gleich noch dunkle Schokolade hinzugegeben. Die enthielt Theobromin und förderte die Serotonin-Produktion – beide machten glücklich. Außerdem hatte er ordentlich Vanille hinzugegeben, eines der absoluten Top-Aphrodisiaka.

Dann: Avocados. Als Salat mit Grapefruit, Äpfeln und Kürbiskernen. Die Azteken nannten den Avocado-Baum »Ahuacuatl«. Übersetzt: Hoden-Baum. Nun ja, eine gewisse Ähnlichkeit war nicht von der Hand zu weisen. Und auch bei einem Tritt in die solchen, war oft zunächst ein deutliches »Ahuaaa!« und dann ein röchelndes »Cuatl« zu vernehmen.

Allerdings hatten nur die Avocados harte Kerne.

In Spanien verboten katholische Priester ihren Gemeinden

einst sogar den Genuss dieser Frucht. Sie würden hoffentlich nicht am Aachener Weiher herumlungern.

Es folgte der teuerste Gang: rohe Austern, die hatten viel Zink und der steigerte die Spermien- und Testosteron-Produktion. Casanova hatte jeden Tag 50 rohe Austern verschlungen. Seine Hoden mussten die Größe von Medizinbällen gehabt haben. Wahrscheinlich deshalb sein graziös langsamer, schreitender Gang.

Natürlich gab es außerdem Champagner und Obst: Bananen und Feigen, weil sie Ähnlichkeit mit, nun ja, also, mit den primären Geschlechtsorganen von Männern und Frauen hatten. Selbst in seinen Gedanken war Paul schüchtern.

Zur Tarnung hatte er auch noch ein Baguette, eine Salami (okay, auch die sollte natürlich einen gewissen Effekt erzielen) und ein paar Stücke unterschiedlichen Käses eingepackt – allerdings nur schwach duftende. Und schlussendlich: selbst gebackene Glückskekse mit Zimt. Das Gewürz galt als betörend.

Gegen so viel gekochte Erregung hatte Yu keine Chance.

Trotzdem würde er es langsam angehen lassen. Es sollte ein schöner Nachmittag am Wasser werden. Ohne Druck und ganz in Ruhe würden sie sich kennenlernen und schauen, ob sie auf der gleichen Wellenlänge waren – und wenn mehr passierte, hätte er überhaupt nichts dagegen.

Sonst war Paul immer unglaublich nervös bei Dates. Aber das Essen gab ihm Sicherheit. Denn selbst wenn alles total schieflief, was nicht das erste Mal in seinem Leben wäre, hätte er immer noch was Leckeres zu essen.

Schon bevor sie klingelte, wusste Paul, dass Yu vor dem Haus geparkt hatte. Na, wenn das kein gutes Zeichen war. Er packte alles in den Picknickkorb, Teller, Besteck und Gläser lagen schon darin – schützend in Geschirrtücher eingewickelt.

Yu sah bezaubernd aus, obwohl sie keinen Kimono trug, wie Paul gehofft hatte. Kimonos stammten natürlich aus Japan und nicht aus China – aber man durfte ja noch träumen. Stattdessen hatte sie knallenge, weiße Jeans an (ganz schlecht für ein Picknick auf Rasen) und eine taillierte Leinenbluse mit Kirschblütenmuster.

Sie sah bezaubernd aus und gab ihm zur Begrüßung einen neckischen Kuss. Das fing ja gut an!

»Ich bin sehr, sehr gespannt.«

»Kannst du auch sein.«

»Hoffentlich hast du nichts mit Nüssen, dagegen bin ich nämlich allergisch.«

»Gehen Mandeln?«

Sie schüttelte den Kopf.

»Dann ist der Nachtisch komplett für mich. Soll ich schnell was Neues machen?«

»Ach was. Ist schon okay, wenn ich ein paar Kalorien einspare.«

»*Du?* Wo willst du was einsparen?«

Yu klimperte mit den Augenlidern. »Das sagst du doch jetzt nur so!«

»Fischt hier jemand nach Komplimenten?«

»Immer!«, sagte Yu. »Aber ich hab sie auch verdient, oder?«

Die Sonne lachte so sehr, als würde sie jemand ohne Unterlass kitzeln. Es fühlte sich an wie Sommer, und der frische Wind blies Paul um die Ohren. Er verstaute den Korb flugs im kleinen Kofferraum des Mini, und sie brausten los.

Dann wurde Paul merklich still.

»Woran denkst du?«, fragte Yu.

»Ich bin so irre gespannt, was du zu den Sachen sagst, die ich gekocht habe.«

»Klingt, als hättest du dir richtig viel Mühe gegeben.«

Paul sah sie an. »Dieses Picknick wird in die kulinarische Geschichte Kölns eingehen!«

»Zusammen mit Blutwurst und Reibekuchen? Ich glaube, ich muss schnell nach Hause.«

»Spotte nur. Kochst du eigentlich auch? Gerichte aus China?«

»Nee, und Chinesisch kann ich überhaupt nicht. Ich bin ja adoptiert und in Bayern aufgewachsen. Meine Eltern sind mit mir zwar häufig zum Chinesen – aber Italienisch mag ich viel lieber. Nur Glückskekse find ich richtig klasse.«

Paul musste lächeln, denn schließlich hatte er extra welche gebacken. Mit ganz speziellen Sprüchlein …

Sie fanden einen schönen Platz direkt am See und vor Blicken geschützt. Paul warf ein paar Brotstücke ins Wasser und direkt flogen Enten herbei, dann schoben sich die Schwäne wie schwere Lastkähne heran.

»Ach, ist das schön hier«, sagte Yu, zog die Socken aus und legte sich rücklings ins Gras.

»Champagner?«

Sie schoss empor. »Au, ja!« Sie sah Paul kritisch an. »Willst du mich etwa betrunken machen?«

»Nur ein bisschen.«

Yu lachte und nahm einen großen Schluck. »Mhm, der ist richtig gut. Duftet nach Brioche.«

Das hatte Herr Thomassen von der Weinhandlung auf der Venloer Straße auch gesagt – und die Brause als »Ladykiller« bezeichnet.

»Ich freu mich total, dass wir das mit dem Picknick wirklich machen«, sagte Paul. »So sollte man eigentlich jedes Jahr den Frühling begrüßen.«

»Ist das etwa schon eine Einladung für den nächsten?« Sie sah ihn keck an. »Du weißt doch noch gar nicht, wie dir ein Picknick mit mir gefällt.«

Oh, doch, das wusste Paul. Sehr, sehr gut.

Und so war es dann auch. Yu liebte, was er gekocht hatte, und ihre wunderschön blassen Wangen wurden dank des Champagners peu à peu erdbeerrot. Irgendwann krempelte sie die Hosenbeine hoch und steckte die Zehen ins Wasser. Es war eiskalt, aber unglaublich erfrischend. Und Paul musste natürlich mitmachen.

Yu fuhr sich an diesem lauen Nachmittag oft durch die lackschwarzen Haare, legte den Kopf beim Lachen in den Nacken, und ihre Zungenspitze tanzte ein ums andere Mal über ihre rosa Lippen. Und Paul bemerkte, dass er keinen einzigen Bissen gebraucht hätte, um diese Frau zu begehren. Deshalb hörte er irgendwann auch auf mit dem Schlemmen, sonst wäre er verrückt geworden. Yu erzählte lange von ihrem Job als PR-Beraterin und von Urlauben in Prag, für sie die schönste Stadt des Planeten. Sie klagte über die Kosten von guten Kontaktlinsen, und schwärmte von der Oper, besonders Verdi. Fast nur Themen, zu denen Paul nichts sagen konnte, doch heute interessierten sie ihn alle. Und hätte Yu nicht immer wieder von seinem Essen geschwärmt, wäre er sich unglaublich langweilig neben ihr vorgekommen.

Als sie mit voller Wampe auf der Picknickdecke lagen, schmiegte sich Yu an ihn – und schlief ein. Ihr Mund lag genau an seinem Hals, und mit jedem Ausatmer kitzelte es ein wenig. Paul liebte es. Erst als sich Wolken vor die Sonne schoben und die Frühjahrskälte zurückkehrte, wachte Yu auf.

»Bin ich etwa eingeschlafen? Aber ich hab hoffentlich nicht geschnarcht, oder?«

»Du hast geklungen wie eine niedliche kleine Propellermaschine.«

Sie knuffte ihn. »Sollen wir fahren? Gleich wird's dunkel.«

Paul fischte die Glückskekse aus dem Picknickkorb. »Welchen möchtest du?«

»Den linken!«

Sie brach ihn auf und las das Zettelchen: »*Wage ein Abenteuer – du wirst es nicht bereuen!* So einen Spruch hatte ich ja noch nie. Und was steht bei dir?«

»Lass dich einfach mal gehen und deiner Sinnlichkeit freien Raum.« Yu schmunzelte. »Wo hast du diese Kekse denn gekauft?«

»Wieso? Ganz normal im Asia-Laden.« Paul rollte die Decke ein und packte alles zurück in den Korb.

Yu besah sich ihren Keks genauer. »Die sehen aber irgendwie selbst gebacken aus.«

»Quatsch, ich kann überhaupt nicht backen. Die Sprüche hat das Schicksal für uns ausgewählt.«

»Das Schicksal, so, so.« Sie hakte sich bei ihm unter. »Was meinst du, darf man sich gegen das Schicksal stellen?«

Paul fasste all seinen Mut zusammen. »Ich würde es nicht riskieren.«

Als sie vor seinem Haus hielten, fragte er, wie es die Tradition gebot, ob sie noch mit auf einen Kaffee hochkommen wolle. Und Yu sagte ja.

An der Tür wurden sie von R2-D2 begrüßt. Sprich: Der dicke Kater saß im Weg und ging keinen Schritt zur Seite. Er strahlte mal wieder die Freundlichkeit eines Todessterns aus.

»Du hast aber eine … große Katze.«

»Sie ist das Böse. In Hollywood drehen sie gerade einen Film über R2-D2 mit dem Titel: *Die Krallen des Grauens*.«

»In China hieße der wohl: *Die Katze auf dem heißen Blech-Wok*. Aber ich kenn da einen Trick«, sagte Yu und pfiff.

R2-D2 hob seinen feisten Kopf. Und es sah tatsächlich aus, als wolle er gekrault werden. Was Yu nun auch tat. Paul war verdutzt. Das Mistvieh reagierte tatsächlich auf Pfiffe. Er hatte das selbst noch nie probiert. Es klappte bei Schafen, klar, aber bei Vögeln und Hunden waren seine Versuche gescheitert. Sollte es etwa bei Katzen funktionieren? Na ja, probieren konnte er es. Vielleicht verstand das Monster die Schafskommandos. Drei kurze Pfiffe: R2-D2 stand auf. Lang, kurz, lang: R2-D2 drehte sich im Kreis. Ein ganz langer: Der Kater stieß die Wohnungstür zu. So wie die Schafe das Gatter.

»Wie machst du das?«

»Ich kann einfach gut mit … Katzen.«

Der Andy in seinem Kopf hatte soeben einen verdammt unanständigen Witz vorgeschlagen – aber Paul bekam gerade noch die Kurve.

Yu zog den Glückskeks-Zettel aus ihrer Jackentasche. *»Wage ein Abenteuer – du wirst es nicht bereuen!«*, las sie vor und warf sich aufs Sofa. »Küsst du mich jetzt endlich, oder muss ich mir anderswo ein Abenteuer suchen?«

Es gab Fragen, die nur eine Antwort zuließen. Und in diesem Fall bestand sie nicht aus Worten.

Als Paul am nächsten Morgen erwachte, wollte er die Augen gar nicht öffnen und seinen Arm nicht ausstrecken, um die andere Seite des Bettes abzutasten. Die Nacht mit Yu war einzigartig gewesen. Dalia liebte wild und leidenschaftlich, Yu dagegen so genießerisch, wie sie aß. Sie hatte sich für alles Zeit gelassen, und das einzige Geräusch war oft ihr tiefes Atmen gewesen.

Nun hörte er nichts neben sich.

Paul beschloss liegen zu bleiben, sich an der Illusion festzuhalten, Yu schliefe noch neben ihm.

Dann berührte ihn etwas an der Fußsohle. Das Glück schoss wie eine Adrenalinspritze in seinen Körper, bevor er begriff, dass Yu unmöglich so spitze Zehennägel haben konnte. Es sei denn, sie hätte diese heute Morgen stundenlang gefeilt.

Nein, es war nicht Yu, es war R2-D2, der nun über das Bett stampfte, um sich auf sein Gesicht zu legen, voll mit dem Wanst, sodass Paul kaum noch Luft bekam. Als Paul ihn beiseiteschieben wollte, fauchte er wie von Sinnen. Katzenfolter par excellence. Er sah schon die *Express*-Schlagzeile vor sich: *Kölner (29) an Katze erstickt! Tier überlebt Todeskampf unverletzt.* Da sich R2-D2 jetzt auf Pauls Mund niederließ, fiel Pfeifen leider flach. Die einzige Rettung war, irgendetwas aus der Schreibtischschublade zu ziehen und Richtung Gardine zu werfen. Wenn die sich bewegte, schoss das Ungetüm bestimmt dorthin, in der Hoffnung, einem Tier, das kleiner war als es selbst, zum Beispiel einem Elefanten, den Garaus zu machen.

Willkommen in der schrecklichen Realität, Paolo Birnbaum.

Plötzlich fuhr eine warme Hand unter der Bettdecke zu ihm, strich über seine Brust und langsam die Hüfte entlang bis zu seinem Po – wo sie ihn kniff.

Yu war noch da! *Yu-hu!*, dachte Paul – und fand den Kalauer für diese Uhrzeit annehmbar.

Wenige Augenblicke später hatten sie wunderbaren Morgensex mit bettwarmen Körpern, und als Zugabe Frühstück im Bett inklusive piksenden Baguettekrümeln.

Danach sprang Yu unter die Dusche, und Paul machte sich

daran R2-D2 zu füttern, bis er bemerkte, dass dieser sich bereits selbst verpflegt hatte. Wie war es nur möglich, Tupperdosen aufzubeißen? Dieser Kater wusste es. Und wenn R2-D2 noch länger hierblieb, würde er es vermutlich Freddy und den Goldfischen beibringen. Paul räumte den Schlamassel auf, und plötzlich stand Yu neben ihm, schon komplett angezogen, ihre Handtasche unterm Arm und eine Sonnenbrille auf. Paul wollte sie ihr abnehmen, um Yus schöne Augen wieder sehen zu können, doch sie hielt das Gestell fest. Es war wohl Zeit für die Verabschiedung – aber nicht ohne ein neues Treffen auszumachen!

»Hast du Samstag ganz früh am Morgen schon was vor? Ich möchte dir gern was zeigen.«

Rainers Herde würde noch auf den Poller Wiesen stehen. Paul plante, eine Thermoskanne voll heißem Grog mitzunehmen und gemeinsam mit Yu durch den Morgennebel zu spazieren. Sie gab ihm einen leidenschaftlichen Kuss. Danach brauchte sie einige Zeit, um wieder zu Atem zu kommen.

»Nein.«

Es war nicht bloß ein Nein für Samstagmorgen, das wusste Paul sofort, es war ein Nein für immer.

»Aber warum?«

»Es liegt an mir, nicht an …«

»Sag's nicht, bitte. Das hab ich nicht verdient.«

»Nein, hast du nicht.«

»Dann sag mir die Wahrheit. Und wenn ich danach eine Flasche Zhalgiris köpfen muss.«

»Zhalgiris?«

»Du willst es nicht wissen.«

Yu strich mit den Außenseiten ihrer Finger zärtlich über Pauls Wange. »Die Wahrheit ist«, sie zog einen Ring aus ihrer Hosentasche und steckte ihn sich an die linke Hand, »ich bin verlobt. Und ich wollte noch einmal, bevor ich heirate, ein letztes Abenteuer, weißt du, mich noch einmal frei fühlen, bevor ich meinem Mann für immer treu sein werde. Denn das will ich. Er ist ganz wunderbar, und wir kennen uns schon sehr lange, seit der Schulzeit, es hat immer nur ihn gegeben. Aber auf einmal hatte ich Angst, dass mir etwas fehlen würde im Leben, und dann kamst du mit deiner Picknick-Idee, und ich dachte, ja, warum nicht, der gefällt dir, mit dem möchtest du eine Nacht verbringen. Ich war so unglaublich aufgeregt – und du hast es so schön werden lassen.« Sie senkte den Kopf. »Aber jetzt ist es nur viel schwerer geworden. Es wäre besser gewesen, wenn du ein ganz schrecklicher Liebhaber wärst, wenn du nicht so gut küssen würdest und wenn du nicht so tolle Sachen kochen könntest. Ich hab noch nie so gut gegessen.«

»Ich würde dich gerne wiedersehen.« Paul küsste sie, und es war wie ein Anker, den er auswarf, um sie hier zu halten. Zuerst trafen seine Lippen auf Widerstand, aber dann gab Yu nach. Doch plötzlich schmeckte dieser lange Kuss salzig und Paul stoppte, sah Tränen auf Yus Wangen glitzern.

»Es geht nicht, mach es mir nicht so schwer. Bitte, Paul.«

Das Telefon klingelte. Und das Handy. Und auch sein Notebook. Wie war das überhaupt möglich?

»Geh ran«, sagte Yu. »Ich bin weg, so ist es am besten. In Abschiedsszenen bin ich eh nicht gut.«

»Dann … nimm aber wenigstens das hier mit.« Er rannte schnell zur Küchenzeile, wo Yu den Zettel aus dem Glückskeks hingelegt hatte. »Als Erinnerung an unsere Nacht.«

Sie küsste ihn noch einmal flüchtig auf die Wange und verschwand, ohne sich umzublicken.

Wie in Trance hob Paul das Telefon ans Ohr.

»Hallo.«

»Einen wunderschönen guten Morgen, Herr Birnbaum.«

»Fish-Mac.«

»Höchstselbst.«

»Warum klingelst du überall, du verdammter Idiot!«

»Hey, ganz ruhig. Ich geh halt gern auf Nummer sicher. Wollte unbedingt wissen, wie es meiner Miezekatze geht.«

»Gut.«

»Frisst er auch genug?«

»Ja.«

»Ist alles okay mit dir? Sonst ist Herr Birnbaum doch nicht so maulfaul.«

»Lass mich einfach in Ruhe.«

»Ich hab dich doch nicht beim Tête-à-Tête mit einer *Playboy*-Schönheit gestört?«

»Was ist so schwer daran zu verstehen, wenn ich sage: Lass mich einfach in Ruhe?«

»Ich frag ja schon nicht mehr.«

»Gut. War's das?« Paul wollte allein sein. Er wusste nicht, was er von Yus Abgang halten sollte. Hatte sie sich die Sache mit der Verlobung nur ausgedacht, um ihn zu beruhigen? War das ihre Masche? Hatte sie immer einen Ring in der Tasche? Aber diese Tränen waren echt gewesen, und das Zittern ihrer Lippen auf seinem Mund. Diese Nacht war auf eine merkwürdige Art und Weise ein Kompliment an ihn gewesen, irgendwie, und hatte doch auch die schmerzhafte Erkenntnis gebracht, dass es einen gemeinsamen Weg gegeben hätte. Und diesen nicht gehen, nicht auskosten zu können, tat verdammt weh.

»Eine Sache habe ich noch. Du glaubst ja nicht, wen ich gestern im Internet aufgespürt habe: David Lindenhof!«

»Ach, ist der wieder im Land?«

»Zurück aus Abu Dhabi.«

David Lindenhof. Oder Dave, wie ihn alle nannten. Der kleine Pummelige aus ihrer Klasse, der in einem Jahr häufiger in den Mülleimer gesteckt worden war als die ganzen fünften Klassen zusammen. Paul und Fish-Mac hatten mit ihm eine Bande gegründet, zu so einer gehörte schließlich auch ein Dicker – wie Klößchen bei TKKG. Sie waren Daves einzige Freunde gewesen. Und hatten zusammengehalten. Doch nach dem Abi war er als Berufssoldat zur Marine gegangen, und sie hatten nie wieder von ihm gehört.

»Und was ist aus ihm geworden?«

»Das ist es ja gerade: Koch! Er hat Smutje gelernt, ist dann bei irgendeiner Hotelkette eingestiegen und hat sich hochgearbeitet. Wir haben gestern noch ewig miteinander gechattet. Und jetzt ist er zurück in Köln, weil er demnächst eine eigene Kochsendung im Fernsehen bekommt. Ist das zu fassen? Die drehen in Ossendorf, und er ist der Star. *Unser* Dave. Er hat direkt nach dir gefragt, und ich hab ihm erzählt, dass der Herr Birnbaum jetzt auch wie ein Wahnsinniger kocht. Dave hat Riesenohren gemacht und gesagt, dass er dich demnächst mal besucht, um dir auf die Finger zu schauen. Ich hab ihm deine Adresse gegeben. Ist das zu fassen, Dave! Ich glaub es immer noch nicht.«

R2-D2 maunzte so laut, als sei er der Tiger von Eschnapur.

»War das mein Kater? Was ist mit ihm?«

Paul sah nach. Der Brocken stand auf der Küchentheke neben ein paar leeren Schalen.

»Er will mehr Austern.«

Als Paul seine Stechkarte in den Stempler der KFZ-Zulassungsstelle schob, hatte er bereits entschieden, nie wieder am Arbeitsplatz über Fernsehköche, Rezepte oder Essen zu reden. Eher würde er sich auf die Zunge beißen und sie im ganzen Stück runterschlucken. Zu seinem Pech bedrängte ihn gleich nach der Ankunft Kollege Günther wegen einer richtig geilen Grill-Marinade und kurze Zeit später seine Chefin, die genaue Informationen über ein ausgefallenes Dessert mit Erdbeeren zu erfahren begehrte.

Und irgendwann klingelte auch noch Andy durch, von dem er seit Tagen nichts mehr gehört hatte, und wollte wissen, wie man eine superleckere Herrentorte hinbekam. Andy plante ernsthaft zu backen.

Die Apokalypse stand wohl kurz bevor.

Und dann geriet Pauls Welt wirklich ins Wanken. Da saß Eli. Im Warteraum. Gerade sprach sie mit dem neben ihr sitzenden Mann und reichte ihm irgendeinen Zettel. Was hatte das zu bedeuten? Hatte sie ihm gerade ihre Nummer gegeben? Egal. Er wollte sie sehen. Um alles in der Welt!

Nein. Er wollte sie nicht sehen. Niemals mehr. Sie war vergeben. Das hatte ihm Andy nach seinem Besuch in der Buchhandlung klipp und klar mitgeteilt. Paul würde sicherstellen, dass jemand anders sie bediente. Außer Sicht, am anderen Ende der Schalterreihe. Dort saß Brömser. Der würde keine Fragen stellen, stattdessen nur eine Packung Zigaretten, filterlos, in Rechnung stellen. Das war es Paul wert. Und mehr. Brömser hätte sogar eine ganze Tabakplantage fordern können. Nur schnell zu ihm rüberflitzen und Bescheid sagen, mehr brauchte Paul nicht. Gleich nach dem nächsten Antragsteller würde er das tun.

Es wurden zwei Kunden. Und dann stand sie vor ihm.

»Hallo, Paul. So schnell sieht man sich wieder.« Sie presste die Lippen aufeinander, aber ihre Augen lächelten.

»Setz dich.«

Paul war nervös, und wenn er das war und nicht wusste, was er sagen sollte, machte er häufig Komplimente. Schlechte, ungelenke, unpassende. Aber sie sprangen einfach so aus seinem Mund.

»Das ist aber ein lustiges T-Shirt, das du da hast. Schön eng.« Ohgottohgottohgott!

If it has a face, don't eat it, stand darauf, und darüber war ein lächelndes Schwein.

»Das hab ich schon Ewigkeiten, ist eins von meinen Liebsten.«

»Sieht man ihm gar nicht an, also wirkt nicht verwaschen oder so. Strahlendes Schwarz! Bestimmt nur Handwäsche und Feinwaschmittel, oder?«

»Du bist doch schwul.«

»Nein, Quatsch. Vergiss einfach, was ich gesagt habe. Tun wir einfach so, als hätte ich keine Ahnung von Textilreinigung.«

»Textilreinigung?«

»Ist das nicht der Oberbegriff?«

Eli schüttelte den Kopf. »Was bist du nur für ein merkwürdiger Mann?«

»Merkwürdig gut oder merkwürdig schlecht?«

»Weiß ich noch nicht …«

Das Telefon klingelte. Paul blickte darauf.

»Ich bin Vegetarierin, deshalb das Shirt.«

Wieder Oma Gerti! Die konnte er jetzt gar nicht gebrauchen.

»Ja, klar«, sagte Paul und drückte das Gespräch weg. Er merkte, wie er sich schon wieder Hoffnungen machte. Sie war so zauberhaft, so lustig und unwahrscheinlich süß. Yu war mit einem Mal völlig vergessen, eigentlich alle Frauen, mit denen er jemals zusammen war. Mit einem Mal gab es nur noch Eli. Aber es war ja vergebens. Er versuchte, ihr nicht in die Augen zu blicken. In diese schönen, dunklen Augen.

»Und, wie geht's Löschi?«

»Du erinnerst dich noch an seinen Namen?«

»Hast du ihn mittlerweile unter die Haube bekommen?«

Eli schüttelte den Kopf. »Er steht immer noch im Regal und setzt Staub an.« Sie pustete in die Luft vor sich. »Aber nicht mehr lange, da bin ich mir sicher.« Sie rückte mit ihrem unbequemen Plastikstuhl näher. »Du fragst ja gar nicht nach meinem Traummann.«

Nein, das tat er nicht. Natürlich nicht. Er wollte nicht hören, wie toll dieser Hengst war. Da würde er lieber einen Löffel Glasscherben essen. Mit Löwensenf und Chilipulver. »Geht mich ja nichts an.«

»Ach?« Eli schien enttäuscht, ihre Gesichtszüge entgleisten etwas – aber es war nur ein kleineres Schienenunglück. »Na, dann, wenn's dich nicht interessiert.«

Durfte er zugeben, dass es ihn interessierte? Oder sah das dann gleich so aus, als wolle er etwas von ihr – was ihm dann einen Korb einbringen konnte?

Elis Augen bewegten sich nervös. »Er ist Geschichte, hat sich als Idiot herausgestellt.«

Pauls Herz machte einen Sprung. Er versuchte, seine Freude zu unterdrücken.

»Du hast gelächelt!«, sagte Eli. »*Wieso* hast du gelächelt?«

»Oh, mein Computer spinnt, jetzt nicht abstürzen, Junge!«

Es war natürlich alles in Ordnung mit dem Computer. Aber was sollte ein Mann tun, wenn er dabei ertappt worden war, wie er seine Gefühle zeigte?

»Bevor meine Chefin vorbeikommt und sich erkundigt, was hier los ist, muss ich dich was fragen.«

»Ja?«

Da war Hoffnung in ihrer Stimme, oder? Nein, konnte ja nicht sein. Er bildete sich das ein, klammerte sich an die Hoffnung, als wäre dieser lächerliche, dünne Strohhalm massiv wie ein Stahlrohr.

Schluss damit.

»Wie kann ich dir helfen, also dienstlich?«

Sie ließ sich zurückfallen. »Ich war gerade auf dem Weg zu meiner Mutter ins Krankenhaus, als mich die Polizei anhielt. Die wollten die Fahrzeugpapiere …«

»… und den Führerschein sehen.«

»Genau. Den habe ich dann auch gesucht … und gesucht … und gesucht … und nicht gefunden.«

»Das ist teuer geworden.«

»Dann habe ich zu Hause gesucht … und gesucht … und …«

»Hab verstanden. Du brauchst einen neuen.« Paul zählte die Formalia auf und dachte dabei unentwegt: Ich möchte für Eli kochen. Ich möchte, dass sie etwas isst, das sie richtig glücklich macht, das ihre Augen zum Strahlen, ihren Mund zum Lächeln und ihren Magen zum Glucksen bringt. Das musste doch erlaubt sein!

»Was ist eigentlich dein Lieblingsland?«

»Was? Wie kommst du denn jetzt darauf?«

»Wenn du der kleine Tiger oder der kleine Bär wärst, du weißt schon, von Janosch, die beiden finden ja Panama, das Land ihrer Träume, was ist dein Panama?«

Die Antwort kam wie aus der Pistole geschossen. »Neuseeland. Da wollte ich immer schon mal hin, aber der Flug dauert so ewig lang und ist so teuer, und wenn man hinfliegt, muss man eigentlich mindestens drei Wochen bleiben, sonst lohnt die lange Anreise nicht, und das geht dann noch mehr ins Geld. Aber es ist Neuseeland ohne Wenn und Aber. Wenn du mich hinbeamen kannst, leg einfach los.«

Neuseeland, da konnte man sicher was Schönes kochen! Plötzlich kam Paul ein schrecklicher Gedanke: Stammten nicht Kiwis von dort? Dann würde es eben obstfrei gehen müssen.

»Ich weiß, das klingt jetzt komisch, und ich kann auch verstehen, wenn du Nein sagst, denn du kennst mich ja überhaupt nicht … ach, vergiss es, ist 'ne blöde Idee.«

Er würde sie doch nicht einladen. Es sähe aus wie eine plumpe Anmache. Und er wäre für Eli untendurch, für immer. Wenn er nichts sagte, bliebe wenigstens alles, wie es war. Dann würde er sie hier regelmäßig sehen und sich darüber freuen können. Doch was, wenn das heute die einmalige Chance war und sie jetzt, nach der Enttäuschung mit dem Traummann, eine Schulter zum Anlehnen brauchte? Dann wäre er saublöd, ein echter Suppenkasper, der nicht das Maul aufmachte. Aber er würde es sicher versauen! Also doch lieber die Klappe halten. Wenn sie Interesse an ihm hätte, würde sie es schon zeigen. Und bisher: kein Anzeichen, nirgends. Also, warum sich in Gefahr begeben? War doch alles wunderbar so.

»Hallo? Noch jemand zu Hause? Ding dong, hier ist Eli, aufmachen!«

»'tschuldigung, war grad woanders.«

»Das hab ich gemerkt.«

Günther kam zum Schalter. »Du, Paul, ich hab meine Frau am Telefon, und ich wollte ihr sagen, was sie für die Marinade noch einkaufen soll. War das Rosenpaprika? Kann das sein? Macht doch überhaupt keinen Sinn, Rosen sind doch Blumen.«

»Ist aber richtig, die schärfste Variante von ungarischem Paprikapulver. Dafür werden ganze Paprikaschoten, einschließlich der Samenkörner und Scheidewände vermahlen.«

Eli stand der Mund offen. Eine verirrte Meise hätte darin ihr Nest bauen können. »Du *kochst*?«

»Ja, schon.«

»Das hört sich jetzt vielleicht komisch an, und ich könnte auch verstehen, wenn du Nein sagst, denn du kennst mich ja überhaupt nicht … warte mal, hast du das eben nicht auch schon gesagt oder habe ich das gerade schon gesagt?«

»Ist doch egal, führ den Satz einfach zu Ende!«

Würde sie ihn wirklich nach einem Essen fragen? Konnte das

sein? War Günther etwa eine Glücksfee? Paul hatte sich diese nicht so feist und schleimig vorgestellt. Aber auch im Feen-Business musste man wohl manchmal das nehmen, was einem das Arbeitsamt so schickte.

Elis Mund öffnete sich, sie sprach weiter, und Paul sah es wie in Zeitlupe.

»Könnten wir mal zusammen kochen? Ich würde das so gerne lernen. Jetzt sagst du Nein, ist schon okay.«

Paul zögerte keine Sekunde, keinen Bruchteil davon, nicht einmal eine Millisekunde. Er feuerte die Antwort ab, sie hatte so lang darauf gewartet, ausgesprochen zu werden. »Ja!«

»Ja?«

»Ja. Unterstrichen und fett. Ja, sehr gern. Und bitte bald.«

Birne sucht Helene.
»Liebe fängt an als flüchtiger Moment
das Gefühl, dass man den anderen schon lange kennt.
Und wie stark es ist
was für ein herrliches Leiden
wie verliebt man ist
und wie sehr man sich sehnt
dass es Liebe ist
und zwar auf beiden Seiten
und wie geil es ist
wenn man sich dann küsst«
(Weil es Liebe ist, Blumfeld)
Bitte keine Zuschriften mehr. ✉ 965938 Chiffredienst, 50590 Köln.
☎-Chiffre 0900/5000958–78591.

SIEBENTER GANG

Weinendes Lamm

Ein wenig unheimlich war es Paul schon. Tine hatte sich tatsächlich untergehakt und schritt nun lächelnd mit ihm über die Schwelle – ins Weltstadthaus von Peek & Cloppenburg. Denn er hatte das Angebot angenommen, sich von ihr einkleiden zu lassen. Und sie hatte ihn direkt nach dem Dienst in die Innenstadt geschleppt. Im klimatisierten Modetempel kam sich Paul nun so deplatziert vor wie ein Trabant 601 deLuxe beim Ferrari-Treffen.

»Du wirst sehen, ich mach einen ganz anderen Menschen aus dir!«

»Ich möchte eigentlich nur ein bisschen modischer aussehen.«

Tine hielt auf die Rolltreppe zu. »Du trägst zu oft Braun. Diese Cordhosen und dazu moosgrüne Pullis mit V-Ausschnitt. Du siehst manchmal aus wie ein Sofa mit Tagesdecke. Das bist nicht du.«

»Nein?«

»Nein! Lass das mal die Tine machen. Die weiß, was gut für dich ist.«

»Ich hab das schon mal gesagt, aber danke, das ist echt supernett von dir.«

»Wir sind doch Kollegen!« Tine drückte ihren Kopf an seine Schulter. »*Mexx*, *Esprit* – die Welt steht dir offen. Wie sieht es mit deinem Bankkonto aus?«

»Na ja, ein wenig geplündert von Kochkursen und Küchenutensilien, aber für eine ordentliche Hose und ein schickes Hemd sollte es noch reichen.«

Tine prustete. »Eine *ordentliche* Hose? Ein *schickes* Hemd? Du hast meine Hilfe wirklich bitter nötig.« Sie nahm das erste Kleidungs-Rondell in Beschlag, doch erst nach fünf weiteren griff sie zu. »Hier, zieh die mal an, müsste deine Größe sein.«

Die war es tatsächlich, doch die dunkle Stoffhose fand keine Gnade in Tines kritischen Augen. »Die fällt hinten komisch, da sieht dein Hintern zu platt aus, und der ist doch …«, sie prüfte es kurz mit einem beherzten Griff, »ganz schön knackig.«

Die nächste Hose klemmte Paul zwar etwas die Familienjuwelen ein, doch dafür stellte sie Tine zufrieden.

»Besser!«

»Ich fühl mich aber sehr eingeengt.«

Wurde man von so was nicht impotent? Paul hatte kein Interesse daran, es herauszufinden.

»Die weitet sich noch was, dann sitzt sie perfekt. Und jetzt ein Hemd. Am besten eins aus Satin, in Bordeauxrot, damit siehst du dann richtig sexy aus. Aber lass uns mal den Fachmann fragen, dafür stehen die hier ja rum.« Sie ging zu einem seitengescheitelten Verkäufer, der nicht schnell genug so tun konnte, als hätte er etwas Wichtiges in der Nachbarabteilung zu tun und zeigte auf Paul. »Was würden Sie dazu empfehlen?«

»Vielleicht eine kräftige Sahne-Dill-Soße und Bratkartoffeln. Nein, Spaß beiseite, für welchen Anlass soll es denn sein?«

Tine sah Paul fragend an. Das wurde jetzt doch unangenehmer als erwartet.

»Ist das nicht egal?«

»Ü-ber-haupt nicht!«, betonte Tine. »Vertrau mir.« Sie klimperte mit ihren langen Wimpern.

Was sollte er sagen? Die beiden ging sein Treffen mit Eli nichts an. Und er wollte auch nicht darüber reden, so als könne jedes Wort diesen Traum zerstören. Es war zu wertvoll, um jedem dahergelaufenen Herrenausstatter davon zu erzählen. Aber wenn er stattdessen sagte, dass er das Outfit für eine Beerdigung bräuchte, würde der Abend mit Eli wohl nicht so spaßig werden.

Augen zu und durch.

»Für ein Date. Wir wollen zusammen was kochen.«

»Dann würde ich zu etwas Kariertem raten – da sieht man die Flecken nicht so drauf.« Der Verkäufer lächelte weiter, als seien seine Mundwinkel festgetackert.

Tine lächelte überhaupt nicht. Sie blies ihre Wangen auf. »Ich glaube, wir sind hier total falsch. Ich wusste ja nicht, dass du ein Rendezvous hast. Hose aus, wir gehen woanders hin.«

Jetzt erlebte Paul seine Kollegin von einer ganz anderen Seite. Schweigend. Sie raste vorbei an den bekannten Modetempeln in Hohe Straße sowie Schildergasse und hielt schließlich vor einem Laden, dessen komplette Verkaufsfläche aus Wühltischen bestand. Ohrenbetäubende Technomusik knallte aus riesigen Boxen. Konnte man hier wirklich arbeiten, ohne Ohrenkrebs zu bekommen?

»Hier?«, fragte Paul. »Die verkaufen neben Klamotten auch Badeschwämme. Das finde ich nicht so richtig vertrauenswürdig.«

»Modische Kleidung muss nicht viel kosten!« Tine zündete sich eine Zigarette an, sah dabei allerdings so aus, als hätte sie nicht übel Lust, diese der Länge nach aufzufressen. »Für ein romantisches Rendezvous müssen wir dich total hip einkleiden. Wann hast du es denn?«

»Äh, ist das wirklich wichtig?«

Tine fuhr sich durch die blonden Haare. »Willst du meine Hilfe?«

»Ja, klar.«

»Also?«

»Donnerstagabend bei mir. Aber wie hilft dir das weiter?«

Sie zog lange an ihrer Zigarette, die rot wie Höllenglut aufglimmte. »Jede Info zählt. Glaubst du ernsthaft, Donnerstagdates laufen genauso ab wie Freitagdates?«

»Schon.«

Tine seufzte. »Amateur. Lass uns reingehen.«

Hatte sie eben lange gebraucht, bis sie die richtige Hose für ihn gefunden hatte, langte sie nun scheinbar wahllos zu. Zutage förderte sie eine glänzende Jogginghose und ein Neontop mit Palmeninselmotiv. Paul hatte keine Ahnung von Mode – aber das sah ganz falsch aus. So zog man Teddybären aus Taiwan an. Oder Typen beim DSDS-Finale.

»Nein, das werde ich nicht … das ist so … grell!«

»Hip-Hop-Style, moderner geht's nicht. Darauf stehen die Frauen. Wie alt ist sie denn? Eine ganz junge? Das ist unglaublich wichtig für die Farbwahl.«

»So'n Quatsch!«

»Willst du es riskieren?«

Paul schnaufte. »Ende zwanzig. Willst du auch noch ihre Maße wissen?«

»Kennst du die etwa?« Tine zündete sich eine weitere Zigarette an, obwohl die Rauchen-verboten!-Schilder unübersehbar über der Kassentheke pappten. Die gelangweilte Verkäuferin störte das nicht – sie las an der Theke ein Hochglanz-Magazin und malträtierte dabei einen Kaugummi. Den ausufernden Bewegungen des Kiefers nach zu urteilen, war dieser von der Größe eines Tennisballs.

»Probier die Sachen wenigstens an, werden dir gefallen. Wirst sehen.«

Eli sah eigentlich nicht aus, als wäre Hip-Hop ihre Musik. Aber was wusste er schon über sie? Was wusste er überhaupt von Frauen? Tine war eine, keine Frage, und wenn er seine letzten beiden Dates betrachtete, musste er dringend etwas ändern, um dieses eine, dieses unglaublich wichtige, nicht zu versaubeuteln. Er trat in die Umkleidekabine.

Und traute sich danach kaum wieder heraus.

Die Hose schlabberte um seine Knie, das T-Shirt war ärmellos, und von den Neonfarben schmerzten ihm die Augen. Jetzt konnte man ihn wahrscheinlich vom Mond aus sehen. Irgendwann linste Tine hinein.

»Das geht gar nicht«, sagte Paul zur Begrüßung.

»Ach was, sieht affengeil aus! Du musst was wagen, das tragen Männer heute.«

»Aber nicht David Beckham.«

»David Beckham? Der ist doch längst wieder out. Gangsta-

Rapper, Aggro Berlin, das ist angesagt.« Sie ging zu einer weiteren Grabbelkiste und zog ein paar weiße Tennissocken heraus.

»Hier, die müssen sein. Was früher out war, ist jetzt in.«

»Nein, wirklich nicht.«

»Ist dir das Date wichtig?«

Für dieses Date würde er sogar im Lendenschurz kochen. Obwohl Paul sich nicht vorstellen konnte, dass so was Eli gefallen würde. Oder R2-D2. Das würde vermutlich seine Säbelzahntiger-Gene zum Vorschein bringen.

Paul nickte.

»Dann zieh auch die hier an.«

»Wo hast du die denn …?«

»Paul!«

Es waren Turnschuhe – und sie glitzerten. Das sollten Turnschuhe nicht. Es war beim Turnen nicht nötig.

»Ist das nicht ein Frauenmodell?«

»Cross-Dressing ist der letzte Schrei.«

»Ich sehe aus, als wollte ich nach Mallorca.«

»Und nur so kommt man dort in die angesagten Dissen.«

Paul zog die Treter an und machte ein paar Schritte. »Na ja, bequem sind sie.«

»Siehst du. Das Date wird super laufen. Und hier, vergiss das Basecap nicht.« Sie tätschelte ihm die Wange. »Ich mein's doch nur gut mit dir.«

Paul nahm sich den nächsten Tag frei, um in aller Ruhe die Vorbereitungen für das Kochen mit Eli zu treffen, die Wohnung auf Vordermann zu bringen und alle Rezepte noch mal Probe zu kochen. Es kam ihm vor, als ginge es um das wichtigste Bewerbungsgespräch seines Lebens. Bei der Firma »Familie, Haus und Hund«. Eine unbefristete Festanstellung.

Dabei ließ ihn eine Frage nicht los: Woran merkte man eigentlich, dass es die Richtige war? War es ein Blick, der durch die Netzhaut bis in die Magengrube fuhr, ein kurzer Aussetzer des Herzschlags, ein Gefühl, als halte jemand ein Starkstromkabel an seine Lippen oder noch heftiger, als beame einen Captain Kirk mitten hinein in das Zentrum einer Supernova?

Denn genau so war es bei seinen Küssen mit Eli gewesen. Die wundervollsten seines Lebens – und dabei hatten sie nicht mal zu einer Liebesnacht gehört. Das musste etwas zu bedeuten haben. Und dass er immer an sie gedacht hatte, egal, wie unmöglich ein Leben mit ihr schien, und obwohl hinreißende Frauen in seinen Armen gelegen hatten.

Doch Paul wollte absolute Klarheit haben. Vielleicht gab es ein Zeichen, das für echte Liebe stand, so wie drei Streifen für Adidas, oder ein Puma für … na ja, für Puma. Mit wem konnte er ernsthaft darüber reden, ohne dass es in zotige Witze ausartete? Andy fiel direkt raus, allerdings war er eh unauffindbar, Fish-Mac war mit seinem Computer verheiratet, Rainer mit seinen Schafen – nein, das konnte total falsch verstanden werden. Es sollte heißen: Rainer war mit seinem Job liiert. Paul hatte sogar schon daran gedacht, seinen Lieblingskioskbesitzer Ömer um Rat zu bitten, vielleicht half ihm der Blick einer anderen Kultur auf die Brautwerbung als Westeuropäer? Doch dann hatte er sich für einen anderen Menschen entschieden, der eine langjährige, glückliche Beziehung geführt hatte.

Oma Gerti.

Gut, sie war etwas verwirrt, und ihre Zeit als Frischverliebte fand im letzten Jahrtausend statt, aber Grundlegendes in der Beziehung Mann / Frau änderte sich auch über Generationen nicht.

Als Paul vor ihrem Haus in Hündekausen hielt, trat gerade ein Mann heraus, grauer Bart, extrem kräftig und einen Bundeswehrparka tragend. Paul hatte ihn nie zuvor gesehen.

Die Tür von Omas Hexenhaus war unverschlossen, und so ging Paul einfach hinein. Oma Gertis Katze Dicker lag vor dem alten Kamin, der schon lange nicht mehr befeuert wurde, sie selbst war nicht zu sehen.

»Oma? Ich bin's, Paul. Überraschungsbesuch.«

Sie tauchte lächelnd aus dem Schlafzimmer auf, ihre Kittelschürze zuknöpfend. »Jung! Was machst du denn hier? Setz dich, setz dich!«

Paul nahm auf der alten Küchenbank Platz. »Wer war denn der Mann? Den kannte ich gar nicht.«

»Es ist so schön, dich wiederzusehen. Gut siehste aus! Tasse Kaffee?«

»Oma? Wer war denn der Mann, der gerade aus deinem Haus kam?«

»Wer?«

»Der Mann!«

»Unser Heinrich.«

»*Unser* Heinrich?«

»Ja, der macht Reparaturen hier im Dorf. Kann alles, der Heinrich.«

Irgendwas stimmte nicht. Oma Gerti zog ihre Kittelschürze einmal zu oft glatt.

»Was hat er denn so repariert, der Heinrich?«

»Ach, Jung, jetzt lass das doch gut sein. Warum biste denn hier? Kommst doch nicht ohne Grund, deine alte Oma besuchen, oder?«

»Nein, tu ich nicht. Da hast du recht.«

»Dann mal raus mit der Sprache.«

Paul druckste etwas herum, erst nach einem Schluck brühend heißen Kaffee, der vermutlich seine Mandeln weggeschmort hatte, gestand er ihr seine Lügerei.

»Was ich dir über meine Freundin erzählt habe, war alles geschwindelt. Musst nicht so vorwurfsvoll gucken, ich weiß selbst, dass ich dir die Wahrheit hätte sagen müssen. Aber morgen treffe ich eine Frau, und bei der habe ich ein Kribbeln im Bauch, als wär Brausepulver drin. Und ich wollte wissen, wie das bei dir und Opa war, wann du gewusst hast, dass du ihn heiraten würdest.«

Oma Gerti schüttelte lachend den Kopf und strich Paul dann zärtlich über den Kopf.

»Ach Gott, Jung, das ist alles schon so lange her. Jetzt ist dein Opa auch schon zweiundzwanzig Jahre tot. Willste ein Plätzchen zum Kaffee? Ich habe welche von denen, die du so gern magst. Hab grad am Wochenende welche gebacken. Mit guter Butter.«

Sie schob eine verbeulte Blechdose mit dem Motiv einer Ballerina zu Paul. Sie war über und über mit Plätzchen gefüllt. Paul kannte sie aus seiner Kindheit – er hatte sie noch nie leer gesehen. Ohne zu zögern, aß er eines. Wow, das war Glück in Tannenbaumform (Oma Gerti hatte nur noch den einen Ausstecher). Auch sie nahm ein Gebäck.

»Ja, wie war das mit deinem Opa? Der kam bei uns auf den Hof, und dann war er halt da. Mein Vater, also dein Urgroßvater, hat geschaut, ob er auch ordentlich arbeiten kann und ihn den ganzen Gemüsegarten umgraben lassen. Dann kam er immer häufiger, hat kräftig umgegraben, und irgendwann blieb er halt. Dein Opa konnte prima zupacken. Da saß jeder Handgriff. Ja, so war das.«

»Kein romantisches Um-die-Hand-Anhalten?«

»Nee, nee.«

»Abendspaziergänge im Mondschein?«

»Ach Romantik, so was gab's damals noch gar nicht. Wir sind einmal nach Köln ins Kino und danach Russisch Ei essen gegangen. Das war schön. Und tanzen konnte dein Opa, und wie der tanzen konnte! Wie ein junger Gott, Jung, so hat der getanzt.«

»Tanzen ist nicht so mein Ding, ich bin nicht mal in die Tanzschule gegangen.«

»Ja, Jung, da machste nix. Biste denn ein guter Küsser?«

Hatte ihn seine Oma das gerade wirklich gefragt?

»Hat sich zumindest noch keine beschwert.«

»Das tun Frauen auch nicht. Wie küsst du denn?«

Sollte er das jetzt etwa *vormachen*? Paul zuckte stattdessen mit den Schultern.

»Musst mit Gefühl küssen, Jung. Nicht so, als würdeste einen Napf auslecken. Machen manche Männer.«

Themenwechsel! Schnell!

»Und wie war es bei Mama und Papa?«

»Ja, *das*!«

»Ja, was?«

»Deine Mutter war ja das erste italienische Mädchen hier im

Ort und schön noch dazu. Kannst dir vorstellen, wie die jungen Burschen hinter der her waren. Auch dein Vater. Na ja, der hat eh nix anbrennen lassen.«

Zu viel Information, viel zu viel Information!

»Aber bei denen war's romantisch?«

»Ja, Jung, ich komm ja dazu. Eine alte Frau ist kein D-Zug.«

»Bist ja gar keine alte Frau, Oma.«

»Du bist mir ein Charmeur, schon als kleiner Jung biste so gewesen. Noch einen Kaffee? Ich brauch jetzt einen. Hab so einen trockenen Mund vom ganzen Reden.«

»Für mich auch einen. Ruhig wieder schwarz.«

»Mit Milch und Zucker?«

»Nein, schwarz!«

»Nehm ich auch immer. Drei ist eine gute Zahl.«

Wie Oma Gerti »Drei« verstehen konnte, wenn er »Schwarz« sagte, war Paul ein Rätsel. Das war ja nicht mal derselbe Wortstamm! Wenn sie ihm genau gegenüber saß und seine Lippenbewegungen sah, verstand sie alles, aber kaum drehte sie ihm den Rücken zu, wurde das Gespräch zur Raterunde. Paul sagte deshalb nichts mehr, bis sie ihm wieder ins Gesicht schaute.

»Wie war das denn jetzt bei Mama und Papa?«

»Also deine Mutter, die kam ja aus dem Nachbardorf. Da haben die Burschen darauf geschaut, dass keiner von außerhalb was mit ihren Mädchen hatte. Dein Vater ist aber ganz frech auf denen ihr Dorffest, hat deine Mutter angesprochen und mit ihr eine heiße Sohle aufs Parkett gelegt. Danach haben ihn die aus Oberbohnrath verprügelt. Das hat deine Mutter beeindruckt.«

»Ich muss mich also nur ruck, zuck verprügeln lassen? Klasse, danke für den Rat, Oma.«

Sie hielt seine Hand, mit unerwarteter Kraft. »Da wusste deine Mutter, dass er es ernst meint, dass ihm alles andere egal war. Und dein Vater wusste, dass er für diese schöne Italienerin alles geben würde. Da wusste er es. Und wenn dein …«

»… Vater sich einmal was in den dicken Kopf gesetzt hat, dann hat er es auch bekommen. Jaja, weiß ich doch, Oma.«

»Das haste von ihm geerbt. Und, was meinste jetzt? Isset denn die Richtige?«

Paul brauchte nicht zu überlegen. Es war ihm eigentlich die ganze Zeit klar gewesen, von dem Moment an, als Eli erstmals einen Wagen bei ihm angemeldet hatte, sogar noch bevor sie ein Wort gesagt hatte. »Oma, ich würde mich für sie von den Jungs aus Oberbohnrath verprügeln lassen.«

Plötzlich klopfte es an der Tür, und ohne eine Antwort abzuwarten, wurde sie geöffnet. Der alte Mann, den Paul vorhin gesehen hatte, lugte herein.

»Hab eben noch was vergessen, Gerdamarie. Nächste Woche selbe Zeit?« Erst dann bemerkte er Paul. »Dann, äh, entlüfte ich die anderen Heizungen.«

Oma Gerti wurde rot – und sah dadurch wieder aus wie ein junges Mädchen.

Eli hatte immer noch einen Schlüssel vom Haus ihrer Eltern, obwohl sie schon seit Jahren nicht mehr hier lebte. Es fühlte sich gut an, kommen und gehen zu können, wann man wollte. Ihr altes Zuhause stand ihr immer offen – und fühlte sich noch heute mehr wie Heimat an als ihre 54m²-Wohnung in Köln. Weil sich hier so gut wie nichts verändert hatte. Eine neue Polstergarnitur hatte es vor fünf Jahren gegeben, doch die sah fast haargenau aus wie die alte, in den Lampen hingen jetzt Energiesparbirnen, das alte graue Bundespost-Telefon mit Stoffbezug wurde gegen ein schwarzes Schnurloses eingetauscht, und in der Küche gab es eine Mikrowelle. Aber sonst? Wie in Aspik eingelegt. Es war ihre begehbare Kindheit.

Da ihre Mutter nicht im Wohnzimmer saß, war sie wahrscheinlich oben. Vielleicht schlief sie gerade. Leise ging Eli die hölzernen Stufen hinauf. Das Zimmer ihrer Mutter lag am Ende des Flures, doch als sie hineingehen wollte, kam ihre Schwester heraus.

»Mama hat sich was hingelegt«, sagte Katharina.

Sie sah wieder aus, als liefe sie gleich in einer Pariser Modenschau. Katharina war gertenschlank, ihre Nase elegant, die Wangenknochen markant und ihre Haare wallend. Stets trug sie hochhackige Schuhe, die sie noch größer wirken ließen. Eli kam sich auf der Stelle wie Aschenbrödel vor, wie die kleine, unscheinbare Schwester. Dabei war sie doch um zwei Jahre älter. Doch Katharina war immer die Größere gewesen, hatte immer mehr Freunde gehabt und bessere Noten nach Hause gebracht. Das hatte Eli wahnsinnig gemacht. Und trotzdem liebte sie Katharina. Doch ihre Beziehung war paradox. Je weiter Katharina entfernt war – Mailand stellte einen guten Anfang dar –, desto größer war Elis Liebe zu ihr.

Jetzt betrug der Abstand gerade einmal 1,50 Meter.

»Lässt du dich auch endlich blicken!«, sagte Katharina. »Mama fragt schon immer nach dir.«

Und das war der Grund, warum Eli nicht früher vorbeigekommen war. Vorhaltungen von der kleinen Schwester waren schlimmer als das »Frühlingsfest der Volksmusik« mit Florian Silbereisen.

Eli ging in ihr altes Kinderzimmer. Ihre Plüschtiere saßen alle noch ordentlich auf der Bettdecke, und an der Wand hing immer noch der Bravo-Starschnitt von U2. Den hatte sie so mikromillimetergenau geklebt, dass die Übergänge kaum zu sehen waren. Jungs mochten Radios zusammenlöten – aber was war das schon gegen einen lebensgroßen Bono?

»Gut siehst du aus«, sagte Eli. Das wollte ihre Schwester schließlich immer hören.

»Klar, sehe ich gut aus. Im Gegensatz zu dir tue ich ja auch was dafür.«

Es war wieder genau wie früher. Eli warf sich aufs Bett.

»Wie lang willst du bleiben?«

»Willst du mich schon wieder loswerden?« Katharina schob den alten Schreibtischstuhl beiseite und blickte hinaus in den Garten. »Mami hat erzählt, ihr hättet jetzt ein gutes Verhältnis zueinander. Wie kommt's?«

»Du warst immer ihre Lieblingstochter und wirst das auch immer bleiben, kein Grund zur Eifersucht.«

Katharina setzte sich neben Eli aufs Bett. »Irgendwas ist anders an dir.«

»Ich reg mich weniger über dich auf, was? Da macht es nur halb so viel Spaß mich aufzuziehen.«

Ihre Schwester schob eine von Elis roten Strähnen aus dem Gesicht, dann kiekste sie plötzlich vor Freude: »Bist du etwa verliebt?«

»Was? Woran sieht man das? Steht das auf meiner Stirn?«

»Also stimmt es! Eine Schwester spürt so was. Du hast so ein Glänzen in den Augen – und das ist sicher nicht da, weil ich wieder im Land bin.«

»Nee, sicher nicht.«

»Erzähl, ich will alles wissen!«

»Du zuerst. Berichte von den italienischen Männern.«

»Bist neidisch, was?« Sie stupste Eli auf die Nase. »So einer würde dir auch gefallen.« Ihre Stimme wurde tiefer. *»Finalmente! La donna a destra nella mia biancheria da letto!«*

»Was heißt das?«

»Frag besser nicht. Und wenn du nicht willst, dass man dir nachpfeift, geh niemals solo durch eine italienische Stadt. Die Männer sind wie lauernde Hyänen. Aber mein Massimo ist anders! Er hat sich jetzt eine eigene Boutique in der Via Monte Napoleone eröffnet. Da sind auch Prada, Gucci, Armani oder Versace. Demnächst will er einen meiner Entwürfe dort präsentieren.«

Da schienen sich Karriere und Liebe ja aufs Wunderbarste zu vereinen.

»Gratuliere.«

»Jetzt du!« Eli spürte Katharinas Blick auf ihrer Kleidung. Nicht unbedingt Mailänder Schick. Und jetzt fühlte es sich an, als würde sie einen Kartoffelsack tragen. Aber sie würde sich nichts anmerken lassen.

»Ach, da gibt es eigentlich nichts zu erzählen.« Und doch redete Eli die nächste halbe Stunde fast ununterbrochen von Paul. Vor allem von dem Treffen, bei dem er sie einfach so geküsst hatte, und wie gut sich dieser Kuss angefühlt hatte, dass sie heute noch daran dachte, wenn sie im Bett lag und nicht einschlafen konnte, trotz Schäfchen zählen und einer großen Tasse heißer Milch mit Honig. Und Eli erzählte, wie sie wegen des verlorenen Führerscheins zu ihm gekommen war, dass herauskam, wie gut Paul kochen konnte, und dass er unglaublich nett lächelte, ein bisschen schüchtern, immer Richtung Boden blickend, und dass seine Augen so blau waren wie das Meer bei Malta, wo sie mit der Familie vor Jahren Urlaub gemacht hatten.

»Aber eigentlich«, schloss Eli, »weiß ich gar nichts über ihn.« Katharina gab ihr einen Kuss auf die Wange. »Blödsinn, Dummerchen. Nach dem, was du erzählt hast, kann ich dir sagen: Er ist der Richtige für dich.«

»Wieso bist du dir da so …?« Eli stockte. »Eigentlich glaub ich es auch. Ich hab ein richtig gutes Gefühl bei Paul. Hoffentlich geht nichts schief. Ich kann doch gar nicht richtig kochen. Und wir wollen doch zusammen ein Menü zubereiten.«

Katharina stand auf und öffnete das Fenster. Sie war ein Frischluftfanatiker, eine Karriere als Astronautin oder U-Boot-Kapitänin war deshalb schon früh flachgefallen. Und Hefeteig gelang ihr auch nie.

»Das mit dem Kochen erwartet heute eh kein Mann mehr von einer Frau. Aber es gibt so ein, zwei Dinge an dir, die ihn vielleicht stören … ach was, vergiss es.«

Eli setzte sich auf. »Jetzt sag schon.«

»Na, gut. Du machst immer das hier mit deinen Locken.« Katharina schüttelte ihre Haare auf, als sei sie gerade aus dem 3-Wetter-Taft-Flugzeug gestiegen. »Das sieht total affektiert aus.«

»Ich bin aber gar nicht affektiert!«

»Weiß ich doch, sieht aber so aus. Mach das einfach nicht. Ist besser.«

So ein Quatsch, ihre Haare schüttelte sie nie so. Oh Gott! Sie machte es in *diesem* Moment. Und hatte es gar nicht gemerkt! Darauf musste sie unbedingt achten.

»Und was noch? Raus damit!«

»Also, dein Lachen. Das muss anders klingen. Es ist zu hell, warte, ich mach es dir vor.«

Katharinas Lachen klang schön und klug. Keine Ahnung, wie sie das machte. Eli versuchte es auch.

»Langsamer und ein bisschen tiefer.«

»Aber man lacht, wie man lacht. Das ist angeboren.«

»Meinst du, ich hätte immer so gelacht?« Stimmt, so hatte sie früher nicht gelacht – aber Katharina lachte eh wenig. »Schauspielunterricht, ein Semester. Das hat gereicht. So was bekommt man natürlich nicht an einem Abend hin. Versuch deshalb einfach wenig zu lachen.«

»Ich *mag* mein Lachen! Das kommt von Herzen.«

»Du wolltest meine Meinung hören.«

»Jetzt nicht mehr.«

»Aber du brauchst sie. Und als jüngere Schwester muss ich dafür sorgen, dass du am Puls der Zeit bleibst.«

»*Zwei Jahre*! Genau gesagt: 21 Monate. Tu nicht so, als sei ich in einem anderen Jahrhundert geboren!«

»Ich kam mir ehrlich gesagt immer wie die Ältere vor.«

Eli stand auf und blickte zu Bono, der den Mikrofonständer in die Höhe streckte wie einen Kampfspeer. »Du mir auch.«

»Und noch einen letzten Rat von deiner jüngeren, älteren Schwester: Hör ihm zu, Männer mögen das. Lass ihn reden, egal, über was. Und wenn es Autoauspuffe oder Fußball-Linksverteidiger sind. Ich weiß, dass du gern erzählst, und du kannst das ja auch gut. Aber nicht beim ersten Date!«

Eli griff sich Puffi, ihren roten Drachen. »Du tust ja so, als wäre ich noch nie mit einem Mann zusammen gewesen. So was weiß ich doch längst.«

»Nicken und lächeln – wenn es angebracht ist. Nachfragen ist auch immer gut. Du kannst dich später immer noch so geben, wie du willst. Aber erst mal solltest du so sein, wie er dich gern sähe.«

»Sähe?«

»Das ist korrektes Deutsch.«

»Klingt komisch.«

»Wenn du so mit deinem Paul redest, ist alles aus.« Katharina zog eine der Schubladen an Elis Schreibtisch auf und förderte einen alten Zirkelkasten zutage.

»Er ist nicht mein Paul!« Eli warf Puffi nach Katharina, doch traf stattdessen die alte Printendose, in der sie ihre Liebesbriefe aus der Schulzeit gesammelt hatte. »Noch nicht. Und du machst mich ganz nervös.«

»Ich geb dir Selbstbewusstsein. Nur wer seine Fehler kennt, kann sie vermeiden.«

»Lernt man so was in Mailand?

»Italienische Frauen wissen, wie man Männer einfängt – und danach dressiert. Da werden Machos ganz schnell so klein mit Hut.« Sie zeigte zwischen Daumen und Zeigefinger eine Spanne von etwa fünf Zentimetern.

Aber Eli wollte Paul nicht in dieser Größe. Sie wollte ihn im Originalmaßstab. Und undressiert. Na ja, ein paar Tricks würde sie ihm schon beibringen. Im Sitzen pinkeln, Müll rausbringen, Frauenzeitschrift kaufen, aber das waren ja Standards, es wäre ja nur in seinem eigenen Interesse.

Plötzlich merkte Eli, wie sie sich – nach Meinung ihrer Schwester affektiert – schon wieder durch die Haare fuhr. Sie musste lachen und fand mit einem Mal, dass es ein wenig zu hell und zu fröhlich klang. Überhaupt nicht damenhaft. Das konnte ja ein Date werden …

Durch die geschlossene Tür hörten sie plötzlich ihre Mutter rufen.

»Da ist jemand wach«, sagte Katharina, stand auf und ordnete ihre ohnehin perfekt sitzende Kleidung. »Was für ein Glück, dass du deinen Führerschein verloren hast, sonst wärst du Paul vielleicht nie wieder begegnet.«

Eli lächelte und griff in ihre Handtasche. »Du meinst den hier? Ups, wie konnte ich den nur übersehen?«

»Aber … du hast doch nicht etwa …?«

»Letztens hat mich die Polizei angehalten, und da hab ich elend lange danach suchen müssen. Da kam mir die Idee: Das wäre ein super Vorwand, um Paul wiederzusehen. In der KFZ-Zulassungsstelle habe ich dann extra mit einem Golf-GTI-Proll die Wartenummer getauscht, damit ich auch an Pauls Schalter komme.«

»Du bist ja ganz schön gerissen, große Schwester.«

»Siehste, von mir kann man auch noch was lernen!«

»Wir sprechen uns nach eurem Date wieder. Verbock es nicht, Schwesterlein! So eine Chance bekommst du vielleicht nie wieder. – Ja, Mama ich komm schon. Und rat mal, wer sich heute endlich bei dir blicken lässt!«

Keine Tricks, kein doppelter Boden. Also, nicht eine einzige aphrodisierende Speise. Es hätte sich falsch angefühlt, so als würde er pfuschen. Und am Ende würde Paul dann nicht wissen, ob Elis Gefühle für ihn tatsächlich echt oder nur auf eimerweise Östrogen und eine schwer pumpende Libido zurückzuführen waren.

Heute Abend gab es Paul pur. Hoffentlich würde der reichen.

Immerhin war er dank Tines Hilfe hübsch eingepackt. Und zusätzlich beduselt. Vor lauter Nervosität hatte er den letzten Rest Zhalgiris auf ex getrunken. Es war ihm vorgekommen, als sei eine Napalmbombe im Hals explodiert. Sein Geschmackssinn hatte daraufhin die Koffer gepackt und war ausgezogen. Er würde wohl nie zurückkehren.

Drei Gänge würden sie zubereiten. Mehr nicht. Paul wollte lieber mit Eli reden, als ständig in der Küche zu stehen. Lieber in ihre Augen schauen als in den Ofen. Da musste man Prioritäten setzen. Und egal, wie gut das Kartoffel-Möhren-Gemüse auch aussah, gegen Elis Blick kam es nicht an. Auch nicht mit Kerbel.

Die letzten Minuten vor 19:00 Uhr wich Paul nicht mehr vom Fenster – bis er Eli aus dem Wagen steigen sah. Er wartete ab, bis sie vor der Haustür stehen musste und drückte den Knopf für den Türöffner, noch bevor Eli geklingelt hatte. Die Wohnungstür ließ er offen stehen, dann rannte er zurück in die Küche, griff sich ein scharfes, großes Messer und zurrte die original

Eichendorff-Schürze fest. Er würde ganz in seine Arbeit vertieft sein.

Langsam öffnete sich die Küchentür, und ein Kopf erschien im Spalt.

»Bin ich hier richtig?«

Sie war da! In seiner Wohnung. Und der Abend würde ihnen gehören. Dafür hätte Paul seinen rechten Arm gegeben und ein Jochbein noch dazu. »Immer rein«, rief er, ohne vom Feldsalat aufzuschauen. Es sollte nicht wirken, als habe er nur auf sie gewartet, sondern ganz natürlich.

»Hier, ich hab einen Wein mitgebracht. Du trinkst doch Wein, oder?«

»Klar, was ist es denn?«

»Ein Fruchtwein aus Litauen, was ganz Seltenes. Hast du dich verschluckt?«

»Nein, ist alles gut.« Irgendwie musste Pauls Zunge vor Überraschung in den Hals gesprungen sein. Er schaffte es, sie davon zu überzeugen, wieder ihren alten Platz einzunehmen. »Leg deine Sachen einfach auf die Couch. Ich hoffe, du hast Hunger?«

»Was gibt es denn? Erzähl, ich hör zu.«

»Lass dich einfach überraschen.«

Eli sah sich um – und schien zufrieden mit dem, was sie sah. »Das sind ja wahnsinnig viele Fotos von Schafen. Ist das auf den Poller Wiesen?«

»Ja, sind von mir. Ich liebe die kleinen Wollknäuel.«

»Lächelt das eine Schaf oder hast du das mit Photoshop nachbearbeitet?«

»Nein, das ist Bienchen, die guckt immer so.«

Sie trat vor die DVD-Sammlung. »Du hast ja *Drei Haselnüsse für Aschenbrödel* – mein Lieblingsfilm.« Sie lachte auf eine merkwürdige Art. So, als wäre sie Luciano Pavarotti. Und keine Frau sollte lachen wie ein dicker, bärtiger Italiener.

»Den guck ich immer in der Weihnachtszeit. Gehört irgendwie dazu. Wie *Der kleine Lord*.«

»Meine Schwester hasst den.«

»'ne komische Schwester hast du.«

»Na! Nichts Schlechtes über mein Schwesterherz.« Sie kam zu ihm in die Küche. »Kann ich dir schon was helfen?«

»Die Birnen müssten in Streifen geschnitten werden. Messer ist in der obersten Schublade. Ich mach uns einen Feldsalat mit Birnen, warmer Honig-Senf-Soße und gehackten Walnüssen.«

»Klingt toll.« Sie fuhr sich mit der Hand durch die roten Locken, hielt dann jedoch mitten in der Bewegung inne und zog die Hand schlagartig zurück. Irgendwie war Eli komisch. Sie schien mehr Macken als Karl Lagerfeld zu haben – und der schoss Fotoserien von Kuckucksuhren.

»Wo ist denn der Dosenöffner?«

»Hinter dir, rechts, unterstes Fach.«

Eli zog es auf, lachte kurz und nett – wechselte dann aber wieder in Pavarottis Operntton. Konnten Frauen um die dreißig in den Stimmbruch geraten? »Du hast einen elektrischen Öffner für Dosen? Die kriegt man doch einfach so auf.«

»Ja, klar, aber das ist manchmal eine elende Sauerei. Mit dem Teil wird der Deckel sauber und ohne scharfe Kanten abgeschnitten.«

»Jetzt hör aber auf.« Sie stoppte. »'tschuldigung, erzähl weiter. Das interessiert mich sehr.«

»Jetzt nimmst du mich auf den Arm.«

Wo war nur die Chemie hin, bei der ein Wort das andere gab und alles so unangestrengt wirkte? Die Frau neben ihm war wie eine unscharfe Kopie der Eli, die er kannte. Oder meinte, zu kennen. War es etwa ein Fehler gewesen, sie einzuladen? Der Salat war fertig, und die Soße musste nur noch kurz in der Mikrowelle erwärmt werden. Dann servierte Paul. Die ersten Gabeln aßen sie schweigend.

»Und? Schmeckt dir der Salat?«

»Köstlich!« Da war wieder die echte Eli, die strahlte wie ein Sonnenaufgang auf einer polynesischen Insel. »Erzähl mir was über das Rezept.« Da war wieder die schlechte Kopie.

Paul erzählte trotzdem, obwohl er viel lieber Eli zugehört hätte, von der er doch so wenig wusste. Alles hätte ihn interessiert. Welche Zahnpasta sie benutzte, auf welcher Autobahnspur sie fuhr, ob sie lieber Pepsi oder Coke trank, mit welchem Fuß sie aus dem Bett aufstand, wie viele Minuten ihr Frühstücksei kochen musste, und ob sie sich noch nach Heißluftballons am Himmel umdrehte.

Freddy und R2-D2 hatte Paul sicherheitshalber ins Schlafzimmer verfrachtet. Hoffentlich paarten sie sich nicht, denn ihr Nachwuchs würde sicher das pure Böse sein. Die Geierschildkatze aus der Mutanten-Hölle.

»Ich kann dir das Rezept auch gerne mailen«, schloss Paul seine kulinarischen Ausführungen. »Aber jetzt will ich erst mal deinen Lebenslauf hören, von der Geburt an bis heute. Lass nichts aus.«

»Da gibt es nicht viel. Vor allem nichts Interessantes. Erzähl du lieber.« Sie nahm ihren Teller und brachte ihn in die Küche.

Warum wollte sie nichts von sich preisgeben? Hatte sie kein Vertrauen zu ihm? Was sollte das hier dann werden? Sie war ihm so nah wie nie, und doch wirkte sie weiter weg als je zuvor.

Paul hätte den Abend am liebsten sofort abgebrochen.

»Du liest ja Kontaktanzeigen«, kam es plötzlich von Eli. Sie hatte die neueste Ausgabe der *Kölner Tageszeitung* gefunden, in der Pauls Inserat abgedruckt war.

Jetzt stand er auch noch als verzweifelter, beziehungssuchender Vollspacken da.

Verheerender hätte der Abend nicht laufen können. Und er hatte keine Flasche Zhalgiris mehr, um die Situation zu retten.

Doch da sagte Eli: »Die les ich auch immer gern. Vor allem die von dem einen Mann … warte, ist bestimmt wieder eine drin … hier! Birne sucht Helene!«

Paul lief es eiskalt den Rücken herunter. Sie reichte ihm die Seite und zeigte auf seine Anzeige. Paul tat, als lese er sie zum ersten Mal. Er konnte sich ein Lächeln nicht verkneifen.

»Was meinst du, was das für einer ist?«, fragte Eli.

»Ein Netter, da bin ich mir sicher.«

»Ich mag, dass er so ehrlich ist. Ich wünsch ihm, dass er die große Liebe findet.«

»Das wünsche ich ihm auch. Von ganzem Herzen. Hast du schon mal zurückgeschrieben?«

»Sollte ich?«

»Nein.« Paul nahm all seinen Mut zusammen. »Wäre mir lieber, du antwortest nicht darauf.«

Eli fuhr sich wieder durch die Haare, stoppte abermals ab, schüttelte dann jedoch den Kopf und machte einfach weiter. Paul mochte, wie sie das tat, es sah so wunderbar unaffektiert aus.

»Der Songtext, den er zitiert, klingt toll, aber ich kenn das Lied von Blumfeld gar nicht. Hast du es mal gehört?«

»Ich hab's sogar da.« Und Paul legte es auf. Klare Gitarrentöne erklangen, und Jochen Distelmeyers Klassensprecherstimme. Paul hatte das Gefühl, er singe nur für ihn und Eli.

Sie hörten die ganze Zeit schweigend zu.

»Das ist wunderschön«, sagte Eli danach.

»Finde ich auch.«

Sie redeten noch eine Weile über das Inserat und wie man die große Liebe fand, und dabei bemerkte Paul, dass sie eigentlich die ganze Zeit von sich selbst erzählten. Da war sie wieder – diese Chemie zwischen den beiden, die Paul von Anfang an gespürt hatte. Und mit jedem Wort mehr wurde immer klarer, wie gut sie zueinander passten. So als hätte das Schicksal sie einfach zueinander führen müssen – wenn es nicht völlig wahnsinnig war. Jetzt hätte Paul sich für einen Tanz mit ihr wieder von den Jungs aus Oberbohnrath vermöbeln lassen.

Eli lehnte sich vor und ergriff Pauls Hand. »Kann ich dich was fragen, aber du darfst nicht böse sein, versprochen?«

Oh Gott, was kam jetzt? »Klar, alles.«

»Kleidest du dich privat immer so, so … modisch?«

»Gefällt es dir?«

Sie zögerte, schien ihre Worte aufs Gramm genau abzuwägen.

»Es ist sehr ungewöhnlich. Ich hatte dich irgendwie anders eingeschätzt.«

Okay, es sah also scheiße aus.

Aber er konnte sich jetzt unmöglich umziehen oder zugeben,

dass eine Kollegin die Sachen für ihn ausgesucht hatte. Das käme ganz schlecht. Er musste jetzt in Schlabberhose und Neonshirt weitermachen, oder? Und morgen würde er den Kram verbrennen. Wahrscheinlich entstanden dabei tödliche Nervengifte. Die nachts leuchteten. Und unschuldige Passanten in Superschurken verwandelten. Die dann auch nachts leuchteten.

»Also, weißt du …«, wie kam er jetzt bloß aus der Geschichte raus? Paul hatte keine Ahnung. Bildete er sich die Schweißperlen auf seiner Stirn nur ein oder waren sie wirklich da?

Eli lachte auf. »Jetzt weiß ich's. Das ist dein Karnevalskostüm, oder? Ist ja Session. Sag bitte, dass es dein Karnevalskostüm ist, sonst habe ich mich gerade nämlich total lächerlich gemacht.«

»Du hast mich erwischt! Ich wollte dich damit schocken. Hat funktioniert, was?«

»Oh jaaaaaa!«

Und auf einmal waren da keine Worte mehr, sondern nur Blicke, ganz ungeschminkt, und die Gefühle lagen offen, der Moment schien unfassbar lang, und die Luft wurde heißer, immer schwerer war es, sie einzuatmen, immer mehr zog es Paul zu Eli, und er wollte in ihr versinken, wie in einem Meer, da sollte nur noch Eli um ihn sein. Ihre Münder näherten sich langsam, zögernd, prüfend, ob der andere auch den Abstand verringerte. Elis Wangen glühten rot, und in ihren Augen spiegelten sich die Sterne. Moment, wo kamen die denn her – sie standen doch in seiner Wohnung, und da gab es keinen Sternenhimmel. Egal! Ihre Münder waren nur noch Zentimeter voneinander entfernt, und Paul spürte die elektrischen Funken auf seinen Lippen, die zwischen ihnen hin- und hertanzten.

Da klingelte die Küchenuhr.

Und der Moment zerriss wie dünnes Papier.

»Der Hauptgang«, sagte Paul enttäuscht. »Du wirst begeistert sein.«

Eli lächelte ihn an.

Und dann küsste er sie doch. Egal, ob der Wecker klingelte, ob ein Jumbojet die Grundmauern des Hauses zum Erschüttern brachte oder in Leverkusen ein Vulkan ausbrach. Er wollte Eli küssen und fühlte, dass sie es genauso wollte. Sie drückte ihre Lippen voller Leidenschaft auf seine. Dieser Kuss war anders als die bei ihrem gemeinsamen Spaziergang. Ihre Hände glitten nun durch seine Haare, seine legten sich um ihre Hüfte. Und Paul hörte nicht mehr das lärmende Läuten aus der Küche, hörte gar nichts mehr außer ihrem Herzschlag und seinem, rasend und jetzt einen gemeinsamen Rhythmus findend. Paul vergaß zu atmen, er war bei Eli, ganz nah, und wollte nicht mehr weg.

Doch plötzlich erklang ein weiteres Geräusch. Es war noch nervtötender als das Klingeln. Eli setzte ab und musste erst einmal Luft holen. »Heult da ein Kind? Das klingt ja schrecklich!«

»Nein, das ist nur R2-D2.«

»Der Roboter?«

»Die Katze. Ich erklär's dir später. R2-D2 hasst das Geräusch vom Küchenwecker. Und jetzt werde ich ihn erwürgen.«

Eli legte die Hand auf seinen Oberarm. »Lass ihn leben – sonst gibt's gleich keine Fortsetzung.« Sie schob ihn sachte in Richtung Katzengeschrei. Paul stellte zuerst den Wecker aus, dann öffnete er die Schlafzimmertür. R2-D2 trat großspurig heraus, als hätte er nicht übel Lust, einen ganzen kanadischen Grizzlybären mitsamt Füllung, bestehend aus einem Touristen-Picknick nebst den dazugehörigen Touristen, zu verspeisen. Mit einem Haps.

»Du wirst es nicht glauben«, sagte Paul, während er die doppelt gefütterten Ofenhandschuhe überstülpte, »aber es gab mal eine Frau, die mich für schwul gehalten hat.«

»Nee, echt? Wo doch bestimmt kein Schwuler so neckische Ofenhandschühchen hat. Das muss ja eine dumme Kuh gewesen sein.«

»Jetzt, wo du es sagst, stimmt, sie war wirklich eine …«

Eli rannte zu Paul und legte ihre Hände sanft um seinen Hals.

»… tolle Frau«, fuhr Paul fort. »Ich musste sie sogar mehrmals küssen, um sie zu überzeugen.«

»Ach Gott, du Armer. Hat es denn wenigstens funktioniert?«

»Ich glaub, ich hab sie umgehauen.«

»Dann müssen das aber richtig gute Küsse gewesen sein. Hast du davon vielleicht noch ein paar im Angebot? Und könnte ich vielleicht auch in den Genuss davon kommen?«

»Nein, die sind leider gerade aus. Musste heute meiner Vermieterin noch ein paar geben, da ich im Rückstand bin.«

»Bittööö!«

»Ich schau mal, was sich machen lässt. Aber erst nach der Hauptspeise!«

»Dann geh ich mal schnell für kleine Prinzessinnen.«

Paul zeigte ihr den Weg und holte das Lamm aus dem Backofen. Es kam aus Neuseeland und hatte ein Vermögen gekostet. Er würde es nicht essen, er konnte es nicht essen. Schon beim Anfassen des Fleisches hatte er sich wie ein kaltblütiger Babymörder gefühlt. Er traute sich kaum mehr, Rainers Herde zu besuchen, weil die Schafe seine schändliche Tat sicher erahnen und ihn dann aus der Gemeinschaft ausstoßen würden. Er müsste gehen und sich eine neue Herde suchen. Aber es war die Nationalspeise Neuseelands, Elis Trauminsel. Sie würde Augen machen.

Als Eli von der Toilette zurückkam, stand vor ihrem Platz ein Teller mit Fleisch.

»Aus Neuseeland, extra für dich!« Paul strahlte. »Es ist sogar noch ein bisschen blutig innen, so wie es sein soll. Ganz zart das Lamm.«

Eli kamen die Tränen.

Wie konnte der Mann, der sie eben so unbeschreiblich gefühlvoll geküsst hatte, nur so ein mieses Schwein sein? Sie hatte ihm doch beim letzten Treffen gesagt, sogar ausdrücklich, dass sie Vegetarierin war. Und er servierte Babyschaf! Wahrscheinlich, um sie zu bekehren. Mit der Vorspeise wollte er sie noch in Sicherheit wiegen, und dann die Bombe platzen lassen. Und eben hatte er noch großspurig erzählt, er würde Schafe lieben – ja, klar, aber nur auf dem Teller! Er hatte sogar extra Fleisch aus ihrem Lieblingsland besorgt, um alles nur noch schlimmer zu machen.

Und jetzt lächelte er sie an.

»Das Gericht heißt ›Weinendes Lamm‹, weil während des Bratens der Sud der Keule auf das darunter liegende Gemüse tropft – oder eben poetischer: Das Lamm weint. Ist ganz, ganz frisch, habe ich heute erst im Delikatessenladen geholt. Kommt von glücklichen Schafen.«

Aha, die Tour. Fleisch von glücklichen Tieren ist okay. Probier's doch mal, ist gesund.

»Ist glaube ich«, sagte Paul, »auch gesünder als normales.«

Eli stieß einen Schrei aus.

»Was ist denn? Geht's dir gut?«

»Ob es mir gut geht?! Ob es mir gut geht?!« Es klingelte an der Haustür.

Paul zuckte zusammen. »Aber was hast du denn?«

»Geh zur Tür, sonst zerreiß ich dich in der Luft!«

»Aber …?«

»Geh, Paul, wirklich!«

Unerwarteter Besuch stand vor der Wohnungstür. Tine. Sie hatte etwas Rotes an, der Stoff spannte so eng über ihrem perfekten Körper, dass es ein Wunder war, wie die Rippen dem standhielten. Sie sah atemberaubend aus auf ihren hochhackigen Stiefeln. Ihre Wimpern kamen Paul heute etwas länger vor, ihre Augen etwas dunkler und ihre Lippen noch blutroter als sonst. Das mochte aber auch am Zhalgiris liegen. Der Homo Erectus in ihm schrie lauthals nach Paarung, doch Paul nahm sich eine große Keule und schlug dem Primitivling auf den Kopf. Und noch mal mit aller Kraft.

»Tine, das ist gerade ganz schlecht.«

»Na, das ist ja eine Begrüßung. Ich dachte, ich schau mal vorbei, ob alles gut läuft. Schick siehst du aus. Ist sie schon da?«

»Du, gerade ist es wirklich schlecht.«

»Ach, echt? Lass das mal die Tine machen. Ich habe schon viele Abende gerettet.«

Sie brauste an ihm vorbei.

Eli schmiss das Lamm in den Mülleimer und griff sich ihre Jacke. Keinen Moment länger würde sie hierbleiben. Sie würde raus auf die Straße rennen und sich vor den nächsten Laster werfen, der hoffentlich mehrmals über sie fuhr. Er müsste halt ein paar Mal zurück setzen. Sie war so schrecklich enttäuscht, und es war umso schlimmer, weil der Moment davor so unglaublich schön gewesen war. Wo hatte dieser Mann nur so küssen gelernt? Sie hatte sich so … angekommen gefühlt.

»Hallo, ich bin die Tine, eine ganz liebe Kollegin von Paul.«

Wo kam denn jetzt dieses Ferrari-rote Geschoss her? War Paul etwa genauso ein Spinner wie Roman und lud seine Freunde als Jury zu den Dates? Aber dem Aussehen der Frau nach zu urteilen, sollte es wohl eher auf einen flotten Dreier hinauslaufen. Na, danke. Eine Frau reichte ihm also nicht. Das setzte dem Ganzen jetzt die Krone auf!

»Ich wollte gerade gehen.«

»Nein, lasst euch von mir nicht stören. Ich bin nur ganz zufällig vorbeigekommen. Paul hat mir von eurem Rendezvous erzählt. Wie war noch mal gleich dein Name? Petra? Sabine? Romana? Manchmal komme ich ganz durcheinander bei Paul.«

»Elisabeth.«

»Genau, die Elisabeth. Paul erzählt ja ständig von dir. Alle Frauen bei uns auf dem Amt sind schon ganz eifersüchtig auf dich.«

»Dafür gibt es gar keinen Grund. Und jetzt muss ich wirklich weg.«

Paul stand nur mit offenem Mund daneben. So verängstigt, als rolle gerade ein ICE auf ihn zu und er stecke mit dem Fuß zwischen den Schienen.

»Aber nein, nein, nein!« Tine packte sie an den Schultern und führte sie zum Tisch zurück. »Sonst hätte ich ein schlechtes Gewissen, bitte. Ich bin auch gleich wieder weg. Will unseren Süßen hier doch nicht bei seinem Rendezvous stören.« Sie gab Paul einen Klaps auf den Po. »Ich sehe ihn ja morgen wieder. Und dann musst du mir alles erzählen, Paul, jedes schmutzige Detail. Sie ist echt eine Süße. Könnte etwas mehr Sport treiben, so wie ich. Aber sonst ganz süß.«

Wenn Eli sich nicht täuschte, und das tat sie bestimmt nicht, dann hatte diese Tine selber ein Auge auf den guten Paul geworfen. Und diese ganze Inszenierung diente nur dazu, sie zu verjagen – und zwar für immer. Das konnte sie gerne haben. Hier hielt sie eh nichts mehr. Je schneller sie wegkam, umso besser. Und wenn ihr Auto wieder kaputtging, würde sie kein Neues anmelden. Eher würde sie Tretroller fahren. Oder Bobby-Car. Alles besser, als Paul jemals wiedersehen zu müssen. Sie würde dieses Schmierentheater jetzt beenden.

»Du kannst ihn haben, okay? Ich bin weg.«

Paul verstand nur noch Bahnhof. Und der lag irgendwo im Keine-Ahnung-Land, Provinz Kapiernixstan.

»Kann mir bitte mal einer sagen, was hier los ist?« Es klingelte an der Tür. »Ja, ist heute Tag der offenen Tür? Wer kommt denn jetzt noch?«

Fish-Mac, um R2-D2 in den Ferien zu besuchen? Andy, der sich erinnerte, dass er noch Freunde hatte? Oder Rainer, der seine Schafe mal Indoor grasen lassen wollte?

Weder noch.

»Dave!«

Er hielt eine Flasche Weißwein und eine bis oben mit Lebensmitteln gefüllte Plastiktüte in der Hand. »Birne, lange nicht gesehen.« Dave umarmte ihn. »Ist echt gut, mal wieder meinen alten Lieblings-Schulkameraden zu treffen.«

»Du bist so … dünn. Und blond. Und siehst verdammt gut aus. Du bist doch Dave Lindenhof, oder? Haben sie etwa Medikamente an dir getestet?«

»Ich hab einfach ein bisschen auf mich geachtet, das ist alles.«

»Du bist von einer dicken Raupe zu einem grazilen Schmetterling geworden.«

»Das hast du schön gesagt. Fish-Mac erzählte mir, dass du kochst. Die Probe für meine Kochshow war heute etwas früher zu Ende, und da dachte ich, wir zwei könnten mal zusammen das Nudelholz schwingen.«

»Also gerade heute …«

Eli und Tine waren aus dem Wohnzimmer zu hören.

»Hast du Damenbesuch?«

Dave wartete die Antwort nicht ab und ging lächelnd an Paul vorbei.

Jetzt kam doch tatsächlich noch jemand rein! Das wurde ja zu einer echten Party. Wann folgten der DJ und die Schaumkanone? Das Go-Go-Girl war ja schon da. Diese Tine nickte dem Neuankömmling kurz zu und hakte sich dann bei Paul unter. Die Spinne hatte ihr Opfer. Wohl bekomm's!

Der blonde Bursche kam gleich auf sie zu und strahlte, als sei sie der Hauptgewinn in einem Preisausschreiben.

»Hallo, ich bin David. Seid ihr schon mit dem Essen durch, auch mit dem Dessert?«

Es war, als habe David einen Dampfkochtopf geöffnet. Es schoss alles aus Eli heraus, der ganze Ärger über Pauls Fleischattacke. David schenkte ihr etwas von dem kalten Weißwein ein, den er mitgebracht hatte. Der Tropfen legte sich kühlend auf ihre Wut. David hörte die halbe Flasche lang zu, und erst ganz zum Schluss fiel Eli auf, dass sie gar nichts über ihn erfahren hatte.

»Arbeitest du eigentlich auch in der KFZ-Zulassungsstelle?«

»Nein, ich bin Koch. Und weißt du was? Ich zauber dir nun schnell ein Blumenkohl-Risotto, komplett ohne Fleisch. Auch keine Rinderbrühe oder Gelatine, 100 % vegetarisch. Und richtig mit Biss. Risotto macht glücklich, das ist Nahrung für die Seele. Genau die brauchst du jetzt. Und dabei erzähle ich dir alles, was du über mich wissen willst, okay?«

Mit Paul sprach sie an diesem Abend nicht mehr. Der wurde eh von dieser Tine zugetextet. Dabei rückte sie ihm immer näher auf die Pelle, sprang fast auf seinen Schoß. Wieso eigentlich fast? Ein Bein angelte ja schon rüber.

War Eli doch egal. Sollte Paul dem roten Vamp ›Weinendes Lamm‹ vorsetzen. Die war eh der letzte Heuler. Sie würde sich nie wieder von ihm bekochen lassen.

Von David dagegen ausnehmend gern. Sein Risotto war ein einziger Traum in Weiß. Sie aß es im Stehen, gleich in der Küche. David raspelte immer wieder Parmesan darüber. »Sollen wir noch irgendwo einen Cocktail trinken gehen? Es gibt da einen netten Laden im neuen Hafen.«

Eli musste nicht lange überlegen – und verließ Pauls Wohnung, ohne sich zu verabschieden.

Und ohne einen Blick zurück.

Birne sucht Helene. *Beamter, 29 J./1,78, kann pfeifen und kochen (auch vegetarisch), Wein wie Schnaps einkaufen, mit Messern umgehen und sogar Servietten in Muschelform falten. Sucht Frau, die sich gern bekochen lässt, aber vorher ganz genau sagt, was sie will. Und die ihn erklären lässt, wenn er mal einen Fehler gemacht hat, statt einfach wegzurennen. Sie sollte ihm zudem keine Kleidung empfehlen, in der er aussieht wie ein Vollidiot. Kurz gesagt, eine Frau, mit der er verdammt noch mal keine bösen Überraschungen erlebt. Für die würde er sich auch von den Jungs aus Oberbohnrath verprügeln lassen. Mehrfach. Eine Anmerkung noch: Sie sollte Tiere mögen, denn er besitzt eine Kampf-Geierschildkröte, eine bösartige Katze (nur zur Miete) und noch einen, jetzt sehr einsamen Goldfisch.* ✉ *965938 Chiffredienst, 50590 Köln.*
☎*-Chiffre 0900/5000958–78591.*

ACHTER GANG

Sosaties, Boerewors und Biltong – aber nicht für Paul

Eli drehte mit geschätzten vierhundert Werbeluftballons in der Hand ihre Runden vor der Buchhandlung Eselsohr und lächelte wie befohlen, als mache sie Werbung für Zahnpasta. Stalin hatte Konterrevolutionäre in sibirische Gulags verfrachtet, ihr Chef schickte ungehorsame Mitarbeiter stattdessen mit Luftballons auf die Straße. Gleichermaßen unbarmherzige Strafmaßnahmen. Und was ihre noch schlimmer machte: Es war verkaufsoffener Sonntag.

»Und? Wie läuft's?« Löschi steckte sich eine Zigarette an. »Hast du unsere Corporate Identity fleißig in Köln verbreitet, indem du unschuldige Kinder Werbung laufen lässt?«

»Danke der Nachfrage. Mir geht's gut. Und du darfst hier nicht rauchen.«

»Brauch jetzt aber eine. Für meine Nerven, Liebelein. Hatte gerade ein äußerst unangenehmes Aufeinandertreffen mit deinem Verflossenen.« Er pustete, nein, er hauchte ein Rauchwölkchen in die Kölner Frühlingsluft.

Der Kopf einer jungen Mutter tauchte aus der sich zäh wie Lava dahinwalzenden Menschenmasse auf. »Entschuldigen Sie, könnte ich bitte einen Luftballon für meinen Sohn haben?« Jetzt sah man sie vollends, an ihrer Hand zerrte ein kleiner Junge mit Igelfrisur, dessen ganzes Gesicht sehr gleichmäßig mit Schokolade vollgeschmiert war.

Die Mutter beugte sich vor. »Und einen für meine Tochter bitte, sonst gibt das zu Hause nur Knatsch.«

Eli friemelte zwei Bänder los. »Hier, bitte sehr. Schönen Sonntag noch!«

Die Frau verdrehte die Augen. »Ich bin froh, wenn ich heil nach Hause komme. Heute wird man ja totgetrampelt.«

Löschi gab einen leisen Stöhner von sich. »Ah, jetzt geht's mir besser. Nikotin ist ja so ein geiles Gift.« Er warf einen Blick in den Laden. »Guckt mir auch keiner zu? Vor allem nicht dein Ex, dieses miese Stück. Der würde direkt petzen.«

»Du solltest wirklich aufhören, Roman zu mobben und die anderen dazu anzustiften. Diese ganzen kleinen Sticheleien. Nicht lachen, wenn er einen Witz macht, sich im Kaffeeraum umdrehen und prusten, wenn er reinkommt, keine Dienste mit ihm tauschen, ihn nach Büchern suchen lassen, die es gar nicht gibt, schwierige Kunden immer sofort an ihn verweisen, der ganze Mist. Ich habe doch jetzt David. Die Sache mit Roman ist für mich Vergangenheit.«

»Aber für mich noch lange nicht! Er hat's verdient, jede einzelne Gemeinheit. Das meinen die anderen auch. Du glaubst ja nicht, wie wir uns alle letztens gefreut haben, als Roman seine Bahn verpasst hat, weil ich kurz vor Feierabend diesem Schüler fünf Euro gegeben habe, damit er ihm die ganze Zeit erzählt, er brauche dringend für die Schule so ein komisches Buch: *Das Ödem vom Hofrat*. Er hat Roman fast in den Wahnsinn getrieben! Ich will mich ja nicht loben, aber das war brillant. Es macht einfach unheimlich Spaß, sein wütendes Gesicht zu sehen. Er kriegt dann diese Zornfalten und rötlichen Flecken im Gesicht, die machen ihn so herrlich hässlich. Es tut mir leid, Schatzilein, aber das will ich um nichts in der Welt missen. Den Typen vertreibe ich aus deinem Leben, und wenn es das Letzte ist, was ich alter Mann noch hinkriege.«

»Na, super. Dein Kleinkrieg hat vor allem diesen Mist hier hingekriegt!« Sie drückte ihm die Luftballons in die Hand und zog einen Schokoriegel aus der Jackentasche. Zur Aufbesserung der Laune. »Der Disselbeck denkt, ich stecke dahinter. Das hat der Roman ihm wohl gesagt. Habe schon eine Abmahnung erhalten.«

»Alles nur Bluff, Einschüchterungsversuche. Der Disselbeck würde gegenüber der Zentrale doch nie zugeben, dass er eine Mitarbeiterin feuern musste, weil er sie nicht in den Griff bekam. Die Blöße würde der sich nie geben.« Löschi rückte näher – was wegen seiner Zigarette einem Ballon das Leben kostete. »Huch! Hab ich mich erschrocken! Das dumme Ding. Ich freu mich übrigens, dass es mit dir und David so gut läuft. Er ist echt ein toller Fang, würde mir auch gefallen.«

»Also, bitte!«

»Keine Angst, ich werfe meinen Hut nicht in den Ring. Das wäre ja auch total unfair dir gegenüber.« Er strich sich demonstrativ durch die blonden Haare. »Also, was ich eigentlich sagen wollte: Ich vermiss dich, Kleines. Wir sehen uns kaum noch außerhalb der Arbeit. Als deine Mutter krank und deine Schwester da war, hab ich das stillschweigend und tapfer ertragen. Aber jetzt muss auch mal wieder Zeit für Löschi sein. Cocktailabend? Heute? Ich zahle die erste Runde!«

Plötzlich schaute Disselbeck grimmig heraus. Löschi tat schnell einen Schritt zurück und verschwand hinter einer Betonsäule, Eli drückte einem arglosen Jugendlichen mit Nietenjacke einen Luftballon in die Hand, den er gar nicht wollte. Als ihr Chef wieder verschwunden war, zog sie Löschi am Kragen hervor.

»Wie ein kleines Kind.«

»Im Versteckspielen war ich immer schon super. Weil ich so gertenschlank bin, weißt du.« Er fuhr sich über die Hüfte. »Modelmaße! Und, was ist jetzt mit unserem Damenabend?«

Eli wollte gerade antworten, als der Wind so stark in die Luftballons blies, dass sie Mühe hatte, alle festzuhalten. Der April war extrem windig und auf dem Neumarkt wehte es so stark, dass man ohne Probleme eine Segelregatta hätte veranstalten können – wenn das alljährliche Kölner Hochwasser mal bis hierhin käme.

»Cocktails immer!«, sagte Eli, nachdem sie wieder alle Ballons unter Kontrolle hatte. »Aber tu nicht so, als hätte es nur an mir gelegen, dass wir zwei nichts mehr unternommen haben. Wann hattest du denn mal einen Abend frei? Was treibst du überhaupt die ganze Zeit, wenn ich mal fragen darf?«

»Meine Theatergruppe, wir haben doch bald Premiere. ›Der Schöne und das Biest‹.«

»Und wen spielst du?«

»Frechheit, die Frage! Also, wirklich!« Plötzlich zeigte er Richtung Bahnsteig. »Ich glaube, der gute Löschi muss sich jetzt verabschieden. Da kommt nämlich dein Schatzi. Aber vorher noch eine Frage: Hat er eigentlich einen großen ... Kochlöffel?«

Löschi lachte so unanständig, dass selbst Dolly Buster vor Scham errötet wäre. Eli knuffte ihn dafür ordentlich in den Arm. Als er kurz aufschrie, wusste sie, dass ihr Powerboxen sich langsam bezahlt machte.

Schon von Weitem erkannte Eli, dass David heute ganz ernst und angespannt aussah, was überhaupt nicht seine Art war. Er steckte sonst so voller Energie, voll Unternehmungsgeist, mit ihm gab es kein gemütlich auf der Couch lümmeln und Fernsehen gucken, mit David war man immer unterwegs. Über einen Monat war es jetzt schon her, dass sie ihn kennengelernt hatte. Beim Treffen mit Paul, das sie seitdem nur noch den Yin-Yang-Abend nannte. Yin, dunkel, war der Fleisch-Missionar Paul gewesen, auf seinem Kreuzzug für blutiges Lamm. Yang, hell, war Davids Auftauchen. Seitdem hatte sie ihn immer öfter gesehen – und Paul nie wieder.

»Hallo, Eli!« Er gab ihr einen Kuss zur Begrüßung, viel länger als sonst. »Hast du einen Moment für mich? Ich weiß, dass es schlecht ist während der Arbeitszeit. Aber es ist wirklich wichtig.«

Eli drückte dem immer noch neben ihr rauchenden Löschi die Ballons in die Hand. »Könntest du mal übernehmen? Wenn der Disselbeck fragt, sagst du einfach, mir sei übel, und ich wär kurz zur Apotheke gegangen.«

Es passierte selten, doch manchmal sagte Löschi nichts.

»Lächeln!«, erinnerte ihn Eli. »Immer lächeln, sonst macht das *Biest* den Kindern Angst.«

Löschi warf ihr einen seiner vernichtenden Blicke zu, bevor er sein strahlendstes Lächeln aufsetzte.

Ohne ein weiteres Wort ergriff David Elis Hand und bog mit ihr in die Richmodstraße ab, wo nach wenigen Metern das Café Lichtenberg auftauchte. Sie wählten einen der Tische auf dem Bürgersteig.

»Nun sag schon, was gibt es denn so Dringendes? Ich hab schon ganz weiche Knie. Jetzt schau doch nicht wieder so.«

»Wie guck ich denn?« David schien überrascht.

»Als hättest du Zahnschmerzen, als käme jetzt was Übles. Ich will nichts Übles, hörst du? Nicht am verkaufsoffenen Sonntag. Ich kann üble Sachen heute überhaupt nicht gebrauchen.«

»Ist nichts Übles.« Er nahm wieder ihre Hand und küsste diese. »Ganz im Gegenteil.«

Die Bedienung kam. Eli hätte sie am liebsten weggescheucht wie eine lästige Fliege, David bestellte zwei Espressi. »Ich brauch jetzt unbedingt einen starken Kaffee.«

»Jetzt mach es doch nicht so spannend.«

»Lass mich erst noch eine rauchen, damit der Puls runtergeht.«

»Was meinst du, wo meiner gerade ist? Dagegen ist der eines 100-Meter-Sprinters tiefenentspannt. Spuckst du jetzt endlich aus, worum es geht oder muss ich zu rabiateren Mitteln greifen?«

David lächelte. Mit der Zigarette im Mundwinkel sah er dabei fast so lässig aus wie Steve McQueen.

»Nur noch einen Schluck Kaffee, okay? Ich hab so was noch nie gemacht.«

Mein Gott, er würde doch nicht … jetzt? Hier? Sie kannten sich doch gerade erst ein paar Wochen. Aber es lief gut, von Anfang an. Trotz seiner bald startenden Fernsehkarriere und seiner Zeit im Ausland war David auf dem Boden geblieben, er war aufmerksam, bekochte sie gern, wusste, was er wollte – und würde sie niemals so verletzen wie Paul.

Der war Geschichte. Und seine Küsse mit ihm.

Die Bedienung kam mit den Espressi und stellte sie professionell lächelnd vor ihnen ab. »Ich darf gleich kassieren. Wir haben jetzt nämlich Schichtwechsel.«

Eli griff zur Rechnung. Nicht weil sie bezahlen wollte, das

würde David niemals zulassen, sondern um die Zahlen zu sehen. 270313? Irgendwo? In der Endsumme? Der Telefonnummer des Cafés? Der Tischnummer? Nein. Nirgends. Eli sah auf die Straße, was stand auf dem Nummernschild des gegenüber geparkten VW Tourans? 2968. Ach, Mist!

David zahlte, räusperte sich danach theatralisch und zog ein Ringkästchen aus der Jackentasche. Es war mit rotem Samt bespannt.

»Für dich«, sagte er, und seine Stimme brach fast weg. »Mach es auf.«

Eli wusste nicht, ob ihr Herz schneller schlug, als ihre Hände zitterten. Was sollte sie sagen? Sie hatte noch nicht darüber nachgedacht, ob sie ihn heiraten wollte. Löschi hatte David als Fang ihres Lebens bezeichnet. Aber wollte sie die Angel wirklich einholen?

Ja.

Das wollte sie.

David tat ihr so gut. Was konnte ihr Besseres passieren? Es gab zwar keine bunten Schmetterlingsschwärme in ihrem Bauch wie bei Paul, aber die verzogen sich eh irgendwann wieder zurück in den tropischen Urwald.

Sie klappte das kleine, quadratische Kästchen mit dem gerundeten Deckel feierlich auf. Darin funkelte ein auf Hochglanz polierter … Schlüssel.

»Für meine Wohnung«, sagte David. »Ich möchte, dass du bei mir einziehst. Das ist mir heute Morgen klar geworden, als du dich für die Arbeit fertiggemacht hast. Ich will jeden Tag sehen, wie du dein süßes Hinterteil aus dem Bett schwingst und versuchst, dich ganz leise rauszuschleichen, um mich nicht zu wecken. Und dann hören, wie du Kaffee kochst und mir was in die Thermoskanne füllst. Was meinst du? Wollen wir es versuchen? Und dann suchen wir uns ganz schnell zusammen eine größere Wohnung, wo immer du willst, Köln, Bonn, Brühl, Hürth, egal. Die kannst du dann einrichten, wie du willst. Ich lass alles über mich ergehen!«

Eli beugte sich über den Bistrotisch hinweg und gab David einen langen Kuss, dabei zwei Espressi samt Cantucci-Keksen umwerfend. Egal. Alles egal.

»Ja, ich will.«

Paul bereitete konzentriert den Bärlauchsud für das Graupenrisotto zu, später kämen noch Kartoffel-Crumble und ein pochiertes Landei dazu. Das Rezept hatte er von Nils Henkel, dem Koch des Gourmetrestaurants Lerbach. Er konnte den Blick nicht vom köchelnden Bärlauch lösen, von den schnell aufsteigenden Bläschen und den sich windenden Zwiebeln.

Seit dem katastrophalen Abend mit Eli kamen bei ihm nur noch vegetarische Gerichte auf den Tisch. Er brachte es einfach nicht mehr fertig, totes Tier zu kochen. Paul war längst klar, dass die Neon-Klamotten und Tines überraschendes Auftauchen bei seinem Date mit Eli Teil ihres Plans gewesen waren. Doch er allein hatte den Vogel abgeschossen – wie er später durch Dave erfuhr. Wie konnte er nur überhören, dass sie Vegetarierin war? Was hatte er sich in diesem Moment nur gedacht? Oder war er dem Sekundenschlaf anheimgefallen?

Und Dave hatte seine Chance eiskalt genutzt. Dieser Verräter, diese Natter, die Paul an seiner Brust genährt hatte, dieser abgemagerte Dicke, dieser weichgespülte Charmeur, dieser penetrante Grinser. Dieser Eli-Ausspanner.

Dieser Abend hatte Pauls Leben verändert. Nur anders als gedacht. Das Schicksal hatte mit seiner dicken Pranke auf den Tisch gehauen und zwei Paare zusammengeführt. Einspruch sinnlos. Paul tauchte den Bärlauch auf brutalste Art und Weise im kochenden Sud unter.

Das hier hätte er an dem Abend kochen sollen. Dann wäre er heute mit Eli zusammen. Aber vielleicht war es ja besser so. Fish-Mac war auf jeden Fall dieser Meinung. Schließlich war Tine bei Facebook und bei Stayfriends, ja sie twitterte sogar. Eine Frau nach seinem Geschmack. Jeden Tag schickte Fish-Mac Mails mit neuen Infos über sie, ihre Freundinnen, ihre ehemalige Schule und einfach über alles, was mit Tine zu tun hatte. Big Fish-Mac was watching her.

Paul wog die Graupen für das Risotto ab. Aufs Gramm genau. Dabei sah er sein Spiegelbild im glänzenden Stahl der Küchenwaage. Den neuen Paul Birnbaum 2.0. Das Upgrade mit neuem Design und verbesserter Rezeptur – dafür etwas teurer. Die Haare kürzer geschnitten, jeden Morgen mit Gel in Form gebracht, das Hemd mit gestärktem Kragen, ein modischer, marineblauer Pullover darüber. Er sah aus wie ein Investmentbanker beim Segeltörn vor Sylt. Die Verbesserung konnte sogar Paul erkennen, doch irgendwie … war er das nicht. Klar, er sah sexy und attraktiv aus, was zur Abwechslung mal angenehm war. Aber er wusste nicht wirklich damit umzugehen. Mit den interessierten Blicken der Kolleginnen, dem Neid der Kollegen, die Tine alle selber gerne eingefangen hätten, und wenn nur für eine Nacht. Verständlich. Sie war im Bett eine echte Kunstturnerin, Abteilung Rhythmische Sportgymnastik. Im Gegensatz zu den Olympiagewinnerinnen hatte sie allerdings bedeutend mehr Oberweite. Die Juroren in der KFZ-Zulassungsstelle Köln-Poll zogen für diese hohe Punktnoten.

Paul stellte die Waage zurück in den Schrank und sah sich noch mal in Tines Wohnung um. Sie war nicht in Rot, wie er befürchtet hatte, es gab auch keine Teddybären auf dem Bett, die plüschigen Erotik-Killer aus der Spielwarenabteilung. Tine hatte sich wirklich nett eingerichtet, geschmackvoll, mit vielen Pflanzen, die Wände in unterschiedlichen Farben gestrichen, der Kühlschrank groß – und der Fernseher riesig. Hier konnte ein Mann glücklich sein.

Allerdings waren Tines Nachbarn von unten schlimm, die Winklers. Sie liefen ihm fast jeden Tag über den Weg. Die zwei sahen blendend aus, hatten gut bezahlte Jobs in der Kreativbranche, waren eloquent und witzig, konnten natürlich super kochen, stritten nie und trainierten regelmäßig. Sie wirkten immer wie frisch aus der Maske und top ausgeleuchtet. Menschen aus einem Hochglanzprospekt für Arschlöcher. Vielleicht waren sie Roboter aus dem Sternensystem Alpha Centauri? Aber würden die ausgerechnet in Köln-Sülz leben wollen? Und nicht lieber unter einer Kokosnusspalme auf Hawaii?

Paul vermisste seine Unordnung, den letzten, sich jetzt ständig versteckenden Goldfisch, seine Schildkröte Freddy natürlich und sogar R2-D2, der die Goldfischpopulation so rasant dezimiert hatte. Einmal hatte er ihn erwischt, als sich eine noch wackelnde Flosse zwischen seinen Raubtierzähnen verfangen hatte. Der kleine Räuber. Jetzt kackte er vermutlich aus lauter Protest auf Pauls CD-Sammlung. Wer konnte es ihm verdenken? Katzen brauchten ihren Menschen, und sei es auch nur, um ihn vollzuhaaren.

Das Risotto war fertig, und Paul nahm den Kartoffel-Crumble in Angriff. Er hatte noch Zeit, bis Tine kam. Am verkaufsoffenen Sonntag ging sie natürlich shoppen, mit ein paar Freundinnen. Männer störten dabei nur. Entschieden sich viel zu schnell. Diskutierten nicht stundenlang. Hassten es, Sachen anzuprobieren. Mit einem Wort: untauglich. Zum Glück!

Pauls Handy klingelte. Er trocknete sich kurz die Hände an der Kochschürze ab und ging dran. Es war Rainer, er hielt sich nicht mit einer Begrüßung auf.

»Bienchen ist einfach umgekippt. Tot. Die haben sie gerade abgeholt.«

Ein Bild des Mutterschafs blitzte vor Pauls Augen auf, wie es auf der Wiese lag und sich der Bauch nicht mehr atmend senkte und hob. Sein Mund wurde mit einem Mal staubtrocken.

»Weidest du noch im Stadtwald?«

»Mhm.«

»Bin gleich da.«

Paul stellte den Herd ab und schrieb einen Zettel für Tine. Dann musste sie sich eben eine Tiefkühlpizza aufbacken – obwohl die ihr immer zu viel Fett hatte. Würde sie morgen halt eine Extra-Runde Nordic Walking einlegen müssen. Bevor er losfuhr, rannte er schnell zum Computer und druckte noch etwas aus. Auf dem Weg zu Rainer legte er dann einen Zwischenstopp bei Foto Gregor ein und einen weiteren bei Ömer, wo er eine Flasche Wacholderschnaps kaufte. Den schätzte Rainer sehr, weil er von innen wärmte wie ein kleiner Bollerofen.

Er fand den Schäfer auf dem Boden sitzend. Das war ungefähr so, als reise man nach New York und sähe die Freiheitsstatue in Yoga-Position. Paul reichte ihm die Flasche.

»Auf Bienchen.«

Rainer gab einen tiefen Grunzer von sich und nahm einen Schluck. Seine beiden Border Collies flitzten derweil um die Herde. Sie brauchten nicht einmal zu bellen, allein ihre Nähe trieb die Tiere zusammen.

»Sie war ja bloß ein Schaf«, sagte Rainer und setzte die Flasche nochmals an. »Eins wie alle anderen.«

Paul präsentierte ihm sein zweites Mitbringsel. Es war eines der Fotos, die er von Bienchen geschossen hatte, eingerahmt in Schwarz. Die Abendsonne schien warm auf sie, und das alte Mutterschaf blickte einen sanft mit ihren weisen Augen an. Mit diesem Bild als Wahlplakat hätte sie jede Bundespräsidentenwahl gewonnen. Paul stellte es vor Rainer auf den Boden. Der sagte nichts, sah es nur lange an und schniefte dann in ein Taschentuch. So kräftig, dass Paul sich nicht sicher war, ob noch etwas in seinem Kopf übrig blieb.

»Willst noch was üben? Die besondere Formation? Mach ruhig.«

Paul musste nicht mehr üben, dafür gab es jetzt keinen Grund mehr. Doch er wusste, dass es Rainer immer eine Freude machte, seine Herde so zu sehen. Und das wiederum freute Paul.

Er stieß einen hohen, tirilierenden Pfiff aus, und die Schafe setzten sich in Bewegung.

Doch diesmal machte ihn das makellose Ergebnis nur traurig.

Drei Tage später stand Paul abends vor der mit einer lang gezogenen Zulu-Maske verzierten Tür eines südafrikanischen Restaurants und zögerte. Er wollte lieber zu einer Wurzelbehandlung beim irren Zahnarzt von Königswusterhausen gehen als da rein. Und das lag nicht am Essen, ganz im Gegenteil. Die Speisekarte hatte Paul so eingehend studiert, dass er sie mittlerweile auswendig singen konnte, falls gewünscht auch zweistimmig. Sie klang ebenso exotisch wie lecker. Gerne wollte er ausgebackene Süßkartoffel-Käse-Bälle im Sesammantel probieren, noch lieber das Straußenfilet auf Feigen-Rooibostee-Soße. Es war seine Verabredung, die ihm diese wahnsinnigen Bauchschmerzen bereitete. Dabei hatte Paul das Treffen selbst ausgemacht. Und sein Essenspartner saß sogar schon in dem edlen Lokal. Es war Dave. Sein alter Bandenbruder und jetzt Exkumpel.

Paul ging hinein. Die Wände des Restaurants waren mit Teppichen in erdfarbenen Tönen bedeckt und das Licht so weit herab gedimmt, dass man sich wie in einer Höhle vorkam – die Gäste konnten ihr Essen kaum erkennen. Das mit dem schwarzen Kontinent nahm man hier wohl sehr ernst. Sie saßen auf Bambussesseln an groben Holztischen. So speiste man also in Afrika.

Bevor Paul zu Dave gelangte, lief er gegen eine Wand. Im übertragenen Sinne, aber es fühlte sich genauso an. In einer der Sitzecken lümmelte sich Andy.

Mit einem Buch.

»Entschuldigen Sie? Sind *Sie* Andreas Päffgen? Falls ja, kennen wir uns aus der Schulzeit. Birnbaum mein Name, Paolo Birnbaum, hocherfreut.« Er streckte ihm die Hand entgegen und machte einen Diener.

»Oh, hallo, Paul. Was machst du denn hier?« So wie Andy es sagte, klang es wie: Scherst du dich jetzt schnellstmöglichst raus – bitte!

»Ich esse hier. Mit Dave. Ich darf das. Aber seit wann futterst du was anderes als Fast Food? Und«, er riss ihm das Buch aus der Hand, »seit wann liest du *Der Tod in Venedig* von Thomas Mann?«

»Ist ’ne Novelle, gar nicht so lang.«

»Seit wann kennst du das Wort Novelle? Andy, wer hat dir das angetan? Da steckt ein Intellektueller in deinem Körper! Wie kommt der da rein? Hat die Regierung dich für Experimente missbraucht?«

Andy lächelte. »Mach dich nur lustig. Lesen ist gar nicht so schlecht. Echt. Macht sogar richtig Spaß.«

»Aber *Der Tod in Venedig*?« Wenn Paul Lektüre bei Andy erwartet hätte, dann eher den Bildband *Heiße Motorradbräute – Details in Originalgröße.*

»Ich dachte, das wär ein Krimi. Aber ist total traurig. Les ich nicht weiter. Willst du's vielleicht haben?«

Paul setzte sich zu ihm. So viel Zeit musste sein.

»Da steckt eine Frau dahinter!«

»Ja, okay, hast recht. Ich will 'ne Mieze beeindrucken. Und dass ich die Nationalhymne nach einem Topf Kidneybohnen pupsen kann, reicht heute einfach nicht mehr.«

»Und die kommt gleich? Warum willst du sie mir denn nicht vorstellen?«

»Ich erzähl dir alles später. Okay?«

»Wollt ihr es hier am Tisch treiben?«, fragte Paul. Was machte er denn da für Witze? So kannte er sich gar nicht. Aber in Gesprächen mit Andy gab es die immer – und wenn Andy sie nicht machte, legte er aus purer Notwehr selber los.

Andy blickte auf seine Uhr. »Oh, schon so spät? Ich glaub, mein Date kommt nicht mehr. Ja, da bin ich mir ganz sicher. Dann gehe ich lieber mal auf die Piste. Kann ja nicht den ganzen Abend hier sitzen, oder? Tja, also …«

Paul legte seinen Arm um Andy. »Hey, ich weiß nicht, was mit dir in letzter Zeit los ist, aber wir sind Freunde. Ich würde dir niemals irgendwas kaputtmachen. Vor allem, wenn es wichtig ist. Aber komm doch demnächst mal wieder vorbei und erzähl was. Bei Pizza? Und Currywurst? Und Fritten? Bier zum Nachspülen? Nintendo zocken? Wie klingt das?«

»Nach guten alten Zeiten.« Er lächelte, doch seine Augen zuckten unruhig Richtung Tür. »Aber jetzt geh ich besser. War schön, dich mal wiedergesehen zu haben.«

Und weg war er.

Einfach so.

Und Paul wurde das Gefühl nicht los, gerade Zeuge einer miserablen Aufführung der Kölner Laienschauspieltruppe »Der Theaterunfall« geworden zu sein. *Der Tod in Venedig*! Dagegen war Stephen Kings Gesamtwerk ja der reinste Komödienstadl.

Nachdem er Andy noch ein wenig nachgeschaut und nachgerochen hatte – er duftete wie eine Moschusochsenherde in der Brunftzeit –, ging er zu Dave, vor dem schon zwei leere Cocktailgläser standen. Er spielte gerade mit den Schirmchen.

»Da kommst du ja endlich! Ich wart schon eine Ewigkeit, hätte glatt ein ganzes Springbock-Steak vertilgen können.« Dave warf ihm die Menükarte zu. »Bestell dir schnell was. Ich hab heute Abend nämlich noch eine Kostümprobe. Zurzeit drehen alle am Rad, weil nächste Woche die erste Livesendung steigt.«

Paul tat so, als sähe er die Karte zum ersten Mal. »Was empfiehlt denn der Fernsehkoch?«

»Sosaties, Boerewors und Biltong, sowie als Hauptgang Potjiekos en Pap – und dazu ein Windhoek Lager.«

»Dann nehme ich das auch.«

»*Nein!* Du musst was anderes bestellen, und dann probiert jeder beim Gegenüber. Ist doch viel spannender.«

»Ist das nicht … unhygienisch?«

»Na hör mal, wir haben doch schon im Messdienerunterricht aus derselben Limoflasche genuckelt. Und dabei geht immer was vom Speichel mit rein.«

»Buäh.«

»Unsere Speichel haben sich also längst vermischt. Finde dich damit ab.«

Seine ganze Jugend erschien Paul plötzlich in einem ganz anderen Licht. Irgendwie keimiger.

»Bestell du einfach für mich. Ich esse alles.« Solange sie genug Schmerzmittel in die Gerichte hineinmischten, damit er diesen Abend ertrug. Paul beschloss, ins kalte Wasser zu springen.

»Und? Wie geht's dir? Wie läuft's mit Eli?«

»Wir ziehen die Woche zusammen. Also würde ich sagen, es entwickelt sich prima. Das ist jetzt natürlich ein nicht unkomplizierter Schritt, aber wir schaffen das. Da bin ich mir ganz sicher.«

Diesen Tiefschlag musste Paul erst mal verdauen, während Dave gut gelaunt die Bestellung aufgab. Danach plauderte er weiter aus dem Nähkästchen. »Ich bin vorgestern mit Eli sogar zur Hohenzollernbrücke gegangen, um dort ein Liebesschloss aufzuhängen. Ein richtig Großes. Hab extra unsere Initialen eingravieren lassen. Du glaubst ja nicht, wie viele da mittlerweile sind. Zehntausende bestimmt. Den Schlüssel haben wir, wie es sich gehört, über die Schulter in den Rhein geworfen – und es mit einem Kuss besiegelt. So was Romantisches hätte ich früher nie getan. Aber Eli hat einen anderen Menschen aus mir gemacht.«

Es fühlte sich an wie eine Links-Rechts-Kombination genau aufs Herz.

»Versteh mich nicht falsch«, sagte Paul, nachdem er wieder Luft bekam, »aber ich hätte nicht gedacht, dass ihr so gut zusammenpasst.«

Dave nickte. »Ja, da hast du vollkommen recht. Wir sind total verschieden. Aber genau das macht es ja so besonders mit ihr. Weißt du, wenn man als Koch in einem Restaurant arbeitet und immer bis spätabends zu tun hat, gibt es nur zwei Chancen für eine Beziehung. Entweder findest du eine nette Frau, die genau wie du im Gastgewerbe tätig ist, oder eine Frau, die gar nicht arbeitet. Was anderes funktioniert nicht.« Dave wickelte das Besteck aus der mit Baobab-Bäumen bedruckten Serviette. »Aber jetzt, als Fernsehkoch, hab ich die Abende frei. Endlich kann ich mit einer Frau wie Eli zusammen sein, sie ist so völlig anders als die, mit denen ich bisher zusammen war. Das ist total … erfrischend. Eigentlich hättet ihr super zusammengepasst. Ich verstehe echt nicht, warum du es nie bei ihr versucht hast. Ah, die Vorspeisen! Sehen gut aus.«

Dass ihn einmal kleine, panierte Fleischbällchen vor einer peinlich gestotterten Antwort retten würden, hätte Paul nie gedacht. Leider sahen sie besser aus, als sie schmeckten – fettig und fad, dabei trotzdem scharf. So liebte es scheinbar der Südafrikaner. Lag vermutlich an der heißen Sonne.

»Und wie läuft es bei dir und Tine? Sieht aus, als würde sie dir richtig guttun. Ich hab dich selten so ausgeglichen und entspannt erlebt.«

Aha, Daves Menschenkenntnis war so ausgeprägt wie seine Fähigkeit, übers Wasser laufen zu können.

»Merkt man das?«

»Und wie! Na ja, die ist auch echt ein Geschoss. Bei euch geht wahrscheinlich schwer was in den Laken ab, also bei mir und Eli …«

Paul hob die Hand. »Will ich gar nicht wissen! Ist eure Sache.«

»Oh, *so* spießig?«

»Ein Gentleman genießt und schweigt.«

»Wir kommen aber aus dem Bergischen Land! Der letzte Gentleman, der sich dort hat blicken lassen, war Teil eines erfolglosen Auswilderungsprogramms.«

»Darauf trinke ich!« Paul hob sein Glas. Mit Alkohol ließ sich immer so wunderbar das Thema wechseln.

Die Hauptspeise stellte sich als etwas erfreulicher heraus, doch ohne die fabelhaften Cocktails hätten sie das Zeug trotzdem nicht herunterbekommen. Der Springbock war elend zäh. Da zeigte sich mal wieder, dass Springen zu nichts Gutem führte.

Am Ende des Abends lehnte Dave sich vor und senkte die mittlerweile lallende Stimme.

»Paul, ich will dir was sagen. Das habe ich noch niemandem gesagt.« Er hob den Finger. »Nie-man-dem! Aber du sollst der Erste sein, weil du mein Liebesbote warst. Wenn das mit der Eli und dem Zusammenleben klappt, woran ich keinen Zweifel hege, dann …«

Oh nein, bitte nicht! Bitte, bitte, bitte nicht! Lieber Gott, dachte Paul, ich werde auch jeder Oma über die Straße helfen, selbst wenn es eine sechsspurige Autobahn ist und auch nie wieder etwas Schlechtes über südafrikanische Speisen denken! Doch Gott hörte ihn nicht. Er war wahrscheinlich gerade auswärts essen.

»… also dann, werde ich ihr noch dieses Jahr die große Frage stellen.«

Hatte da gerade jemand eine rot glühende Grillgabel in sein Herz gejagt? Aber ja doch. Es fühlte sich bereits verkohlt an.

»Und du bist dir sicher, also völlig sicher«, Paul brachte die Frage kaum raus, »dass sie mit ja antworten wird?«

Dave hob feierlich sein Glas. »Sonst würde ich sie nicht fragen!«

David holte Eli mittlerweile jeden Tag in der Mittagspause ab, und sie gingen in Köln spazieren – wobei es sich plötzlich viel eleganter, französischer anfühlte. Flanieren war das richtige Wort dafür. Sie betrachteten gemeinsam die Auslagen der Geschäfte, redeten darüber, wie sie ihre gemeinsame Wohnung einrichten würden, tranken dann irgendwo einen Espresso und zurück vor der Buchhandlung verabschiedete David sie immer mit einem langen Kuss.

Heute war das Wetter großartig, fast mediterran, der Wind ein erfrischender Hauch auf der Haut, die Sonne am Nivea-blauen Himmel schickte schmeichelnd warme Strahlen hinab, und all das satte Grün der Bäume flüsterte von Aufbruch und Leben. Der Weg führte sie, ohne dass sie es geplant hatten, auf den Karl-Berbuer-Platz. Und Elis gute Stimmung war dahin, als sie das Denkmal sah, welches sie an den Reinfall mit Roman erinnerte. Es stellte ein Narrenschiff dar und wurde »Müllemer Böötche« genannt. David war ganz begeistert davon, schoss Fotos mit seinem Handy und nahm davor sogar Kapitänspositur ein.

War das etwa ein schlechtes Omen? War David genauso ein Blender wie Roman? Würde sie mit ihm etwa auch eine böse Überraschung erleben? Bei Roman waren es ja eigentlich gleich mehrere gewesen, aber Eli hatte beschlossen, sie als Gesamtpaket zu betrachten. All inclusive.

David kam zu ihr und wirbelte sie herum.

Nein, sie brauchte sich keine Sorgen zu machen. Es lief alles gut, wie am Schnürchen sogar, und sie wollte wirklich, dass diese Beziehung funktionierte. Eli fühlte sich, als sei sie in einen Hafen eingelaufen. Hier wollte sie Anker werfen. Alles war in bester Ordnung.

»Sollen wir mal mit dem Müllemer Böötche fahren?«, fragte David plötzlich. »Ich kenne das Lied darüber, seit ich ein Erstklässler war, aber wirklich damit über den Rhein gegondelt bin ich noch nie.«

»Nein«, sagte Eli. »Komm, lass uns woanders hingehen.«

»Aber, was …?«

»Ich hätte jetzt Lust auf einen Kaffee mit Rum. Ob's den hier wohl irgendwo gibt?«

David zuckte mit den Schultern, nahm sie dann in den Arm und gab ihr einen Schmatzer auf die Wange. »Ich erschnuppere dir einen. Sieh mich als deinen ganz persönlichen Kaffee-Spürhund.«

»Such, mein Espresso-Hasso!«, sagte Eli. »Aber nicht wieder an irgendeiner Laterne das Beinchen heben.«

Sie grinste ihn an, doch das ungute Gefühl lag immer noch wie ein schimmliges Brötchen im Magen.

Es ging den ganzen Mittag nicht weg.

Als sie zurück zur Buchhandlung kamen, überschlugen sich die Ereignisse. Genau genommen überrannten sie Eli. Ein heulender Roman, die Jacke nur halb angezogen, stürzte an ihr vorbei. Er musste sie aus den Augenwinkeln erkannt haben, denn nach einigen Metern drehte er sich um. »*Du!* Du verdammte …!« Mehr bekam er nicht heraus.

Als Nächster rannte Disselbeck aus der Buchhandlung auf den Neumarkt. »Da sind Sie ja! Ich habe Ihnen etwas zu sagen. In meinem Büro. Ach was, das können wir auch gleich hier regeln. Sie werden versetzt oder entlassen, was Ihnen lieber ist. Die Sache mit Herrn Holz nehme ich Ihnen persönlich übel, Frau Spatzner. Eine solche Intifada gegen einen Kollegen zu starten! Und mich so vor der Zentrale bloßzustellen. Ich habe bereits mit der Filiale in Bonn gesprochen, die haben akute Personalnot, dort können Sie anfangen, schon morgen. Denn ich will Sie hier nie mehr sehen. Haben Sie mich verstanden? Was sind Sie nur für ein Mensch, einen Kollegen so fertigzumachen? Ich hatte sie anders eingeschätzt, ganz anders. Aber so kann man sich in einem Menschen täuschen!«

Er rauschte wieder hinein und zog scheppernd die Tür hinter

sich zu, obwohl sie eigentlich für den Kundenverkehr aufstehen sollte. Das Schild »Geöffnet« wirbelte herum auf »Geschlossen«.

»Was war das denn jetzt?«, fragte David. »Geht es dir gut? Soll ich meinen Anwalt rufen? Das war ja unmöglich.«

Eli sagte nichts, sie blickte durch die Glasfront in die Buchhandlung. Denn dort baute sich Löschi mit hochrotem Kopf vor Disselbeck auf und brüllte ihn tatsächlich an. Worte konnte man nicht verstehen, doch der Luftdruck ließ die Scheiben vibrieren. Jetzt nahm er sein Namensschild ab und knallte es auf den Fußboden, sprang sogar darauf herum. Disselbecks Wangen blähten sich auf, und er sah aus wie ein Kugelfisch kurz vorm Platzen. Gerne hätte Eli mit einer spitzen Nadel hineingepikst. Dann wäre er bestimmt wie ein kaputter Luftballon durch den Laden gerauscht. An Löschis Händen konnte Eli erkennen, dass er wütend etwas aufzählte – es waren viele Punkte. Danach stürmte er hoch erhobenen Hauptes hinaus, wo er Eli sah und ihr heulend um den Hals fiel.

»Liebelein, es tut mir so leid! Ist alles meine Schuld, ganz allein meine Schuld. Aber der Disselbeck wollte ja nicht hören, der blöde Sturkopf. Er denkt immer noch, du hättest die Strippen bei Romans Mobbing gezogen. Weil der Roman ihm gesagt hat, das alles wär nur wegen eurer schiefgelaufenen Beziehung. Der hat alle Schuld auf dich geschoben, die Judith hat mir das heute erzählt. Dieses hinterfotzige Schwein!« Er kramte ein Taschentuch hervor und tupfte seine Tränen fort. »Mein ganzes Make-up muss jetzt ja verlaufen sein. Ich sehe vermutlich aus wie ein altes Klageweib.«

»Du siehst selbst ungeschminkt aus wie eine griechische Gottheit«, beruhigte ihn Eli. Sie verstand es selbst nicht, aber all das machte ihr nichts aus. Sie war sogar froh, wegzukommen. Das hier war ihr altes Leben, und mit David hatte ein neues begonnen. Es war an der Zeit, Brücken abzubrechen. Bonn klang wunderbar. Sie hatte die Stadt immer schon gemocht, außerdem wäre sie näher bei ihrer Mutter.

»Das Schlimmste ist«, sagte Eli und strich Löschi über die Wange, »dass wir uns nicht mehr täglich sehen werden.«

Jetzt konnte Löschi wieder lächeln, obwohl seine Augen immer noch feucht von Tränen waren. »Du Dummerchen! Ich hab natürlich den ganzen Kram hingeworfen und geh mit dir nach Bonn. Das ist eh viel weltstädtischer da, alles so gepflegt auf ganz exklusivem Niveau und die haben auch tolle Museen. Die Bonner sind wunderbar herzliche Menschen, schon immer gewesen.«

»Seit der Steinzeit.«

»Genau! Das ist meine Eli!« Jetzt erst bemerkte Löschi, dass sie nicht allein waren. »Oh, hallo, David.« Er umarmte ihn. »Die Sache tut mir wirklich leid, dass musst du Eli immer wieder sagen, ja? Versprichst du das?«

Doch David schüttelte nur den Kopf. »Löschi, warum hast du das Mobbing nicht seinlassen? Eli hat es dir doch tausendmal gesagt. Wie steht sie denn jetzt da? Du hast ihr doch alle Aufstiegschancen verbaut. Ich geh da jetzt rein und klär die Sache auf.«

Doch Eli hielt ihn zurück: »Danke, dass du mein Ritter sein willst. Aber ich brauch keinen, wirklich. Ich brauch einen Mann, der mit mir nach Bonn zieht. Je eher, desto besser. Am liebsten würde ich jetzt schon dort eine Wohnung suchen gehen. Mit Blick auf den Rhein, geht das? Dann ist der Abschied von Köln nicht so schwer.«

»Okay«, sagte David und holte sein Handy hervor. »Ich sag gleich meinem Makler Bescheid. Der hat mir eh ein paar Objekte in Bonn ans Herz gelegt. Eins sogar direkt am Rheinufer.«

Das Leben meinte es gut mit ihr. Was zuerst wie eine Katastrophe aussah, stellte sich auf einmal als Segen heraus. Es war wie damals beim Abendessen mit Paul. Doch eine Frage brannte Eli noch auf den Lippen. »Warum hat Roman denn so geheult? Er ist mich doch jetzt los.«

Löschi griente: »Auf den ist der Disselbeck sogar noch saurer, weil der nämlich einen Beschwerdebrief an die Zentrale geschrieben hat. So was kommt gar nicht gut. Jetzt wird er auch versetzt, aber natürlich nicht nach Bonn.«

»Sondern?«

»Nach Schirgiswalde – die Perle der Oberlausitz.«

Das Treffen mit Dave war schon einige Zeit her, doch Paul konnte einfach nicht aufhören an Eli zu denken. Warum hatte es nur so unglücklich enden müssen? Ohne dass er eine Chance bekommen hatte, alles zu erklären und sich zu entschuldigen. Jetzt wollte er von ihr persönlich hören, dass sie Dave liebte, ihre Augen dabei sehen, ihre Stimme hören – erst dann würde er es glauben. Dann wäre dieses Kapitel im Buch seines Lebens abgeschlossen. Er wusste, dass er trotzdem immer wieder darin lesen würde, doch so hätte es einen Schluss. Keinen guten, aber immerhin.

Zuerst wollte er die Mittagspause für sein Vorhaben nutzen. Aber die war elend kurz, und Paul wollte kein Fast-Food-Treffen, sondern endlich Zeit haben, ihr alles zu sagen, was zu sagen war, und sich alles anzuhören, was es zu hören gab. Also fuhr er erst nach Arbeitsschluss über den Rhein zum Neumarkt. Am Vorabend hatte Paul extra Pralinen gemacht. Weiße Schokoladentrüffel mit Frühling darin: Mascarpone mit Limetten- und Mangomousse. Er hatte beim Kochen die ganze Zeit über an Eli gedacht – und die Schokoladen-Kuvertüre dreimal neu einschmelzen müssen. Dank des neuen Gasherdes hatte Paul sogar Feuer gefangen. Die original Julius-Eichendorff-Kochschürze war nun kohlschwarz, und seine Jeans sah aus, als sei er durch einen Meteoritenschauer gelaufen. Immerhin hatte in der Küche nur der Beistelltisch Feuer gefangen. R2-D2 dagegen nicht. Obwohl der Kater die ganze Zeit seelenruhig zugeschaut hatte.

Paul hatte nun begriffen, dass Liebe und Kochen eine enorm gefährliche Kombination war. Um nicht zu sagen: Multitasking höchster Schwierigkeitsstufe.

Doch nicht halb so kompliziert wie eine Antwort auf die Frage zu finden, wie er Eli gleich ansprechen sollte. Gab es einen Satz, bei dem er sich nicht unwohl fühlen würde? Ihm fiel keiner ein. Jeder klang in seinen Ohren saublöd.

Er ging trotzdem in die Buchhandlung. Stille Betriebsamkeit legte sich sogleich wie ein kühlender Schatten auf seine brodelnden Gedanken. An einem Infopunkt vor ihm stand eine Buchhändlerin, die er jetzt einfach fragen würde, auf welcher Etage

Eli heute Dienst hatte. Doch bevor er zur Tat schreiten konnte, verkündete sein Handy mit leisem Schafsblöken das Eintreffen einer SMS.

keinen ibiza-reiseführer kaufen. null plätze frei. meld mich gleich wieder. kuss T.

Tine wollte nächste Woche mit ihm zusammen Urlaub machen. Irgendwo in der Sonne, einfach mal zusammen ausspannen. Sie buchte gerade, er kaufte parallel die passenden Reiseführer. Das war zumindest die offizielle Version, warum er in der Buchhandlung stand. Er fühlte sich nicht wohl dabei, sie anzuschwindeln. Selbst wenn es nur eine halbe Lüge war. Es war einfach nicht seine Art.

Ohne es zu merken, war er beim SMS-Lesen bis zum Infostand gegangen. Die adrette, junge Buchhändlerin lächelte ihn an.

Paul räusperte sich. »Guten Tag, ich suche Frau Spatzner. Wo kann ich sie finden?«

Jetzt sah ihn die Frau an, als hätte sie auf eine Zitrone gebissen. Eine unreife. Von der Größe einer Melone: »Frau Spatzner arbeitet nicht mehr bei uns.«

»Was? Seit wann? Wieso?«

»Darüber dürfen wir leider keine Auskunft geben.«

»Aber vielleicht einen Hinweis? Ist sie noch in Köln? Es ist wirklich wichtig!«

»Es tut mir leid, aber darüber dürfen wir wirklich keine Auskunft geben.«

Das Handy blökte wieder.

samos! traumhaft. vollpension sauna massage surfkurs. hab das letzte zimmer bekommen!!!!!!

Samos. Das klang nach Costa Cordalis und ewiger Weinseligkeit. Das klang zudem, als käme man niemals aus dem Bett. Und als hätten die Masseure Stierköpfe. Super.

Die Buchhändlerin wandte sich ab und wollte weggehen. Das durfte sie nicht!

Paul versuchte es noch einmal: »Hören Sie, ich bin ein sehr guter Freund von Eli, wir haben uns lange nicht mehr gesehen. Sie wird sich sehr freuen, mich wiederzutreffen.«

»Es geht wirklich nicht. Gerade bei Frau Spatzner. Kann ich Ihnen vielleicht bei einem Buch weiterhelfen?«

Sein Handy blökte abermals.

nacktbadestrand!!!!!!

Paul klickte die Nachricht weg.

»Okay, dann anders: Wer von Ihren Kollegen könnte mir sagen, wo ich Eli finde?« Dann fiel es ihm ein. »Löschi! Wo finde ich Herrn Löschmeyer?«

»Herr Löschmeyer arbeitet leider nicht mehr bei uns.«

»Jetzt nehmen Sie mich auf den Arm, oder? Sind plötzlich alle Mitarbeiter außer Ihnen nicht mehr hier?« So einfach gab sich Paul nicht geschlagen! »Was ist mit Roman Holz?«

Sie zögerte. »Es tut mir leid … Aber Herr Holz arbeitet ebenfalls nicht mehr hier.«

»Ha!«, brüllte Paul. »Wo ist die Geschäftsleitung? So bin ich ja noch nie behandelt worden. Hab ich ›Verarsch mich!‹ auf der Stirn stehen? Das ist echt das Allerletzte, was Sie hier abziehen!«

Sein Handy blökte.

kochst du mir heute abend was kalorienfreies?

Trieb diese Frau nichts anderes als simsen? Er würde heute Abend definitiv vergessen das Handy aufzuladen. Als Paul wieder vom Display aufblickte, war die Buchhändlerin verschwunden. Dann eben eine andere! Das wäre ja gelacht!

Wie sich herausstellte, sagte ihm die nächste genau das Gleiche. Spatzner, Löschmeyer, Holz, alle weg. Keine Auskunft. Danke sehr. Auf Wiedersehen.

So nicht! So einfach ließe er sich nicht abwimmeln. So wahr er Paolo Birnbaum hieß und mit zwei Pfiffen ein ganzes Schafimperium im Griff hatte. Er würde heute mit Eli sprechen, egal, wo sie steckte.

Aber wie sollte er das nur anstellen?

Kaffee, er brauchte eine große Tasse, um das Hirn durchzuspülen. Die Cafeteria fand sich auf der dritten Etage, und die schwarze Brühe tat ihm wirklich gut. Als die adrette Buchhändlerin vom Infostand an ihm vorbeikam, gelang es ihm, sie nicht zu erwürgen. Er hielt sich unter diesen Umständen für einen Anwärter auf den Friedensnobelpreis.

Und dann sah er etwas, das in seinem Kopf eine Kettenreaktion auslöste. Dabei war es nur eine harmlose Tür. Andy hatte ihm doch von einer Tür erzählt, aus der die Buchhändlerinnen wie Bienen aus einem Stock schwirrten. Dort bekäme er sicher Infos!

Er würde einfach dreist hineingehen, und sich als neuer Praktikant ausgeben. Dann musste er nur noch die richtigen Fragen stellen. Er hätte da was gehört, drei Mitarbeiter seien weg, was denn da los gewesen sei, ob es hier so rau zuginge. Etwas in der Art. Paul merkte, wie ihm Zweifel an seinem Plan kamen, deswegen stand er schnell auf und setzte ihn um, bevor er es sich anders überlegen konnte.

Ein schmaler Gang erwartete ihn hinter der Tür, die Wände voller Buch- und Autorenplakate. Auf dem Boden standen Kartons, stapelweise Lesefutter darin.

Aber keine Menschenseele zu sehen.

Er musste tiefer ins Herz der Buchhandlung vordringen. Paul schnappte sich eines der Pakete und hob es vor die Brust. So sah es aus, als hätte er wirklich etwas zu tun. Niemand würde Fragen stellen. Genial!

Sein Handy blökte.

gehe noch dessous kaufen für heute abend. sahne + erdb. schon da!

Es war erstaunlich, was Tine alles mit Obst anstellen konnte. Paul aß es am liebsten von einem Teller – aber sie hatte da ganz andere Vorstellungen.

Ein Mann trat auf den Flur. Er sah aus wie ein Geier. Spitze Nase, Haare streng nach hinten gekämmt und ein Blick, als wolle er Pauls Eingeweide verschlingen.

»Darf ich erfahren, wer Sie sind?«

»Andy, der neue Praktikant, hab heute erst angefangen.«

»Andreas und wie weiter?«

»Äh ...« Verdammt, er musste sich etwas einfallen lassen, schnell, etwas Glaubwürdiges. Aus irgendeinem Grund dachte er an seine Oma. »Gerti. Andreas Gerti.«

Der Geier kam näher, noch näher, in Hackdistanz. »Heute hat aber kein Praktikant bei uns angefangen, und schon gar kein Andreas Gerti.«

»Ist wahrscheinlich vergessen worden auszuhängen. So was geht ja schnell mal unter.«

»Bei *mir* nicht! Ich bin nämlich der Geschäftsführer, Eduard Disselbeck. Und wenn Sie heute hier als Praktikant angefangen hätten, wüssten Sie, dass Handys am Arbeitsplatz nichts verloren haben. Ich stelle also fest, dass Sie hier unbefugt eingetreten sind und mich fürderhin belogen haben.«

Oha, das war jetzt doch irgendwie schiefgelaufen. Paul wurde es mulmig. Wie konnte er sich »fürderhin« da herausreden? Denk, denk, denk! Treffer! »Aber das ist doch hier die Kölner Eselsohr-Filiale?«

»Es gibt insgesamt fünf Filialen im Kölner Stadtgebiet. Zu welcher wollten sie denn?«

Wo gab es noch eine? Er war doch letztens an einer vorbeigekommen.

»In Deutz?«

»Hm.« Der Geier schien nicht zufrieden. »Ich werde bei den Kollegen anrufen – und Sie kommen mit. Falls Ihre Geschichte nicht stimmen sollte, wovon ich ausgehe, werde ich umgehend die Polizei informieren.« Pauls Handy blökte wieder. »Und stellen Sie endlich das verfluchte Ding aus!«

Er würde nur schnell genug rennen müssen. Bis der alte Geier seine Flügel ausgebreitet hatte, wäre er längst über alle Berge. Haha!

Doch dann versperrte ihm jemand den Fluchtweg.

Es war die Buchhändlerin vom Infostand. »Was machen Sie denn hier?«

»Sie kennen diese Person?«, verlangte Disselbeck zu wissen.

»Er hat eben nach Frau Spatzner, Herrn Löschmeyer und Herrn Holz gefragt. Wollte einfach nicht akzeptieren, dass wir keine Auskunft über die neuen Arbeitsstellen geben dürfen.«

Okay, er war aufgeflogen. Also raus mit der Wahrheit.

»Ich bin ein … Ex-Freund von Eli und wollte sie unbedingt wiedersehen. Das ist alles. Ganz harmlos. Sie liegt mir immer noch sehr am Herzen. Sehr sogar.«

Paul war es unangenehm, diesen Fremden seine Gefühle zu offenbaren, doch es fühlte sich irgendwie auch richtig an. Die Worte wollten schon so lange aus ihm heraus.

»Diese Frau beschert mir selbst dann Ärger, wenn sie entlassen ist.« Disselbeck schüttelte den Geier-Kopf. »Ich gebe Ihnen einen guten Rat, junger Mann: Halten Sie sich von dieser Frau fern. Sie bedeutet nur Unglück. In Liebesangelegenheiten genauso wie im Berufsleben. Und jetzt scheren Sie sich aus meiner Buchhandlung! Ich will Sie hier nie wiedersehen.«

Paul hatte nach einem Schlussstrich gesucht. Fettgedruckter konnte er wohl nicht ausfallen.

Birne (neuerdings nebenberuflich Einbrecher) sucht Helene. *Aber nur, um mit ihr zu reden! Gefunden hat er Aphrodite. Ist das Glück? Oder Schicksal? Oder einfach nur der Lauf der Dinge? Ratlos.*
✉ 965938 Chiffredienst, 50590 Köln. ☎-Chiffre 0900/5000958-78591.

NEUNTER GANG

Das schärfste Chili der Welt

Eli war gerade auf dem Weg zum Lastenaufzug und bog um die Ecke, als sie plötzlich auf eine Frau stieß, die den Kopf Richtung Mekka geneigt auf einer pinkfarbenen Yogamatte aus dem Dekolager kniete. Es war Erva aus Indonesien. Bonn, die Stadt, die niemals aufhörte, einen zu überraschen! Erva durfte während des Betens nicht gestört werden. Also musste Eli warten. Doch das fiel ihr verdammt schwer. Sie wollte endlich eine Etage höher fahren in den fensterlosen Raum mit Weihnachts-, Oster- und sonstiger Deko, der in dieser Filiale als »Der Knast« bekannt war. Denn sie hatte bei Schichtbeginn eine Mail von ihrer Schwester aufs Handy bekommen und nur Zeit gehabt, den Anfang anzuschauen, doch der war ihr wie Pfeffersauce durch die Blutbahn geschossen. Sie musste weiterlesen – was in dieser neuen Eselsohr-Filiale gar nicht so einfach war.

Disselbeck mochte ein Despot sein, doch er war ein 68er-Despot. Er leitete ein Terrorregime mit freier Kleiderwahl und Raucherpause. Immerhin. Hier in der Bonner Filiale wurde von flachen Hierarchien gesprochen und einem offenen, teamorientierten Betriebsklima. Es gab viele Besprechungen, die Chefin war jung und dynamisch – aber eigentlich war es viel reglementierter als in Köln. Dass Eli mit einer leicht verwaschenen, dunklen Jeans kam und eine Weste über ihrem T-Shirt trug, war fast schon revolutionär. Turnschuhe hätten ihr allerdings die nächste Versetzung eingebracht. Löschi war dem Selbstmord nahe. Sie hatten ihm sogar sein seidenes Halstuch untersagt.

Jetzt im Moment hielt er Wache vor dem Backoffice und verschaffte ihr Zeit. Zehn Minuten waren vereinbart, um die Mail zu lesen.

Eli stand mucksmäuschenstill hinter Erva und öffnete die Nachricht auf ihrem Handydisplay.

Liebes Schwesterherz,
gestern Nacht konnte ich nicht einschlafen. Das habe ich immer, wenn mich was beschäftigt. Und wenn ich mich nicht drum kümmere, kann ich die ganze Nacht nicht schlafen. Diesmal lag es an Deinen Mails, Eli. Ich hatte das Gefühl, da stimmt was nicht mit Dir …

Erva beendete ihr Morgengebet und sah erstaunt hoch. »Oh, Eli, hab dich gar nicht bemerkt. Musst du durch?«

»Nur kurz, kannst direkt weitermachen.«

»Schon erledigt. Nimmst du die Yogamatte mit in den Knast? Danke dir! Darfst du auch als Ausrede nehmen, wenn sie dich erwischt. Aber oben bloß nicht rauchen, da ist ein Feuermelder.« Sie stand auf und legte die Hand kurz auf Elis Schulter. »Keine Sorge, das lernst du alles ganz schnell.«

Die Türen des Lastenaufzugs brauchten ewig lange, um aufzugehen. Als Eli endlich im Dekolager ankam, hatte sie das Gefühl, die zehn Minuten wären längst vorbei. Wo war denn bloß der Lichtschalter? Drei heruntergefallene und auf dem Boden zerbrochene Christbaumkugeln später wusste Eli es.

Akku muss bald geladen werden. Quatsch, der hielt noch durch, war ja nur eine Mail. Eli ließ sich in ein riesiges Osternest sinken. Es war für Osterhasen von der Größe King Kongs gemacht. Endlich konnte sie weiterlesen.

Ich habe sie immer wieder gelesen und versucht, zwischen den Zeilen eine Antwort auf die Frage zu finden, ob Du wirklich glücklich bist. Du schreibst, wie nett David ist und was für ein toller Mann, wie gut er Dir tut, dass Du den Neuanfang brauchtest. Nur von Liebe schreibst Du nirgendwo. Kein Wort. Vielleicht bin ich übersensibel, was Selbstbetrug angeht. Aber zur Sicherheit frage ich Dich lieber ganz direkt: Bist Du wirklich verliebt? Nicht dass Du Dir etwas vormachst. Ich kenne das.

Eli starrte auf die Buchstaben. Nur langsam drangen sie zu ihrem Bewusstsein durch. Was schrieb Katharina denn da? Warum zweifelte sie an Elis Liebe zu David? Nur weil nicht in jedem Satz das Wort »Liebe« stand, bedeutete dies doch nicht, dass sie nichts für David empfand? Und wieso sagte Katharina, dass sie es kannte, wenn man sich etwas vormachte? Sie, die Supererfolgreiche in Beziehung und Beruf, sie, die Überfliegerin, die niemals die Hilfe ihrer großen Schwester gebraucht hatte? Das klang alles überhaupt nicht wie Katharina. Als Eli den nächsten Satz las, wusste sie, wieso.

Ich komme diesen Herbst zurück, sag Mama bitte noch nichts! Mailand war ein Fehler. Nein, eine Lehre. Ich vermisse Mama und Dich sehr und bin unglaublich froh, eine große Schwester zu haben. Aber ich will, dass sie glücklich ist, wenn ich zurückkehre. Kriegst Du das hin? Sonst reise ich gleich wieder ab, hörst Du? Aber wenn Du David wirklich liebst, dann lass ihn nicht mehr los. Flirte nicht mit anderen Männern und knutsche nicht betrunken mit Davids bestem Freund! Das bringt nur Unglück. Aber Du machst so einen Blödsinn sowieso nicht …

Mach keine Dummheiten, ja? Du warst immer die Klügere von uns beiden. Aber wenn Du mich jemals daran erinnerst, dass ich das mal geschrieben habe, streite ich alles ab. Klar?;-)

Ich freu mich schon auf Dich und drück Dich ganz fest! Katharina (ehemals: »Il magica Tedesca«)

Die Batterieanzeige blinkte kurz auf, dann erlosch das Handy. Eli starrte weiter auf das Display. Sie merkte, dass sie zitterte. Es war, als hätte sich ihre Welt gerade auf den Kopf gestellt. Das konnte doch alles gar nicht sein! Ihr tat Katharina mit einem Mal leid, und das war völlig neu. Ihre Schwester würde sie brauchen. Eli könnte endlich einmal die große Schwester sein. Obwohl sie sich nicht freuen durfte, da Katharina unglücklich klang, tat Eli es – und fühlte sich gleich schlecht deswegen. Der Gefühlscocktail in ihrem Inneren schäumte über und hatte mehr Zutaten als ein Planter's Punch.

Plötzlich stand Löschi in der Aufzugtür. »Liebelein, dein Typ wird verlangt. Und wenn du nicht sofort erscheinst, landest du auch in Schirgiswalde.«

Einige Tage später klingelte Paul an einer Tür Sturm, die mit einer attraktiven, halb nackten Frau beklebt war, deren Gesicht keinen Zweifel daran ließ, dass es sich bei ihr um einen Zombie handelte. Fortgeschrittene Verwesungsstufe. In der Hand hielt Paul einen Sechserpack Kölsch und eine Ausgabe des *Playboys*, zudem eine Tupper-Schüssel mit selbst gemachter, extrafeuriger Grillsoße. Wichtigste Zutat: Red-Savina-Habanero-Chili, der schärfste Pfeffer der Welt. Er hatte einen Scoville-Wert von 570 000, roter Tabasco kam nur auf läppische 30 000. Schließlich wurde Andy heute dreißig, da durfte der Jubilar schon ein paar Tränen vergießen. Fish-Mac hatte versprochen, *Zurück in die Zukunft I–III* mitzubringen. Das Leben konnte so schön sein! Vor allem, weil Tine mit ein paar Freundinnen zu einem Factoryoutlet nahe der belgischen Grenze gedüst war und danach in irgendeiner Disco abtanzen wollte. Pauls Lieblingskioskbesitzer Ömer öffnete die Tür. *Ömer?* Seit wann waren die beiden befreundet?

»Ah, Paul, da bist du ja! Wie war das *Marie-Claire*-Extra ›Kochen wie Claudia Schiffer‹?«

»Hab ich mich in der Tür geirrt?«

»Komm rein, dein Bier wird schon schal.«

»Woher kennst du denn Andy?«

»Lange Geschichte.«

»Immer nur raus damit.«

»Später, Paul.«

Als er ins Wohnzimmer trat, war das Gejohle groß. Außer Andy waren Fish-Mac, Tronje (hieß eigentlich Hagen), Felix (hieß eigentlich Stephan), China (Joachim) und Stephan (hieß eigentlich Felix) da. Sie saßen um den Wohnzimmertisch, auf dem ein schokoladiger Fertigkuchen mit drei Kerzen stand. Paul vermutete, dass sie schon einen ordentlichen Vorsprung beim Alkoholpegel hatten. Gott sei Dank waren David und Eli nicht da, sonst hätte er einen Magenkrampf vortäuschen müssen. Mit Schwung ließ er sich auf das Sofa fallen und prostete dem Geburtstagskind zu. Die kleinen Veränderungen an Andy fielen Paul erst beim zweiten Blick auf. Seine Haare wirkten … sauber, sein Gesicht war frei von Bartstoppeln, seine Augenbrauen waren weniger buschig. Die Klamotten waren zwar immer noch ausgewaschen und mit Löchern – doch es sah aus, als wären sie an genau den richtigen Stellen und mit voller Absicht angebracht. Er sah gleichermaßen unordentlich wie stylish aus. Und wenn Paul sich nicht völlig täuschte, hatte Andy auch abgenommen.

Kurz gesagt: Andy war generalüberholt worden. Mit ASU und geleertem Aschenbecher. Die TÜV-Plakette wäre ihm sicher.

Doch nicht nur das veränderte Äußere irritierte Paul an seinem Freund. Den ganzen Abend über blickte der Neu-Ü-30er nervös auf die Uhr, trank selbst keinen Schluck und wirkte unglaublich angespannt. Als Paul ihn darauf ansprach, winkte er nur ab.

»Es ist nichts, wirklich, du wirst es gleich erfahren.« Dann nahm er Paul lange in den Arm. »Wir sind doch Freunde, oder? Für immer?«

»Klar! Aber warum sagst du das?« Paul blickte ihm ernst in die Augen. »Bist du etwa … todkrank?«

Andy lachte kurz auf. »Nein, ganz im Gegenteil.« Wieder ein prüfender Blick auf seine Armbanduhr. »Jetzt ist es so weit.« Er drehte einen leeren Bierkasten um und stellte sich darauf. Es dauerte trotzdem etwas, bis alle ruhig wurden. »Okay, Jungs, schön dass ihr alle da seid. Jetzt bin ich tatsächlich dreißig – und habe immer noch kein graues Haar am Sack.«

»Zeigen!«, rief Felix. Gelächter. Alle hoben die Gläser. Nur Paul nicht. Irgendetwas lag in der Luft. Andy hatte diesen Witz ohne ein schmieriges Grinsen gemacht, das war überhaupt nicht normal.

Wäre Paul ein Arzt, hätte er Andy jetzt zur Kur nach Bad Salzuflen geschickt.

Jetzt sprach das Geburtstagskind weiter: »Paul und ich hatten uns geschworen zu heiraten, wenn wir an unserem Dreißigsten noch solo sind. Also, Paul, mein Lieber, ich bin jetzt dreißig, darf ich dich bitten ...« Er machte eine Pause, alle spitzten die Ohren, als wären sie Vulkanier, »... sitzen zu bleiben. Denn du bist nicht fällig.«

»Was? Du hast 'ne *Freundin*?«

Wer wohl die Glückliche war? Hoffentlich würde sie Paul mögen, dann könnten sie mal gemeinsam was unternehmen. Es war bestimmt eine ganz nette und tolerante – sonst hätte sie sich niemals die Zeit genommen, Andys harte Schale zu knacken, um zum karamellsüßen Kern zu gelangen.

»Ja und nein«, antwortete der frisch Vergebene. »Ich hab die Liebe meines Lebens gefunden. Das heißt, eigentlich hat die Liebe meines Lebens mich gefunden, denn ich war ja zu blöd dazu. Deswegen habt ihr mich alle – mit Ausnahme von Ömer natürlich – in letzter Zeit so wenig zu Gesicht bekommen. Ich hatte einfach Besseres zu tun.«

Hämisches Lachen. Fish-Mac ließ sich zu einer eindeutigen Geste hinreißen. »Du hast ja auch einiges nachzuholen!«

»Wenn ihr wüsstet!«

Paul wollte sie endlich sehen – ob sie eine Rockerbraut war? Oder ein Mauerblümchen, das sich einen starken Mann gesucht hat? Paul hatte nie darüber nachgedacht, welche Frau zu Andy passen würde. Es gab auch gar keinen Anlass dazu, denn Andy hatte nie eine Freundin gehabt. Klar, er schwärmte von Hollywood-Schönheiten, die der liebe Gott – und der Schönheitschirurg – reichhaltig ausgestattet hatten. Aber das zählte ja nicht. Paul hätte die Zeit liebend gern auf schnellen Vorlauf gestellt. Gleich würde Andy sicher ein Bild der Auserwählten rumgehen lassen.

»Jeden Augenblick müsste mein Liebesglück da sein. Benehmt euch bitte. Keine dummen Sprüche oder so.«

»Warum, ist sie so hässlich?« China zog eine Fratze.

»Ganz im Gegenteil.«

Ein Schlüssel war zu hören, der im Schloss gedreht wurde.

»Wow, sie hat sogar schon einen Schlüssel.« Fish-Mac war ehrlich beeindruckt.

»Zu meiner Wohnung und zu meinem Herzen.«

Tronje hob anerkennend den Daumen. »Du bist ja ein richtiger Poet geworden. Oder kiffst du wieder?«

Zu einer Antwort kam es nicht mehr, denn plötzlich stand jemand im Wohnzimmer.

»Hallo, ich bin der Löschi.«

Keine Reaktion. Wann tauchte denn jetzt Andys Freundin auf? Und wo kam dieser Typ her? Der war Paul vorher gar nicht aufgefallen. Dann machte es Klick. *Löschi?* Elis Löschi!

Noch bevor alle Puzzleteile an ihrem Platz waren, küssten Andy und Löschi sich. Keiner der Partygäste bewegte sich, so als wären sie in Aspik eingelegt worden. Fish-Mac sah jetzt aus, als hätte ihm jemand das Hirn aus der Nase gezogen. China zapfte gerade ein Bier. Er drehte den Hahn nicht zu. Es kam immer mehr heraus und lief schließlich über den Rand seiner Kölschstange. Paul war der Erste, der sich wieder regte. Er klatschte und johlte. Dann stand er auf und umarmte die beiden.

»Ich freu mich für euch.« Er wandte sich zu Löschi. »Behandel ihn gut, ja? Ich hab ihn extra für dich gut in Schuss gehalten!«

»Und dafür bin ich dir noch was schuldig. Aber du hättest ruhig dafür sorgen können, dass er ein bisschen ordentlicher ist.«

»Ich wollte dir noch Möglichkeiten zur eigenen Gestaltung lassen.«

Jetzt kamen auch die anderen zum Anstoßen. Nur China erwachte nicht aus seiner Schockstarre – bis Ömer sich um ihn kümmerte. Der, wie sich später herausstellte, zu Löschis Freundeskreis gehörte. Köln war halt ein großes Dorf. Ein großes, rosa Dorf.

Es war viele Stunden, einige Whiskeys und etliche verliebte Blicke zwischen Andy und Löschi später, als Paul endlich Gelegenheit hatte, ganz in Ruhe mit seinem alten Kumpel zu sprechen. Es war wie immer und doch ganz anders. Als hätte Andy sich von einer Raupe in einen Schmetterling verwandelt. Mit Rocker-Kluft.

»Warum hast du mir nichts davon erzählt? Wir sind doch die besten Freunde! In dem südafrikanischen Restaurant, da wolltest du dich mit ihm treffen, oder?«

»Und dann hab ich ihn lieber draußen abgefangen. Ich hatte halt Schiss davor, wie du reagieren würdest. Jetzt bin ich echt froh, dass du so cool damit umgehst.« Er riss eine neue Tüte Chips auf. »Mhm, Kräuter der Provence.«

»Jetzt glaub ich wirklich, dass du schwul bist.«

Andy lachte. »Klingt immer noch komisch, schwul zu sein. Aber irgendwie hab ich es immer gespürt. Ohne Löschi hätte ich es trotzdem nie begriffen.« Er nahm Paul in den Arm. »Ich fand ihn vom ersten Moment an heiß. Er hat mich mit Büchern versorgt und mich zu seinem Projekt gemacht. Wir sind in Museen gegangen, hörst du? In *Museen*! Und zu Konzerten von so schwulen Künstlern, Rufus Wainwright, Pet Shop Boys, Marianne Rosenberg – die fand ich alle total scheiße. Aber als ich Löschi gesehen hab, wie er dazu abgegangen ist, so wunderschön sah er dabei aus, da hab ich alle Schutzschirme fallen lassen und hab einfach Spaß gehabt. Kannst du fassen, dass wir ein Paar sind? Ich hätte niemals gedacht, mit jemandem wie Löschi zusammenzukommen.«

»Na ja, R2-D2 und Freddy sind mittlerweile auch gute Freunde geworden. Vielleicht sogar mehr.«

»Wenn die große Liebe kommt, muss man einfach über den eigenen Schatten springen, weißt du? Egal, ob du Mensch oder Geierschildkröte bist. Und mein Schatten war monumental.«

Paul wollte auch über seinen Schatten springen. Und zwar jetzt sofort. Doch er hatte weder Handynummer noch Mailadresse von Eli, im Internet war sie eh nicht auffindbar, und David würde er ums Verrecken nicht nach ihrer Adresse fragen.

Andy schien zu wissen, was in Pauls Kopf vor sich ging. »Sie weiß, dass du nach ihr gesucht hast. Von deiner Aktion in der Buchhandlung. Löschi hat es mir erzählt.«

»Und?«

»Sie will nichts mehr von dir wissen, weil sie jetzt mit David so glücklich ist. Es tut mir leid, Paul, aber sie wollen heiraten. Schon in zwei Monaten.«

Der Alkohol in Pauls Kopf federte den Aufprall der Nachricht ein wenig ab, die ansonsten wie ein Meteorit alle höheren Denkfunktionen ausgelöscht hätte. Pauls Hirn weigerte sich, diese Information zu verarbeiten. Er legte den Arm um Andy. »Ich will nur noch *einmal* mit ihr reden. Mehr nicht. Dein Löschi wird mir sicher die Adresse geben.«

»Nein, er hat Eli hoch und heilig versprechen müssen, ihre Adresse nicht rauszurücken.«

»Auch nicht für dich?«

»Ich will ihn da nicht drängen, Eli ist seine beste Freundin. Wenn ich dir so etwas versprochen hätte, würde ich es auch nicht brechen.« Er wuschelte Paul über den Kopf.

»Klar, du hast recht. Tja, dann muss ich jetzt weg.«

»Was? Wieso? Lass uns doch noch was feiern. Bist du jetzt etwa sauer?«

»Nein. Aber wild entschlossen«, entgegnete Paul.

Denn er wusste, wie er an die Adresse kommen würde. Und im Einbrechen hatte er nun schon Erfahrung.

Der Einbruch in der Buchhandlung Eselsohr war viel einfacher gewesen als gedacht. Ein Kinderspiel eigentlich. Wirklich. Und jetzt

wusste er, wie es ging. Einfach dreist sein.

Dann war es gar kein Problem. Gut, eigentlich war es gar kein echter Einbruch gewesen, nur ein unbefugtes Betreten, aber mit solchen Spitzfindigkeiten wollte er sich nicht aufhalten. Unterm Strich kam es schließlich aufs Gleiche raus. Er verschaffte sich unerlaubt Zugang. Und zwar gekonnt!

Paul merkte nicht, dass der Alkohol da zu ihm sprach. Er hieß Jack Daniel's und war ein echt redseliger Bursche. Sein ebenfalls anwesender Freund Jim Beam war auch nicht besser. Sie feuerten ihn regelecht an. Geh rein, Paul! Du kannst es! Yo, Baby, yo, Baby, yo! Und nimm uns mit, du wirst uns brauchen. Eine Pulle in jeder Hand!

Sie hatten ihn schon bis zur KFZ-Zulassungsstelle gebrüllt. Erstaunlich, wie gut die beiden den Weg kannten, obwohl er ihn auf Chinas klapprigem Fahrrad zurücklegen musste. Sie hatten ihm sogar gesagt, welche roten Ampeln er getrost überfahren konnte. Nur die Straßenlaternen warfen Licht auf das düstere Gebäude, drinnen war das Blinken der Alarmanlage zu erkennen.

»Pah, Alarmanlage!«, sagten Jim und Jack. »Davon lässt du dich doch nicht aufhalten. Du doch nicht. Nicht Paul Birnbaum, Bändiger der gefährlichsten Schildkröte der Welt. Da stehst du so was von drüber!«

Genau, dachte Paul. Hintereingang. Er hatte noch einen alten Schlüssel am Bund, den er eigentlich längst abgegeben haben sollte. Aber das Hauptamt hatte es irgendwie vergessen. Wo war denn jetzt das Schloss? Wenn er gleich drin war, musste er nur an seinen Computer und Elis Adresse rausfischen. Er konnte nicht mehr bis zum Dienstantritt am Montag warten – er hatte schon viel zu lange gewartet. Jetzt war die Zeit zu handeln.

»Mach es, Paule!«, brüllten Jim und Jack. »Aber kipp dir vorher noch mal ordentlich nach, sonst hauen wir nämlich ab!«

Klar, Jungs, wird gemacht.

Eli würde Dave nicht heiraten! Niemals. Sie musste doch wissen, dass er tief in seinem Herzen eine Pfeife war. Eine nette Pfeife, aber eine Pfeife. Doch war Dave das überhaupt noch? Der Weltreisende in Sachen Kulinarik, der Fernsehstar? Vielleicht hatte er seine Zeit als Pfeife hinter sich gelassen. Dann konnte Paul sich diesen Einbruch auch sparen. Vielleicht war er tatsächlich der Mann, der Elis Liebe verdient hatte. Und nicht Paul.

»Quatsch, der ist immer noch 'ne Pfeife. Der Pfeifenkönig von Luschenland! Brech ein! Komm, ganz ruhig mit der Hand, da ist das Schloss, rein mit dem Schlüssel, sei ein Mann!«

Zack, drin war er. Für Eli! Sie wollte ihn also nicht sehen? Das war bestimmt eine Lüge! »Jawoll, eine dreiste Lüge!«, stimmten ihm Jack und Jim zu.

Ach, dieser eine verdammte Abend! Wie oft hatte Paul das neuseeländische Lamm verflucht, das er für sie gekocht hatte, und den teuren Bräter hatte er längst weggeschmissen. Er würde es ihr erzählen, jetzt gleich, würde sie anrufen, egal, wie spät es war. Denn wenn man eine Frau so sehr liebte, musste man es ihr sagen, und zwar so, dass sie spürte, wie ernst man es meinte. Selbst wenn einem danach das Herz aus der Brust gerissen wurde, es musste einfach raus, sonst würde man zerplatzen.

Pauls Finger tasteten nach dem Lichtschalter. Jack und Jim rieten ihm lautstark dazu, ihn umzulegen, es sei nämlich viel zu dunkel hier drin. Doch die letzten Quadratzentimeter seines Hirns, die noch nicht alkoholdurchtränkt waren, hinderten ihn gerade noch rechtzeitig daran. Die Deckenbeleuchtung war auch überhaupt nicht nötig, es drang genug Licht von den Straßenlaternen durch die bodentiefe Fensterfront herein. Paul torkelte zu seinem Arbeitsplatz. Es war total komisch, jetzt hier zu sein, die Schreibtische so leer, kein Kaffeeduft, keine telefonierenden Kollegen. Alles war so friedlich. Und er konnte machen, was er wollte.

»Tanz auf dem Tisch!«, rief Jack. »Mach dich nackig!«, forderte Jim.

Hm, was sollte er tun? Schwere Wahl. Paul entschied sich schließlich für die erste Variante – öffnete dabei aber seinen obersten Hemdknopf. Was zu Dienstzeiten streng verboten war. Selbst wenn das Kölner Wetter mal wieder einen neuen Hitzerekord aufstellte.

Doch es machte nicht halb so viel Spaß wie gedacht. Obwohl er es auf Günthers Tisch tat. Und Jack und Jim ihm dabei zujubelten.

Paul sprang vom Tisch und fuhr seinen Rechner hoch. Jetzt würde er sich im zentralen Adressystem umsehen, es waren nur wenige Eingaben für die Suche notwendig.

Wenn man die richtigen Tasten drückte. Aber Jack und Jim schunkelten so sehr mit Paul, dass er sich ein ums andere Mal vertippte. Zuerst bei seinem neuen Passwort. Wie schrieb man noch mal »Vegetarier«? War da nicht irgendwo ein H drin? Paul goss sich noch einen Schluck Whiskey hinter die Binde. Half beim Denken – sagten seine neuen Kumpels zumindest. Würde schon stimmen.

Jetzt sangen die beiden sogar: »Wir lagen vor Madagaskar und hatten die Pest an Booooord!«

Die waren echt prima, die zwei.

Doch dann meldete sich eine weitere Stimme, die der Vernunft. Es war das Glas Apfelschorle, welches Paul zwischendurch getrunken hatte. Was willst du Eli denn überhaupt sagen? Dass du wegen ihr hier eingestiegen bist? Sie wird dich für verrückt halten! Dass du sie besuchen willst, obwohl du weißt, dass sie dich nicht sehen will? Sie wird dich für penetrant halten!

Da hatte sie recht, die Apfelschorle. Ein wirklich kluges Getränk.

Was sollte er Eli sagen? Also wortwörtlich. Zur Begrüßung zum Beispiel. »Hallo, ich bin's noch mal. Der Paul. Das war alles ein Riesenmissverständnis mit dem Lamm. Und, also, äh, ich liebe dich.«

Jack und Jim lachten sich einen.

Hm, so ging das nicht. Da musste Struktur rein. Nach einigen Versuchen schaffte Paul es, das Textverarbeitungsprogramm zu öffnen. Er würde sich jetzt jedes Wort zurechtlegen und auswendig lernen. Es durfte nichts schiefgehen.

»Trink noch einen!«, riefen die Whiskey-Brothers. »Stärkt die kleinen grauen Zellen!«

Paul nahm einen großen Schluck und tippte die ersten beiden Wörter.

Grüß Gott!

Nein, das war Schwachsinn. Er kam nicht aus Bayern, und der Gläubigste war er auch nicht. Außerdem klang es viel zu förmlich. Er musste Whiskey nachschütten, um besser zu denken.

Geliebite Eli!

Nee, auch nicht, klang wie in der Oper.

Bitte, macv die Tür nich direkt wiederzu. Gibt mir nur dreoi

Minuten. Mehr nicht. Dann bin ich wieder wge, versprohen. Du musst mich auch kar nicht reinlasen. Ich hab auch kein kLamm dabei.

Besser! Aber den letzten Satz sollte er streichen.

Oder – ihm kam eine geniale Idee – ein Lamm mitbringen! Ein lebendiges. Und ihr schenken.

»Suuuuper Idee!«, meinte Jack.

»Aber mit rotem Schleifchen im Fell«, grunzte Jim.

»Blödsinn«, meldete sich die Apfelschorle. Doch ihre Stimme war dünn geworden.

Nachdem Paul einen weiteren Schluck Whiskey gekippt hatte, war sie gar nicht mehr zu hören – und Paul sich sicher, dass er am besten mit der ganzen Schafherde zu Eli käme. Das würde Eindruck machen!

Er schrieb langsam weiter, doch es wurde unheimlich schwer, die Tasten zu drücken, so als beständen sie aus Granit und gäben keinen Millimeter nach. Auch Pauls Kopf verwandelte sich langsam zu Stein und sank Richtung Schreibtisch. Irgendwann schlief er ein und träumte von Eli. Sie hörte ihm zu, die ganze Nacht. Und alles wurde geklärt, alles wurde wieder richtig zwischen ihnen.

Als Paul jedoch geweckt wurde, war nichts mehr richtig.

Die Kollegen und Kolleginnen standen um ihn herum. Inklusive Chefin. Sein Kopf dröhnte so laut, als starte gerade ein Jumbojet im Kleinhirn. Das Adressprogramm, zu dem er eigentlich keinen Zugang haben durfte, war noch geöffnet. Doch Elis Adresse zeigte es immer noch nicht an. Kein Wunder, bei den zwölf Tippfehlern, die er in den Namen eingebaut hatte.

Es war das Ende seiner Karriere als Einbrecher.

Und das Ende seiner Zeit bei der KFZ-Zulassungsstelle.

David rannte johlend in die neue Wohnung, drehte sich wie ein tanzender Derwisch, die Arme hoch erhoben, und ließ sich dann rücklings aufs Kirschholzparkett fallen. Dieses Penthouse war ein Traum – der nur noch darauf wartete, eingerichtet zu werden. Die Zimmer waren riesig, die Front zum Rhein bestand nur aus Fenstern, das Badezimmer war das reinste Wellness-Paradies. Es war kein Exemplar für die *Schöner Wohnen*, sondern für die »Noch Schöner Wohnen«. Für Eli fühlte es sich zwar nicht wie zu Hause an, das würde auch dauern, schließlich war es eine ganze Nummer größer als ihr altes, doch sie würde hineinwachsen. Ganz sicher.

»Das feiern wir jetzt!«, rief David. »Ich koche uns was, mit Trüffeln und Safran, richtig dekadent!«

»Und es geht schon in zwei Wochen los?«

»Ja, live im WDR. Mit Studiogästen und Publikum. So was wollte ich schon immer machen – welcher Koch nicht? Und du kommst natürlich mit!«

Eli stellte die Kiste mit den Einkäufen aus dem Feinkostladen in der Küche ab. David hatte sie in seinem Überschwang im Wagen vergessen. »Nee, lass mal. Das ist nichts für mich. Da bin ich dir nur im Weg, ich guck von zu Hause zu. So wie alle anderen auch. Was musst du denn kochen?«

»Lamm.«

Elis Miene verfinsterte sich, als hätte jemand ein Gitter heruntergelassen. »Oh.«

»Aber … das, das lehne ich natürlich ab. Ich koche was Vegetarisches – und den anderen Köchen nehme ich das Fleisch weg!«

Eli streckte ihm die Zunge raus.

»Und weißt du, was wir beiden jetzt gleich nach dem Essen machen? Babys!«, rief David. »Und zwar drei. Zwei Mädchen, einen Jungen. Catharina, Charlotte und Christopher Robin.«

Eli schmiss ein Ciabatta nach ihm. »Boah, du Schuft! Die Namen weißt du von Löschi, dieser Tratschtante.«

»Was? *Nein!* Löschi? Wer ist das?«

Eli kam aus der Küche herbeigerannt und warf sich auf ihn. »Bevor ich mit dir über Nachwuchs rede, will ich alles von dir wissen! Egal, was. Jedes Detail aus deinem Leben. Mit Daten.«

»Okay, einverstanden! Aber dafür hörst du auf mich zu erdrücken. Und Auskunft gebe ich grundsätzlich nur beim Kochen. Da kann ich am besten denken. Außerdem sterbe ich vor Hunger.«

Eli brachte David am Herd dazu, seinen ganzen tabellarischen Lebenslauf zum Besten zu geben. Sie hakte genau nach, doch ihre Zahl tauchte nicht auf. Schließlich griff sie sich den Kassenzettel und studierte ihn am Küchentresen.

»Warum schaust du dir die Rechnung so genau an?«, fragte David. »Haben die sich etwa vertan?« Er setzte sich neben sie an den Küchentresen. »Du schaust dir häufig Zahlen an. Ist das irgendein Tick von dir? Das sollte ich wissen, bevor wir heiraten.« Er grinste.

Eli blickte ihn an, schaute tief in Davids braune Augen. Und auf einmal wusste sie, dass sie ihm vertraute. Wie einem Bruder. Sie musste, sie wollte nichts vor ihm geheim halten. Er sollte wissen, wie sie war, wer sie war. Alles. Damit er später keine böse Überraschung erlebte – und sie ebenfalls. Ungeschminkt, schlecht gelaunt, Oberlippenenthaarung, jeglicher Glamour weg, Eli hatte ihm in den letzten Wochen alles zugemutet. Die volle Packung. Schluss mit Märchenprinzessin, Frau total, Frau normal. Er hatte alles ertragen.

Sogar Fußnägelschneiden vor dem Fernseher.

Fehlte nur noch ihre Suche nach der Glückszahl. Vielleicht würde er das für Spinnerei halten.

Dann wäre es eben so.

»Glaubst du an … Schicksal?«, fragte sie zaghaft.

»So wie bei uns?«

»Nein, eben nicht. Aber das macht auch nichts.« Sie blinzelte leicht, die Sonne schien ihr direkt in die Augen.

»Muss ich das jetzt verstehen?« Er ging zum Panoramafenster und stellte die Lamellen leicht schief, damit die Sonne Eli nicht blendete, und setzte sich wieder ihr gegenüber. Doch sie stand auf, denn Eli wollte David nicht ins Gesicht blicken, wenn sie ihm nun ihr wahres, verrücktes Innerstes zeigte.

»Ich habe eine Glückszahl.« Endlich war es raus.

»Hat doch jeder.«

»Nein, nicht so was wie vier oder neun oder von mir aus elf. Meine ist 270313.« Eli sagte es nicht einfach, sie sprach die Zahl aus, als sei jede einzelne Ziffer wie ein Diamant, hätte unglaubliches Gewicht und unfassbaren Wert.

David wurde still, und Eli erzählte weiter, den Blick auf den ruhig fließenden Rhein gerichtet.

»Als Baby hatte ich einen schweren Herzklappenfehler und musste operiert werden. Meine Chancen standen nicht einmal fifty-fifty. Am 27. 3. um Punkt 13 Uhr war die OP beendet. Da wurde ich … noch mal geboren. Da fing mein Leben eigentlich erst richtig an. Wobei meine Eltern noch jahrelang Angst hatten, dass mein Herz nicht stark genug sei. Davon habe ich natürlich nichts gewusst, ich war ja noch viel zu klein. Und meine Eltern wollten es mir auch nicht erzählen, so als wäre es ein schlechtes Omen. Erst Jahre später kam es heraus. Das war nach meinem Unfall, als ich aus dem Fenster gefallen bin. Vierter Stock, und es ist nichts passiert. Gar nichts. Keine Rippe gebrochen, kein Fuß gestaucht. Nur ein verwüstetes Kräuterbeet. Und es war der 27., um 3:13 Uhr. Und zwar ganz genau. Ich bin nämlich auf meine Armbanduhr gefallen, und die ist dabei stehengeblieben.« Eli ging zu ihrer Handtasche, zog die Uhr heraus und drückte sie David in die Hand. »Da haben meine Eltern mir alles erzählt. Das klingt total unglaublich, ich weiß, es kann natürlich alles auch nur ein Zufall sein, aber seitdem begleiten mich die Zahlen, und alles, was gut war, alles, hörst du, hing irgendwie mit ihnen zusammen. Mal waren sämtliche Zahlen da, mal tauchten nur ein paar auf, aber irgendwo hab ich sie immer gefunden.«

David ließ sie keine Luft holen. »Und bei mir?«

Eli drehte sich zu ihm. »Es ist alles nur Blödsinn. Ich muss jetzt endlich erwachsen werden. Das ist ja wie bei einer Zwangsneurotikerin.«

»Also nicht«, sagte David.

»Jetzt hältst du mich für eine Spinnerin, was? Ich würde das verstehen. Als ich es meiner Schwester erzählt habe, lachte sie mich einfach aus.«

»Ich bin sehr froh, dass du dich mir anvertraut hast.« David gab ihr einen Kuss auf die Nasenspitze. »Ich kontrolliere zum Beispiel immer genau drei Mal, ob ich abgeschlossen habe. Jedes Mal. Ich kann nicht anders. Jeder hat seine Macken. Aber du hast recht, man darf sich davon nicht beherrschen lassen.«

»Genau!«

David war perfekt. Er war nicht die große Liebe, aber die gab es eh nicht. Früher wurden Ehen auch arrangiert – und hielten ein Leben lang. Manchmal gab es Liebe auf den ersten Blick, ein andermal glich sie einem Baum, der langsam wuchs und irgendwann Früchte trug. Und da man so lang auf diese warten musste, schmeckten sie umso köstlicher.

»Dann kann ich dir ja jetzt auch mein Geheimnis verraten.« David fuhr sich über das Kinn. »Ist aber etwas pikant.«

»Ach so? Immer raus damit. So was muss ich vor der Hochzeit wissen.«

David ging schnellen Schrittes ins Schlafzimmer, zog einen großen, flachen Karton aus dem provisorischen Schrank und packte den Inhalt stolz aus. »Ein Spiegel. Der soll über's Bett. Den Traum hatte ich schon als kleiner Junge.«

Eli umarmte David von hinten und drückte sich ganz fest an ihn. »Ich werde euch kleine Jungs nie verstehen.«

Die Insel Samos bestand im Grunde aus einer einzigen Gebirgskette, weswegen überall Platzmangel herrschte. Sogar die Landebahn des Flughafens hatten sie zu kurz gebaut. Auch die Strände waren auf ihre Art gebirgig, sie bestanden nämlich meist aus Kieseln – winzigen Babybergen also. Selbst die Sehenswürdigkeiten bestanden aus Steinen: alles Ruinen. Aber davon hatte Paul eh keine zu Gesicht bekommen. Tine wollte nur Strand (sonnen, schwimmen, tauchen, surfen), Sauna, Massage, Essen und tanzen, tanzen, tanzen. Sie war wie ein Duracell-Häschen mit durchgeschmorter Verdrahtung. Es gab nie eine Pause.

Doch was Paul am meisten störte: Sie hatte Vollpension gebucht. Tine wollte nicht, dass er für sie kochte. Er kam sich vor wie Michael Schumacher, der im Auto auf den Kindersitz musste. Die Liebe mit Tine war wie ein Teig, der nicht aufging. Früher hatte Paul sie aus der Ferne angeschmachtet. Wie einen Planeten am anderen Ende der Galaxie. Doch jetzt, wo er gelandet war, musste Paul feststellen, dass auf dem Planeten Tine die Flussbetten längst ausgetrocknet, die Tierwelt verendet und kein einziges ordentliches Restaurant vorhanden war. Aber vielleicht kam das noch. Manchmal musste man nur lange genug suchen. Er war kein Entdecker, der einfach so aufgab. Und alle sagten schließlich, was für ein Glück er mit Tine hatte. So eine tolle Frau an seiner Seite, das hätten sie ihm gar nicht zugetraut.

Jetzt war es 0:43 Uhr Ortszeit, er saß auf einem elektrischen Bullen namens »The Killer« und die Frau an seiner Seite stand grölend hinter dem aufgeblasenen Plastik-Westerngatter. Die Discomenge johlte, und Pauls Hirn wurde durchgeschüttelt, als hielte es ein irrer Cocktailmixer in der Hand. Konnten sie zur Belustigung nicht was anderes anbieten? Ponyreiten zum Beispiel? Häschenstreicheln? Meine Güte, bockte das Biest! Hörte das auch mal wieder auf? Er würde nicht loslassen, würde sich vor diesen komasaufenden Partyhopsern keine Blöße geben. Diesen Sattel würde er festhalten, und wenn es ihm die Hand zerfetzte.

Argh, wieder einer dieser üblen Schläge in den Unterleib.

Das konnte nicht gut für die Familienjuwelen sein. Er meinte sogar, sie schon klirren zu hören.

Immer wieder hopste an ihm Tines Gesicht vorbei. Sie hatte so viel Energie und war wirklich eine nette, eine tolle Frau. Selbst die Entlassung verzieh sie ihm. Sie fand seine kriminelle Ader sogar irgendwie sexy. So als wären sie jetzt *Bonnie & Clyde*. Er hatte ihr die Notlüge aufgetischt, dass er eine Racheaktion am Computer der Chefin durchführen wollte, weil diese Tine am Tag so niedergemacht hatte.

Paul jobbte seit dem Rauswurf in einem Ehrenfelder Restaurant als Küchensklave.

Zumindest, wenn er nicht auf Samos elektrische Bullen ritt.

Die Arbeit war hart. Schnibbeln, schälen, angebrüllt werden, putzen, aufräumen, angebrüllt werden. Doch wenn er am Ende sah, was aus seiner Arbeit wurde, ging er spätnachts glücklich nach Hause. Am Abend vor Samos hatten sie ihn sogar an die Vorspeisen-Station gelassen. Eine große Ehre.

So, gleich würde das Ding langsamer werden. Dann hätte er es geschafft. Gott sei Dank.

Er lächelte Tine zu.

Oh nein! Das Monster wurde schneller, der Bulle rannte um sein Leben. Paul klammerte sich fest. Wenn er jetzt losließ, würde ihn die Wucht vermutlich durch die Mauer, übers Meer, Athen passierend, Rom grüßend, direkt bis nach Köln schleudern.

Eigentlich eine schöne Aussicht.

»Mach ihn fertig!«, brüllte Tine ihm zu, und Paul konnte trotz des unfassbaren Rüttelns ausmachen, wie sie ihr leeres Cocktailglas in Augenschein nahm. Kopfschüttelnd ging sie zur Bar, ohne ihn weiter zu beachten. Er vollführte diesen Rodeo-Ritt nur für Tine, aber sie ließ ihn im Stich. Ihm war plötzlich sehr mulmig zumute.

Jetzt machte das Vieh auch noch Bocksprünge! Durften Bullen das überhaupt? Paul hörte einen Gongschlag, der Rekord war gebrochen, und als der Bulle in den nächsten Gang schaltete, gegen den das 1857er Erdbeben von Los Angeles ein nettes Schaukeln war, stieß er sich ab und landete weich im aufgeblasenen Plastik.

Tine hatte sich an der Theke auf einen Barhocker gesetzt und nuckelte gerade lasziv an ihrem Sex on the beach. Obwohl sich alles um ihn drehte, schaffte es Paul, heil bei ihr anzukommen.

»Und?«, fragte sie. »Hast du gewonnen?«

Paul blickte auf die Anzeigetafel. Hatte er anscheinend. »Mhm.«

Tine schmiegte sich an ihn. »Das ist mein Mann, der Bullenreiter! Und er kann noch viel mehr! Zeig dem Barkeeper mal, wie gut du Cocktails mixen kannst. Bittööö! Mein Mann ist nämlich Koch, arbeitet in einem Sternerestaurant.«

»Also eigentlich …«

Sie zwickte ihm in den Po. »Sei nicht so bescheiden.« Tine blickte sich um und rief: »Schaut doch mal gerade alle her!«

Der Barkeeper drückte ihm jetzt den Cocktailshaker in die Hand. Was soll's, dachte Paul. Mir ist zwar gerade extrem schwindlig, doch Tine will angeben. Soll sie haben. Aber danach würde er ins Hotelzimmer verschwinden und sich zivilisiert übergeben.

Paul mixte einen Zombie – denn schließlich fühlte er sich gerade wie einer. Mit sechs Sorten Rum. Im *Don the Beachcomber*, wo der Drink erfunden worden war, erhielten Gäste nie mehr als zwei hintereinander von dem Mördertrunk. Es war einer von gerade einmal fünf Cocktails, die Paul dank eines VHS-Kurses beherrschte (»Schütteln für Fortgeschrittene« – Fish-Mac hatte es zuerst für ein Seminar zur richtigen Toilettenbenutzung gehalten).

Tine ließ ihn etliche Gläser füllen, die sie dann an die umstehenden Damen verteilte. Plötzlich entstand einer dieser kurzen Momente der Stille, die in Discos so selten vorkamen. Das gerade aufgelegte Lied hatte einen Break, und Paul hörte dadurch, was die Frau mit dem tiefen Dekolleté zu Tine sagte. Die Worte waren für ihn wie eine eiskalte Dusche. Die Frau sagte nicht etwa: »Ihr passt richtig gut zusammen«, sondern: »Dein Mann passt richtig gut zu dir.«

Und da wurde es ihm klar.

Er war ein Accessoire. Tine hatte ihren Schmuck, ihre Tasche, ihre Sonnenbrille – und ihren Mann. Jetzt erst fiel Paul auf, dass farblich alles aufeinander abgestimmt war. Inklusive ihm. Zuerst war er ihr Koch-Accessoire gewesen, dann ihr Verbrecher-Accessoire und immer ihr Freund- und Sex-Accessoire. Wie praktisch. Er war unglaublich praktisch. Das Schweizer Taschenmesser unter den Lebenspartnern.

»Machst du uns noch einen? Was ganz Leichtes.« Sie gab ihm einen Schmatzer und fuhr durch seine Haare. Aber nicht aus Zärtlichkeit, sondern um ihr Accessoire in Ordnung zu bringen.

Er würde Schluss machen. Jetzt gleich, Urlaub hin oder her. Wenn man begriff, dass man mit einem Menschen nicht den Rest des Lebens verbringen wollte, dann sollte der Rest des Lebens sofort beginnen. Doch er wollte Tine nicht blamieren. Das war nicht seine Art. Sie war kein schlechter Mensch, nur leider so oberflächlich wie ein Soßenspiegel.

Deshalb beugte er sich zu ihr und flüsterte ihr ins Ohr: »Tine, es hat keinen Sinn mehr, wir sollten uns trennen. Du bist eine tolle Frau, aber ich passe einfach nicht zu dir. Ich werd jetzt gehen. Tut mir leid, dass du es hier erfahren musstest.«

Tine zuckte keinen Moment lang mit der Wimper. Sie hatte sich perfekt im Griff und lächelte, als habe er ihr etwas Neckisches erzählt. »Doch nicht vor den anderen! Aber geh schon mal vor in unser Bettchen, ich komm gleich nach. Und heute möchte ich verwöhnt werden.«

Sie erntete bewundernde Blicke der versammelten Discobesucherinnen.

Paul schlief längst, als Tine in dieser Nacht zurückkehrte.

Die ganze Heimreise am nächsten Tag sprachen sie kein Wort miteinander. Erst einige Zeit später erfuhr Paul, dass Tine an diesem Abend zum ersten Mal in ihrem Leben verlassen worden war.

Sonst hatte sie immer Schluss gemacht.

***Birne sucht Helene.** Beamter, 29 J./1,78, ist ein Idiot. Denn er brachte nicht nur ein Lamm zum Weinen, sondern auch eine Frau und damit sich selbst. Ein kleiner, blöder Fehler. Aber nicht wiedergutzumachen. Ist das fair? Was ist schon fair? Das Leben ganz bestimmt nicht. Fragen Sie Prinzessin Diana.*
Ich weiß, dass mich diese vielen Zeilen extra kosten werden, aber was soll's. Vielleicht kann mir einer eine Antwort geben. Was macht ein Mann, wenn er die Frau seines Lebens verloren hat? Eine andere suchen? Wäre das nicht, als lebte man eine Lüge? Oder sollte er dieser einfach reinen Wein einschenken? Aber wie könnte sie ihn dann noch lieben, wenn sie wüsste, dass sie nur die zweite Wahl wäre? Oder soll er Mönch in einem tibetischen Kloster werden oder Eremit in einem schönen hohlen Baum? Denn seien wir mal ehrlich: Keine Frau der Welt kann mit einem Traum konkurrieren. Er würde über jeder neuen Beziehung schweben, sie zerstören. Ich weiß, was am besten wäre: die Zeit zurückdrehen und alles löschen! Sie einfach nie getroffen haben. Aber dann wären auch die goldenen Momente weg, die wie polierter Schmuck in meinem dummen, kleinen Herzen liegen. Nur vier Küsse, aber was für welche! Und sie werden in der Erinnerung immer besser, wie großer Wein (keiner aus Litauen). Sieht irgendjemand einen Ausweg?
Eine Liebe kann man nur durch eine neue Liebe vergessen? Nein, eine Liebe vergisst man nie. Das ist das Schöne und das Schreckliche daran. Jede Liebe bleibt uns ein Leben lang treu.
Und man kann nur lernen, damit zu leben. Die Wunden vernarben, doch sie verschwinden nie. Gott, ist das ein elend

selbstmitleidiges Geschwafel. Da könnte man ja kotzen. Aber jetzt ist es endlich raus. Tschüss, adieu. Birne sucht nicht mehr. ✉ *965938 Chiffredienst, 50590 Köln.* ☎*-Chiffre 0900/5000958–270313.*

ZEHNTER GANG

Birne Helene

Paul starrte auf den Riesenstapel Briefe, den ihm die Anzeigentante übergeben hatte. Jetzt reichte sie ihm eine große Plastiktüte.

»Damit Sie alles heil nach Hause bekommen.« Sie klimperte mit ihren langen Wimpern.

Es war wirklich merkwürdig: Seit er keine ordentlichen Anzeigen mehr schrieb, seit das Ganze zu einer Art Fortsetzungsgeschichte seiner Liebesqualen geworden war, erhielt er unzählige Briefe. Das lokale Fernsehen hatte sogar schon über den mysteriösen »Birne sucht Helene«-Schreiber berichtet. Paul hatte bisher sämtliche Briefe gelesen, und auch diese würde er alle öffnen. Das war er den Verfasserinnen schuldig. Die meisten fragten nicht nur nach einem Treffen, sie schrieben ihm seitenlang, ihre Trennungsgeschichten, ihre erfolglose Suche nach einer neuen Liebe, und dass sie ihn verstehen würden.

Paul fühlte sich wie feinster Zucker, der in alle Winde verstreut wurde.

Er würde allen antworten, aber sich mit keiner treffen. Ab jetzt würde er ein Cowboy sein, so richtig mit Pferd und Lasso, Pistole und Stiefeln und allem drum und dran. Solo würde er in den Sonnenuntergang reiten. Vielleicht ein treuer Hund an seiner Seite. Oder eine Geierschildkröte, auf deren Rücken eine dicke Katze saß. Pauly Luke. Der Mann, der schneller kochte als sein Schatten.

Romantik pur.

Heute stand ein Ritt nach Hündekausen zu Oma Gerti an. Er hatte extra Kuchen für sie gebacken. Nichts Ausgefallenes, ein ganz einfaches, traditionelles Rezept. Aber mit guter französischer Butter, Eiern von frei laufenden Bio-Hühnern (dem Preis nach zu urteilen, bekamen sie jeden Tag eine Bürzel-Massage), fein gesiebtem Mehl, Bourbonvanillezucker – und einer großen Portion Liebe. Irgendwo musste er ja hin damit. Es war so viel davon da. Und diesmal hatte er sich bei Oma Gerti auch angemeldet, um nicht bei einem amourösen Treffen mit Heinrich zu stören. Davon wollte er gar nichts wissen. Paul verdrängte das einfach. Sie war doch seine Oma!

Als er ankam, jätete sie gerade Unkraut im Garten. Alles spross wie verrückt. Er gab ihr zur Begrüßung einen Kuss auf die Wange.

»Immer schön fleißig, Oma, sonst kommst du ins Heim!«

»Ach, du mit deinen Scherzen!« Sie kniff ihn in die Wange. »Haste mir Kuchen mitgebracht? Riech ich doch.«

»Steht aber noch im Auto. Was du für eine Nase hast.«

»Immer schon, Jung, deine Oma hatte immer schon ein feines Näschen. Aber wenn dein Opa manchmal von der Arbeit kam, ganz verschwitzt, da war das gar nicht so schön.« Sie lachte. »Der stank dann wie ein nasser Biber.«

Sie erhob sich mit einem leisen Stöhner, beförderte das ausgerissene Unkraut auf den Komposthaufen und ging mit Paul hinein in die gute Stube. Ihr Kater Dicker schlief auf der Fensterbank, die Sonne brannte auf sein Fell. Vor ihm lag eine tote Maus. Vermutlich hatte der faule Kater sie zu Tode gelangweilt. Natürlich setzte Oma Gerti zuerst mal Kaffee auf.

»Siehst schlecht aus, Jung. Kriegste nicht genug zu essen? Musst was essen, dann kommste wieder zu Kräften. Bütterchen?«

»Nee, danke. Am Essen liegt es nicht. Ich arbeite zurzeit in einem Restaurant, da bekomme ich halt wenig Sonnenlicht und arbeite immer in der Hitze. Aber ist ein guter Job.« Vor allem so stressig, dass man nicht zum Denken kam, dachte Paul.

»Nee, Jung, da ist was in deinen Augen. Die sehen so traurig aus. Isset wieder wegen der Liebe?« Sie schnitt den Kuchen an. Das Aroma des Vanillezuckers stieg Paul in die Nase wie die reinste Verführung. Bei diesem süßen köstlichen Duft musste er direkt an Eli denken. Verdammt!

»Lass gut sein, Oma. Bringt nix, darüber zu reden.«

»Ach, Reden tut immer gut. Dann ist man es los.«

»Wenn es so einfach wäre.«

»Erzähl es der Oma, bist doch mein Jung. Sonst mach ich mir Sorgen, und dann kann ich nicht schlafen.«

»Ist aber keine schöne Geschichte.«

»Jaja, so ist das manchmal mit der Liebe. Kann sehr schön sein, kann aber auch sehr weh tun. Weiß ich doch, Jung. Ist wegen dieser Elisabeth, von der du dachtest, das sei die Richtige. Die hat dir das Herz gebrochen, nicht? Sieht die Oma direkt. Ist sehr lecker dein Kuchen, den sollteste ihr mal vorsetzen, dann heiratet dich das Mädchen sofort. Wirst sehen!«

»Ach, Oma.« Und mit einem Mal erzählte Paul alles, es sprudelte nur so aus ihm heraus. Der Staudamm, den er darum errichtet hatte, brach, als wäre er aus Streichhölzern. Doch wann immer Paul konnte, vermied er es, Elis Namen auszusprechen. An ihm hing so viel dran. Doch das Reden machte nichts besser. Vielleicht musste er Hunderte Male davon erzählen, bis es ihm wie ein Film vorkam, den er mal im Kino gesehen hatte. Paul berichtete auch von Tine, und wie er die Beziehung mit ihr beendet hatte. Offiziell, darauf hatte Tine bestanden, war sie diejenige gewesen, die den Schlussstrich gezogen hatte. Sollte sie doch erzählen, was sie wollte. Es scherte Paul weniger als Meister Proper die neuesten Sommerfrisuren.

»Ich lebe lieber alleine als mit einer Frau, bei der ich mir vorkomme wie Knetgummi. Je nach Belieben hat sie mich mal so und mal so gedreht.«

»Jaja, Jung, das machen die Frauen. Die wollen die Männer immer ändern. Dabei geht das nicht. Zumindest nicht auf Dauer. Und wer es versucht, der macht sie kaputt. So einfach ist das. Du bist aber noch nicht kaputt, oder?«

»Ein paar Kratzer am Selbstbewusstsein, ein paar Beulen im Herzen. Und der Motor schnurrt nicht mehr richtig, Oma. Wegen

Eli. Ich bin immer noch verliebt in sie wie ein kleiner Junge. Wie ein kleiner, dummer, dummer Junge.«

Oma Gerti gab ihm einen Kuss auf die Stirn. Dann schnitt sie schmunzelnd einen Apfel, goss etwas fertige Schokoladensoße darüber und stellte das damit gefüllte Tellerchen vor Paul. »Bitte sehr, Birne Helene.«

»Nee, nicht heute, Oma.«

»Na, komm schon, Jung. Mir zuliebe. Birne Helene.«

Sie wollte den alten Loriot-Sketch spielen, der war ein Klassiker in der Familie Birnbaum. Bei jedem Familienfest wurde er zum Besten gegeben. Länder mochten Nationalhymnen haben, die Birnbaums hatten einen Sippenwitz. Oma Gerti wollte die Renate spielen, die im Film von Evelyn Hamann verkörpert wurde. Paul musste also als Heinrich Lohse ran. Er atmete tief durch und legte los.

»Das is aber 'n Apfel ...!«

»... mit Schokoladensoße ...«, entgegnete Oma Gerti.

»Dann ist es keine *Birne* Helene, sondern ein *Apfel* Helene ...«

»Das gibt's überhaupt nicht!«

»Ein Apfel ist ein Apfel, und eine Birne ist eine Birne ...«

»Lass es stehen, wenn's dir nicht schmeckt ...«

»Es schmeckt mir ja ...«

»Dann iss es doch!«

»Ich ess es ja ... aber nicht unter falschem Namen!«

Paul musste lachen. Er konnte gar nicht anders. So wie ihm bei Herbert Zimmermanns Kommentar zum Finale der Fußball-WM 1954 immer die Tränen kamen (»Aus dem Hintergrund müsste Rahn schießen – Rahn schießt – Tooooor! Tooooor! Tooooor! Tooooor!«). Oma Gerti lachte mit ihm. Es tat gut, so unglaublich gut. Irgendwann nahm sie seine Hand in ihre und drückte diese ganz fest.

»Geh zu ihr, Jung. Sonst wirste doch nicht glücklich.«

»Aber wie? Und wo?«

Sie stand langsam auf, schlurfte ins Wohnzimmer und kam mit dem Fernsehmagazin zurück, das es immer kostenlos mit der Samstagsausgabe der Tageszeitung gab.

»Du weißt vielleicht nicht, wo du deine Eli findest, aber der hier …«, sie blätterte kurz und zeigte dann auf ein großes Foto, »der weiß es bestimmt. Musst nur über deinen Schatten springen und ihn fragen.«

Über den Schatten springen. Genau wie Andy gesagt hatte.

Paul folgte ihrem Blick. Das Bild gehörte zu einer Live-Kochshow: *Der heiße Löffel – Mit David Lindenhof.*

»Die filmen das in Ossendorf, steht dabei. Kämpf um sie, Jung.« Paul griff sich seinen Autoschlüssel. Denn was Oma Gerti sagte, war Gesetz.

Vor allem, wenn es so etwas verdammt Kluges war.

»Liebelein, jetzt kauf schon irgendwas – sonst schenk ich euch den Samtsessel in Mundform – so wahr ich Alexander Löschmeyer heiße.«

»Mir gefällt aber nichts so richtig.« Eli wusste nicht mehr, in welchem Kölner Möbelhaus sie gerade vor einer Glasvitrine stand. Irgendwie sahen die alle gleich aus.

»Das ist jetzt der fünfte Laden!«, beschwerte sich Löschi.

»Ich weiß.«

»Und ihr lebt immer noch mit Dutzenden Umzugskartons und deiner klapprigen alten Einrichtung. Okay, eine neue Küche ist schon drin, aber auch nur, weil David die aussuchen durfte.«

»Es ist schrecklich, oder?«

»Schrecklich? Für dich? *Mir* tun meine zarten Füße weh und ich kann keine Sitzgarnituren mehr sehen. Da entwickelt sich gerade eine Polsterallergie bei mir. Krieg ich schon Pusteln?«

Eli lachte. »Stell dich nicht so an. Nur noch ein Geschäft – und da kauf ich bestimmt was.«

Sie verließen den Laden und gingen gleich um die Ecke in den nächsten. Eli hielt ihr Wort – sie kaufte einen Salzstreuer. Und schenkte ihn Löschi.

»Und jetzt gehen wir beide schön was essen, ja? Ich lad dich ein.« Sie hakte sich bei Löschi unter.

»Das habe ich mir aber auch redlich verdient.«

Eli wusste, dass Löschi sich kulinarisch etwas anderes vorgestellt hatte, als sie kurze Zeit später die Kyffhäuserstraße heruntergingen, aber sie gelüstete es jetzt nach Fast Food. Sie zog ihn grinsend ins »Grill 2000« (Spezialität: die längste Bratwurst Kölns).

»Das ist nicht dein Ernst, oder? Fettige Fritten als Belohnung für«, er sah auf seine Uhr, »geschlagene viereinhalb Stunden blödsinnigstes Möbel-Angucken? Dann aber wenigstens mit doppelt Ketchup!«

»Sollst du haben.«

»Aber warum lässt du dir das nicht von deinem Meisterkoch zubereiten, Liebelein?«

Eli bestellte eine große Pommes rot-weiß, bevor sie antwortete. »Weißt du, was David tun würde? Die besten Kartoffeln kaufen, sie fein schneiden, und zweimal in Erdnussöl frittieren, für den perfekten Krossheitsgrad. Aber manchmal muss es eben der Geschmack von labbrigen Fritten in billigem Öl sein und von süßem Ketchup mit Konservierungsstoffen. Denn genau mit dem Geschmack bin ich großgeworden. So was darf man ihm natürlich nicht sagen. Das hier ist für ihn das absolut Böse. Sozusagen die dunkle Seite der Fritteuse.«

»Du bist eine kulinarische Fremdgeherin!«

»Klingt verrucht.«

Das Essen war fertig. Löschi hatte sich einen großen Salat bestellt. Elender Spielverderber!

»Was bekomme ich dafür, wenn ich deinem Menne nichts hiervon erzähle?«, wollte er jetzt wissen, die Augenbrauen theatralisch in die Höhe gezogen.

»Du mieser Erpresser!«

»Und? Was bietest du?«

»Eine Cola?«

»Eine doppelte. Und light.«

»Wir haben einen Deal!« Sie schüttelte ihm die Hand. »Aber wehe, du stellst später weitere Forderungen. Dann muss ich dich leider umbringen.«

»Das würde dir Andy nie verzeihen!« Er tupfte sich den Mund ab. »Und jetzt?«

»Pizza!«, sagte Eli. »Als Hauptgang sozusagen. Und danach besorgen wir uns irgendwo eine tolle Falafel mit scharfer Soße.«

Löschi zeigte auf die große Uhr, die über dem Eingang angebracht war. »Wir müssen gleich zu mir, um deinen Schatzi im Fernsehen zu bewundern. Heute ist er doch live zu sehen, oder?«

»Ja.«

»Du musst irre stolz sein.«

»Ach was. Das ist ja allein sein Verdienst. Ich steh da nur staunend daneben. Oh, sind die lecker! Musst du unbedingt probieren.« Sie hielt ihm ihre Pommes hin.

»Nein, danke. Ich behalte lieber meine schmale Taille. Pass auf, wir machen es so: Die Falafel ist noch drin – aber die Pizza bestellen wir zu mir, okay? Wenn du die dann überhaupt noch willst.«

»Bestimmt!«

Das »Döner Heaven« (Spezialität: selbst gebackenes Fladenbrot) befand sich nur ein paar Türen weiter. Wie an einer Perlenkette lagen die Fett-Schmieden in der Kyffhäuser nebeneinander. Leider war der Laden brummend voll, weswegen Eli an einem der weißen Plastikbistrotische wartete, während Löschi das Ende der Schlange bildete.

Vor ihr lag eine knitterige Tageszeitung, übersät mit Fettflecken. Sie war von heute, deswegen warf Eli einen Blick hinein. Sie hatte seit Wochen keine Kölner Ausgabe mehr gelesen. Mal sehen, was in der alten Heimat so vor sich ging. Eine lange Passage über das Schauspielhaus ..., den neuesten Geißbock beim FC ... Sekunde! War das nicht die Ausgabe mit den Kontaktanzeigen? Was machte eigentlich »Birne sucht Helene«?

Eli blätterte schnell zu dem entsprechenden Abschnitt.

Dann hatte sie die Anzeige gefunden.

Mit quietschenden Bremsen kam Paul auf dem Besucherparkplatz des Ossendorfer Fernsehstudios zum Stehen. Jetzt musste er nur schnell reingehen, die Information aus Dave quetschen, zu Eli fahren und alles klarstellen.

Einfacher Plan. Guter Plan.

Auch wenn einige Details noch der Klärung bedurften. Angefangen mit Punkt eins: Zutritt verschaffen. Paul stellte sich erst mal zu den anderen Leuten vor dem Eingang.

»Alle, die zur ÖPNV-Gruppe gehören, kommen mit mir!«, rief plötzlich eine Männerstimme. Paul fühlte sich spontan angesprochen. Mit dem ÖPNV fuhr er schließlich regelmäßig. Der Tourleiter sah ihn gar nicht an, er tippte ihm nur beim Durchzählen auf die Schulter:

»43? Aber wir sind doch nur 42. Na ja, da muss ich mich verzählt haben. Garderobe ist rechts, dann bitte alle direkt ins Studio, dort werden Sie platziert.«

Das System der Publikums-Aufteilung war einfach: Die Schönen kamen nach vorne, die Hässlichen in die letzte Reihe. Paul ließ sich jedoch nicht einsortieren, er verschwand direkt hinter der Deko. Hektisch liefen einige Studio-Lakaien dort an ihm vorbei, doch keiner beachtete ihn. Es herrschte höchste Alarmstufe. Und im Auge des Orkans stand Dave Lindenhof, seiner Aura nach zu urteilen, der Kochlöffel Gottes. Er blickte gerade in ein Textbuch.

»Na, läuft alles nach Plan?«

Dave sah auf. »*Paul?* Was treibst du denn hier?«

»Ach, ich kam gerade so vorbei, dachte, ich sag mal Hallo.«

»Hallo.«

»Nein, im Ernst, ich sitze im Publikum, und wollte dir noch Glück wünschen.«

»Danke.«

»Wie geht's dir?«

»Du, das ist gerade wirklich ganz schlecht. Ich habe gleich, wie du weißt, eine Sendung.« Dave wirkte sichtlich nervös.

»Klar, dann komm ich besser ein andermal zum Klönen bei dir vorbei. Wo wohnst du jetzt eigentlich mit Eli?«

Dave grinste. »Von daher weht also der Wind. Du willst Eli wiedersehen. Ja, ich weiß mittlerweile, was da zwischen euch gelaufen ist. Wir haben nämlich keine Geheimnisse voreinander. Sie hat mir auch von euren Schmatzern erzählt.«

»Es waren *Küsse*, keine Schmatzer! Das ist wie der Unterschied zwischen Schokokuchen zu Sachertorte.«

»Du bekommst weder ihre neue Adresse noch ihre neue Telefonnummer.«

»Wovor hast du Angst? Bist du dir ihrer nicht sicher? Läuft es etwa nicht gut?«

»Ich will es einfach nicht. Schluss. Und jetzt muss ich arbeiten. Oh, mein Handy klingelt.«

»Tut es doch gar nicht.«

Dave ging trotzdem ran und schritt, oder besser: rannte, fort. So schnell konnte ein guter Plan scheitern.

Eher würde Dave eine Fertigsuppe essen, als ihm die Adresse zu verraten. Aber ein Paolo Birnbaum gab nicht auf – denn wie sollte er das Oma Gerti erklären? Und vor allem seinem dummen, kleinen Herz. Das wollte unbedingt zu Eli. Und zwar jetzt sofort. Eli lebte bei Dave, so viel hatte Paul von Andy erfahren. Er brauchte also offiziell nur Daves Adresse, die würde hier ja sicher jemand kennen. Zum Beispiel die Frau im marineblauen Hosenanzug. Sie bellte die ganze Zeit irgendwelche Befehle. Paul fragte einen der Buffet-Lakaien, um wen es sich handelte. Es war die Producerin. Volltreffer!

In der Schule warf man sich Traubenzucker vor Klassenarbeiten ein, um auch ja auf die richtigen Antworten zu kommen. Pauls Metabolismus wurde von etwas viel Potenterem im Blutkreislauf beschleunigt: Liebe. Ein teuflisches Zeug.

Er rannte hinter die Bühne und griff sich einen der Blumensträuße, den die Studiogäste am Ende der Sendung erhalten sollten. Dann zog er sein Hemd aus der Hose und löste den Gürtel, sodass die Hose halb unter dem Hintern hing. So tauchte Paul vor der genervten Producerin auf.

»Isch Botendienst. Nisch wissen Adress. Der Typ da hat falsch gesagt.« Er zeigte auf Dave. »Zentrale meint, gibt nicht. Wohin? Die Blume soll zu sein Freundin. Wo die wohne?«

»Ach, Gott! Muss ich mich jetzt um jeden Scheiß kümmern?! Aber gut, ich schreib es Ihnen auf. Sie wohnt mit Herrn Lindenhof zusammen. So, da haben Sie, was Sie brauchen. Und jetzt ab.«

»Isch danke.«

»Jaja. *Rudi!* Wieso sehe ich da noch fette Schlagschatten? Die Zwölf leuchtet nicht richtig aus.«

Er hatte die Adresse! Eli lebte in Bonn. Da würde er jetzt hinfahren, schließlich konnte er sicher sein, dass Dave heute nicht zu Hause war.

Paul hatte sich schon des Blumenstraußes entledigt, seine Kleidung wieder geordnet und war zum Ausgang geeilt, als Dave ihm den Weg versperrte. Was kam jetzt? Hatte er den Trick mit der Producerin durchschaut? Wollte er sich schlagen? Konnte er haben! Paul war bereit, die unrühmliche Verprügelt-Werden-Tradition seiner Familie fortzuführen, selbst mit jemandem, der nicht aus Oberbohnrath stammte.

»Paul, Gott sei Dank bist du noch da!«

Hm, das klang nicht nach Klopperei.

»Ich bin eigentlich schon weg«, erwiderte Paul.

»Pass auf, ich weiß, wir waren eben nicht einer Meinung. Und es tut mir wirklich leid, was ich gesagt habe. Du bist ein guter Freund, und wir sollten uns nicht wegen einer Frau streiten.«

Weshalb dann?, fragte sich Paul. Doch er kam nicht dazu, es zu sagen.

»Ich brauche deine Hilfe. Und zwar jetzt. Einer unserer Hobbyköche steckt im Stau und wird nicht rechtzeitig hier sein. Du musst einspringen. Erzähl vor der Kamera aber bloß nicht, dass du jetzt in einem Restaurant jobbst. Bei uns dürfen nämlich nur Amateure ran. Sag besser, dass du Aushilfsschäfer bist – das stimmt doch, oder? Das hast du mir doch bei unserem Essen in diesem afrikanischen Restaurant erzählt.«

»Ist immer noch so.«

»Super.« Dave schnippte mit den Fingern. »Wir legen direkt los, lass dich nur schnell noch pudern, sonst glänzt du wie eine Speckbulette.«

»Das ist doch live, oder? Das bringe ich nicht.«

»Ach was, wird alles aufgezeichnet. Die gehen doch mit einer Kochshow nicht live auf Sendung! Also keine Sorge, du musst einfach nur machen, was ich dir sage. Vor der Kamera tun wir aber so, als kennen wir uns gar nicht.«

»Ich würde ja helfen, aber ich muss wirklich dringend weg.« Paul wurde langsam panisch. Er wollte jetzt endlich nach Bonn.

Doch Dave packte ihn an den Schultern. »Ich organisiere ein Treffen mit Eli! Dann könnt ihr euch aussprechen, okay? Die Sache hier ist echt wichtig für mich.« Dabei zuckte er leicht mit den Ohren. Das machte er immer, wenn er log. Schon früher in der Schule. Er wollte ihn also nach Strich und Faden bescheißen – was damals schon nie geklappt hatte.

Na, dem würde er es zeigen.

»Okay, ich bin dabei.«

»Echt? Danke! Das ist so cool von dir.«

»Aber immer.«

Paul musste noch eine Schürze anziehen, dann wurde er mit einem Mikrofon verkabelt und ins Fernsehstudio geschoben, wo der Warm-Upper gerade seine Arbeit beendete. Irgendein Fernsehmensch mit Headset briefte ihn kurz, dann platzierte er Paul an eine frei stehende Küchenzeile, die komplett in Knatschgelb gehalten war. Sie sah aus, als gehörte sie Ernies Quietscheentchen. Paul hatte nur kurz Zeit, nachzusehen, wo die Kochlöffel und andere Gerätschaften lagen, bevor es losging.

Applaus brandete auf, als Dave den Saal betrat. Lachend begrüßte er das Publikum und stellte den ersten Gastkoch vor, einen braun gebrannten Surfertyp. Er sah nicht aus, als gäbe er jemals Sahne an seine Soßen oder als wüsste er, wie man das Wort »Butter« buchstabierte. Sie plauderten etwas, doch Paul hörte gar nicht richtig zu, dafür war er viel zu wütend auf sich. Wieso stand er jetzt hier, statt auf dem Weg nach Bonn zu sein? Wie war das Ganze nur passiert? Wie konnte man nur so dämlich sein?

Doch bevor er eine Antwort fand, stand Dave neben ihm.

»Und in unserer gelben Küche begrüße ich Paolo Birnbaum, einen Teilzeit-Schäfer. Hallo, Paolo.«

»Hallo, David.« Klatschen.

»Was ist deine Spezialität beim Kochen?«

»Vegetarisch.« Paul grinste.

»Tja, dann wartet heute Abend eine Überraschung auf dich: Du musst ...« Er sah auf seinen Zettel. »... Lamm kochen, um zu gewinnen. Mit Schaf kennst du dich ja aus.«

Das Publikum lachte.

Dieses Schwein! Das hatte er sich doch extra ausgedacht.

»Blutig?«, fragte Paul mit zusammengekniffenen Zähnen.

»So gehört es sich. Obwohl Graf Dracula heute nicht zu Gast ist.« Erneutes Lachen aus dem Publikum.

Darum ging es also, ihn vor allen Zuschauern lächerlich zu machen, inklusive Eli, die sicher später die Aufzeichnung sehen würde.

Paul verschränkte die Arme vor der Brust. »Ich werde kein Lamm kochen.«

»Wie bitte?«

»Niemals wieder werde ich Lamm kochen. Und wenn sich alle auf den Kopf stellen!«

Dave legte väterlich den Arm um ihn. »Wir werden natürlich nicht versuchen, dich hier zu missionieren.« Er blickte direkt in die Kamera. »So was ist nämlich das Allerletzte. In Köln sagt man, jeder soll nach seiner Fasson glücklich werden. So halten wir es auch in meiner Sendung. Deshalb helfe ich dir beim Lamm, und du kannst derweil die Kartoffeln schälen. Die hütest du sicher nicht in deiner Freizeit, oder?«

Schallendes Gelächter.

Jetzt war es genug!

Pauls innerer Dampfkochtopf war explodiert: »Du willst Blut, Dave? Hier hast du Blut.«

Er nahm das Lammstück und wischte es Dave über die Kochjacke und durchs Gesicht – der war davon so überrascht, dass er sich überhaupt nicht regte. Doch das Publikum pfiff Paul aus. Die hatten ja keine Ahnung! Paul schäumte vor Wut – und griff sich das Rehfilet des kochenden Surfers. Damit rannte er zum Publikum.

»Sie wollen auch Blut? Bitte sehr, bitte gern!«

Er patschte es dem grinsenden Ottfried-Fischer-Double auf den Kopf. Ohrenbetäubende Pfiffe.

So viel geballten Hass war Paul nicht gewohnt, und das trotz jahrelanger Arbeit in der KFZ-Zulassungsstelle.

Ein Kabelträger wollte sich auf ihn werfen, allerdings wich Paul geschickt aus. Mit einer Hand erwischte ihn der Bursche dann aber doch am Fuß und ließ nicht mehr los. Paul sah aus den Augenwinkeln, wie die Producerin ein Schild hochhielt. »Keine Gewalt! Lasst ihn sich austoben!«

Er hob die Hände und versuchte die tobende Masse zu beruhigen: »Lasst mich mal eins klarstellen. Ich bin nicht irgendein Hobbykoch.«

»Ja, klar, du bist der Meisterkoch persönlich!«, kam es aus der letzten Reihe.

»Nein, ich kenne David Lindenhof seit Jahren. Wir waren zusammen in der Schule. Und jetzt bin ich eingesprungen, um ihm zu helfen. Stimmt's nicht, Dave?«

Dave nickte widerwillig.

»Und er führt mich hier vor, lässt mich Lamm kochen, obwohl er genau weiß, dass ich dadurch Eli verloren habe. Sie wollen wissen, wer Eli ist? Seine Verlobte! Nur, dass ich sie viel mehr liebe als er. Für ihn ist sie nur eine spannende Abwechslung, aber mir bricht das Herz beim Gedanken daran, sie nie wiederzusehen. Wir haben uns geküsst, und was das für Küsse waren. Ich weiß, das klingt lächerlich, aber manchmal spürt man einfach, dass man zusammengehört, so als schlage der Puls im gleichen Rhythmus, als passe sich die Körpertemperatur aufs Milligrad an den anderen an, als gehöre man zusammen, als dürfe es gar nicht anders sein im Leben. Kennen Sie das?«

Die wenigen anwesenden Männer schüttelten die Köpfe, doch einige Frauen nickten, und die ein oder andere hatte sogar Tränen in ihren Augen.

»Ich habe nie an die eine, die große Liebe im Leben geglaubt. Ich dachte, das ist Quatsch. Aber jetzt ist sie da, und ich will sie nicht verlieren, ich will Eli nicht verlieren. Aber vielleicht hab ich das ja längst schon. Was bin ich gegen Dave Lindenhof, Fernsehkoch extraordinaire, mit seinem Ruhm, seinem Geld, seinem … ach, ich weiß es auch nicht.« Er drehte sich zu seinem alten Freund. »Ich werd jetzt zu Eli gehen und mit ihr reden. Mehr will ich doch nicht. Dann soll sie entscheiden. Und wenn sie mir keine Chance mehr gibt, lass ich euch in Ruhe. Für immer. Und jetzt fahr ich nach Bonn.« Er blickte zur Producerin, die leichenblass am Bühnenrand stand. »Fangt noch mal von vorn an und schneidet mich komplett raus. Ich gehöre nicht in so eine Sendung.«

Eine Frau, die aussah wie die junge Biene Maja, rannte zu ihm und drückte Paul einen dicken Kuss auf die Lippen. »Hol sie dir, Tiger!«

Zuerst klatschte nur das Ottfried-Fischer-Double, das Rehfilet immer noch auf dem Kopf, dann stimmten nach und nach immer mehr Zuschauer ein. Und schließlich: tosender Applaus. Einer nach dem anderen stand auf und unzählige schickten unterstützende Pfiffe zu Paul.

Schwungvoll drehte er sich daraufhin zu Dave. »Und ich werde Eli auch sagen, was du hier mit mir abgezogen hast. Ob du willst oder nicht.«

»Ist nicht mehr nötig.«

»Was? Wieso?«

»Ich hab dich angelogen, das ist eine Livesendung. Sie hat es gehört – und ganz Fernsehdeutschland mit ihr.«

Paul war noch kurz nach Hause gefahren, bevor er sich auf den Weg zu Eli gemacht hatte. Nicht nur, um den Schock halbwegs zu verdauen, Paul wollte auch etwas vorbereiten, damit er nicht mit leeren Händen bei ihr auftauchte. Er hatte sich die Strecke zu ihrer Penthouse-Wohnung nur kurz bei Google Maps anschauen müssen – und sich dann kein einziges Mal verfahren. Dave würde noch nicht zurück sein, dafür war er viel zu sehr Medienprofi. Er zog seine Sendung sicher durch.

Paul stieg aus seinem Wagen und blickte hoch. In der obersten Etage des Hochhauses brannte Licht.

Jetzt würde sich alles entscheiden.

Er atmete noch einmal durch, doch der Sauerstoff schien nicht bis in seine Lungen zu gelangen. Ihm wurde etwas schwindlig. Auf der Klingel stand nur Davids Nachname. Lebte sie etwa gar nicht hier? Paul wollte schon wieder umdrehen, aber sein Finger war anderer Meinung und drückte einfach den Knopf.

Die Tür wurde geöffnet, ohne dass jemand in der Gegensprechanlage nach seinem Namen fragte. Und als Paul in der obersten Etage ankam, stand die Tür zur Wohnung offen – denn Eli hielt sie auf. Kein Lächeln umspielte ihre schönen Lippen, kein Glanz in den Augen verriet, was sie dachte.

»Komm rein. Ich hab dich schon erwartet.« Sie drehte sich auf dem Absatz um und ging ins Wohnzimmer.

»Du hast alles gehört«, sagte Paul.

»Jedes Wort.«

»Ich hab mich wohl ziemlich lächerlich gemacht.«

Sie setzte sich auf einen der Umzugskartons, die hier scheinbar als Stühle dienten. »Du wolltest mir etwas sagen?«

»Aber du hast doch im Fernseh …«, stotterte Paul.

»Du wolltest mir etwas sagen?«

Sie bot ihm keinen … Umzugskarton zum Sitzen an. Paul kam sich vor wie im Gericht.

»Im Stehen?«, fragte er.

Keine Regung.

»O-kay, dann eben so. Ich habe allerdings was mitgebracht, um meinen Vortrag zu illustrieren.« Er kramte in seinem Rucksack und zog etwas hervor. Und zwar Obst.

»Es waren einmal zwei Birnen, die passten wirklich gut zueinander. Sie waren beide rund und gelb.«

»Ich bin also rund und gelb?«

»Im übertragenen Sinne! Für den Rest der Geschichte müssten wir in die Küche. Geht das?«

Eli nickte.

Paul stellte dort einen Topf mit Wasser auf den Herd, gab etwas Zucker hinein, schälte schnell die Birnen, entkernte und halbierte sie mit wenigen Handgriffen, bevor er sie in dem Zuckerwasser garte. »Die beiden Birnen lernten sich kennen.«

»Jetzt sind sie nackig, oder? Ich meine, die Schale ist ab. Wir haben uns aber nie ohne Schale kennengelernt, und das sollen wir doch sein?«

»Aber wir haben unsere Hüllen fallen lassen im *übertragenen Sinn*. Und plötzlich war alles ganz … süß.« Paul zweifelte mit einem Mal wieder an seiner Idee. Jetzt, wo er sich selber sprechen hörte, klang alles saublöd.

»Das ist alles ziemlich an den Haaren herbeigezogen«, sagte Eli.

Oh, Mist, sie sah es also genauso! Aber so schnell würde er nicht klein beigeben. »Willst du mir sagen, dass da nichts zwischen uns war? Und ist? Dass das ganz normale Küsse waren?«

»Du willst mir mit diesem Puppen-, Pardon, Birnenspiel also sagen, dass unsere Küsse zuckersüß waren.«

»So in etwa.«

»Gut. Weiter.«

Elis Gesicht zeigte immer noch keine Regung.

»Doch dann passierte ein Unglück.« Paul holte die Schokoladensoße hervor. »Habt ihr irgendwo eine Mikrowelle?«

»Lehnt David ab.«

Paul beförderte einen weiteren Topf auf den Herd. »Kein Problem! Also, plötzlich legte sich etwas Dunkles über die beiden süßen, kleinen Birnen.« Er legte sie ganz nah zusammen auf einen Teller und übergoss sie dann mit der heißen Schokoladensoße.

»Sie sahen einander nicht mehr.«

»Du sprichst wie ein Märchenbuch.«

»Es ist ein Märchen«, er sah sie an, »hoffe ich.«

Immer noch kein Strahlen in ihren Augen, keine liebevolle Ermunterung. Er würde trotzdem weitermachen. Was blieb ihm sonst? Jetzt musste er stark bleiben. Später, wenn sie ihn abgewiesen hätte, konnte er dann verzweifeln.

»Die eine Birne hielt das Ganze nicht mehr aus und brachte der anderen Blumen, um alles wiedergutzumachen.« Paul streute die kandierten Veilchen darüber, genau wie es das Originalrezept der französischen Kochlegende Auguste Escoffier aus dem 19. Jahrhundert vorsah. »Da freute sich die andere Birne sehr. Sie sprachen sich lange aus, und vertrugen sich wieder. Und wenn sie nicht gestorben sind, liegen sie noch heute zusammen auf einem Teller.« Er blickte zögerlich auf. »Und, was hältst du von der Geschichte?«

»Das Ende fand ich schwach.«

»Wieso?

»Ich vermisse die Stelle, an der sich die eine Birne bei der anderen entschuldigt.«

»Oh, Eli. Ich, es tut mir echt so wahnsinnig …«

»Dir? Es geht hier doch um zwei Birnen, oder sehe ich das etwa falsch?«

Paul steckte zwei Gabeln in die Birnenstücke. »Ja, genau, zwei Birnen. Hatte ich ihnen eigentlich schon Namen gegeben? Das eine ist Paul … ino Birno, und das andere … Birnen … spatz. Ein Birnenmädchen.«

»So heißen die also? Gut zu wissen. Und jetzt die Entschuldigung.«

Fand sie das Ganze lächerlich? Ließ sie ihn das alles nur aus Rache durchziehen, um ihn dann gleich hochkant rauszuwerfen?

Paul senkte die Stimme, immerhin sprach er jetzt die männliche Birne: »Es tut mir total leid, dass ich nicht zugehört habe, als du erzählt hast, dass du eine … vegetarische Birne bist.«

Er hob die Stimme, nun war er schließlich Birnenspatz: »Ist schon gut.«

»So schnell vergibt sie ihm?«, fragte Eli.

»So sind Birnen. Überhaupt nicht nachtragend. Tolles Obst.« Er holte das Vanilleeis aus der Kühlbox und gab es auf den Teller. Der sah nun … ziemlich matschig aus.

»Und?«, wollte Eli wissen. »Was hat es jetzt mit dem Eis auf sich?«

»Ähm …« Mist, so weit hatte er nicht gedacht. »Die beiden machten zusammen einen tollen Skiurlaub in den Alpen.«

Eli sah ihn schweigend an. Eine lange Zeit. Worauf wartete sie? Hatte er sich gerade nicht entschuldigt? Sollte sie jetzt nicht etwas sagen? Stattdessen führte sie eine Gabel samt Birne zum Mund.

Doch dann hielt sie inne.

»Darf ich die überhaupt essen? Ich meine, wo ich sie nun doch mit Namen kenne und sie gerade so eine schöne Zeit im Schnee haben?«

Paul schob ihr den Teller zu. »Damit kommen sie sicher klar.«

»Haben Sie Birne Helene?«, fragte Eli dann.

»Ja, klar. Da steht sie doch. Birne Helene. Wie sie sein sollte.«

»Heinrich!«, sagte Eli.

Heinrich? Wer war Heinrich? Die Birne hieß doch Paulino Birno. Der Name klang so doof, dass Paul ihn vermutlich sein Lebtag nicht vergessen würde.

»Heinrich!«, wiederholte Eli.

Die Szene im Restaurant! Sie kannte tatsächlich Loriots *Pappa ante Portas*, den Birnbaum'schen Familiensketch, Teil 2! Heinrich Lohse fragte den Ober, ob sie Birne Helene hätten, und seine Frau Renate, die das Thema nicht mehr erträgt, herrscht ihn mit seinem Namen an.

Paul legte sich ein Küchenhandtuch über den Unterarm und machte einen Diener vor der am Küchentresen stehenden Eli. Sie, also Heinrich Lohse, zog die Augenbrauen hoch, um ihrer Darstellung Nachdruck zu verleihen. Ein bisschen sah sie jetzt sogar aus wie der junge Loriot. Wenn der eine wunderschöne, rothaarige Frau gewesen wäre.

»Das ist unsere Spezialität … Wir servieren ein naturbelassenes Birnenmark mit Vanillesoße …«, gab Paul den Ober.

»Birne Helene ist eine gekochte Birne mit Vanilleeis und heißer Schokoladensoße!«, dozierte Eli.

»Unsere Birne Helene ist mit Vanillesoße und wird immer gern genommen …«

»Ihre Birne ist eben keine Birne Helene!«

»Dann nehmen Sie ein Stück Apfelkuchen, der ist mit Schokoladensoße ...«

»Nein, nein, vielen Dank ...«

Eli knickte sogar die rechte Hand ab, um ihre Damenhaftigkeit zu verdeutlichen. Denn nun wurde sie wieder zu Renate. Ganz alte Schauspielschule!

»Wenn ich jetzt noch *ein*mal ›Birne Helene‹ höre, werfe ich mich hier auf den Boden und beiße in die Auslegware!«

Es entstand eine Stille, die sich dick wie Nebel über alles im Raum legte. Paul hätte gern laut losgelacht, Eli umarmt, an sich gedrückt, nicht mehr losgelassen, ihren Herzschlag gespürt, sie herumgewirbelt. Doch er traute sich nicht. Alles, was er herausbrachte, war: »Was ist mit Dave?«

»Er ist ein toller Mann, ein echter Traum.«

»Das habe ich mir schon gedacht«, antwortete Paul leise.

Das war es. Er musste gehen. Sie könnten Freunde sein, klar. Doch das würde er nicht aushalten. Paul war so sicher gewesen, dass Eli ihn und nicht Dave lieben würde. Wie hatte er sich nur so täuschen können?

»Aber er ist nicht *mein* Traum«, ergänzte Eli. Und plötzlich war der Nebel verschwunden, keine einzige Spur war mehr da.

»Was?«

»Schau dich doch um, seit Wochen soll ich hier ein Nest bauen, und keinen einzigen Zweig habe ich besorgt – im übertragenen Sinne natürlich.«

»Natürlich.« Hörte er gerade richtig?

»Aber ich habe es nicht begriffen.« Sie schaute ihn an.

»Bis du mich im Fernsehen gesehen hast?«

Sie schüttelte den Kopf und zog eine zusammengefaltete Zeitungsseite aus ihrer Hosentasche. »Bis ich deine letzte Anzeige gelesen habe.«

»Seit wann weißt du denn, dass ich es bin?« Hoffnung durchfuhr Paul wie ein warmer Sonnenstrahl.

»Seit ich deine Anzeige gelesen habe.« Sie lächelte. Jetzt ging die Sonne auf, ach was, Dutzende Sonnen gingen auf. »Erst heute, ich war eigentlich in Köln, es war purer Zufall. Oder etwas ganz anderes.« Ihre Finger fuhren zärtlich über die Chiffre-Zahlen. Die hatte die Redaktion aus Versehen vertauscht. Jetzt hatte er die 270313. Das hatte zu einigen Problemen geführt, über die Paul sich immer noch ärgerte. Kein Brief hatte ihn diese Woche erreicht – und jede Schreiberin verdiente doch eine Antwort.

Elis Wangen wurden rot, und sie strich ihre Haare zurück.

»Dann erst habe ich dich in Davids Show gesehen.«

»Ich würd dich gerne küssen«, sagte Paul. Was für ein dummer Satz! Man tat es einfach, statt darüber zu reden. Aber das hatte er jetzt von seiner höflichen, bergischen Erziehung.

»Das klingt nach einer sehr guten Idee«, antwortete Eli. »Aber vorher muss ich noch etwas erledigen.« Sie drückte ihn auf einen Umzugskarton, setzte sich auf Pauls Schoß und blickte ihm tief in die Augen. »Es tut mir leid, ich war so blöd. Warum hab ich nicht mit dir geredet, warum bin ich einfach weggelaufen? Ich wusste doch die ganze Zeit, dass wir zusammengehören. Aber ich war nur sauer. So unglaublich sauer.« Eli blinzelte, eine kleine Träne rollte die Wange hinab. »Bist du dir sicher, dass du eine wie mich überhaupt willst?«

»Und wenn mich die Jungs aus Oberbech, Leuscherath, Wellerscheid, Oberbohnrath und Niedermiebach dafür verprügeln würden. Mit dir möchte ich immer tanzen wollen!«

»Was soll das bedeuten?«

»Die Antwort gibt's erst … morgen früh.« Paul versank in Elis Augen und wusste auf einmal, dass er sich gerade noch einmal Hals über Kopf in sie verliebt hatte. Und dann trafen sich ihre Lippen.

Das erste Mal, als sie sich küssten, war es wie ein Sommertag mitten im kältesten Winter.

Das zweite Mal, als sie sich küssten, war es wie das Finden des schönsten Parkplatzes, der genau vor dem Laden lag, in den man immer schon wollte. Und man brauchte nicht mal eine Parkscheibe.

Nun war es das dritte Mal, dass sie sich küssten. Und es war wie das Feuerwerk zur Jahrtausendwende. Raketen explodierten in allen Regenbogenfarben, das Schwarz des Nachthimmels war nicht mehr zu sehen. Alles leuchtete und funkelte.

Und es blieb nicht bei einem Kuss.

Es blieb auch nicht bei einer Nacht. Bei einem Frühstück.

Es blieb.

Ganz einfach.

Manchmal, dachte Paul, ist die Liebe ganz einfach. Nur meist, da ist sie schrecklich kompliziert.

Doch in diesem Moment mit Eli in Bonn, da dachte er gar nichts mehr.

Er war nur bei ihr.

Denn nirgends konnte es schöner sein.

EPILOG

»Und? Ist es so, wie du es dir immer vorgestellt hast?«, fragte Eli.

»Genau so. Nur noch besser«, antwortete Paul, während der Sommerwind sein Haar zerzauste. Es war ein Cabrio-Tag, wie ihn sich die Marketing-Abteilungen der Autohersteller nicht besser wünschen konnten. Rein physikalisch konnte der Himmel über Köln eigentlich nicht so blau sein, doch heute scherte er sich nicht darum. Das Kaffeetrinken mit Oma Gerti, Elis Mutter und ihrer Schwester war viel harmonischer verlaufen als erwartet, die Bergische Kaffeetafel samt Dröppelminna ein voller Erfolg. Noch diesen Monat würde er mit Eli nach Italien fliegen, um sie seinen Eltern vorzustellen. Ein Dorffest in Rimella (samt Segen des Pastore) war das Mindeste, was sie dort erwartete.

»Soll ich noch etwas schneller fahren?« Eli tippte kurz das Gaspedal an.

»Nein, ist genau richtig so, Chauffeurin. Umkreisen Sie bitte sämtliche rote Ampeln. Ich will einfach nur immer weiterkutschiert werden.«

»In der Kölner Innenstadt?«

Das schwarze Mini-Cabrio hielt mit quietschenden Reifen.

Paul öffnete die Augen. »Aber hier ist doch gar keine rote Ampel! Hier ist nur ein Parkplatz.«

»Na, und? Ich hab halt Lust, dich zu küssen. Das darf die Chauffeurin, wann immer sie will. Steht so im Arbeitsvertrag.« Sie beugte sich zu ihm und biss ihn neckisch in die Unterlippe.

»Au!«, rief Paul.

»Ich hab halt Hunger.«

»Gibt ja was, wenn wir ankommen.«

»Gut, dann geht's weiter. Küssen kann ich auch später.« Sie setzte den Blinker und brauste, ohne in den Rückspiegel zu schauen, zurück auf die Rheinuferstraße. Als sie über die Severinsbrücke fuhren, ließ Paul die Fingerspitzen über das Armaturenbrett gleiten.

»Ich kann immer noch nicht glauben, dass Dave mir wirklich diesen Wagen geschenkt hat«, sagte Paul.

»Und du ihn dann mir!«

»Was auch sonst? Dieser Mini hat seit dem Tag, da er vom Band lief, nach dir gerufen.«

»Jetzt, wo du es sagst, habe ich ihn, glaub ich, manchmal nachts auf der Suche nach mir durch die Straßen fahren und heulen hören. Vielleicht ist es ein Werwagen – der mechanische Bruder des Werwolfs?« Sie bleckte ihre Zähne.

Von einer Großplakatwand am Deutzer Ring lächelte sie plötzlich Dave an, in einen Kochlöffel singend, als wäre der ein Mikrofon.

»Wenn ich David wäre, hätte ich dir auch ein Auto geschenkt«, sagte Eli. »Das ist ja wohl das Mindeste als Dankeschön. Dein Auftritt war schließlich das Beste, was ihm je passieren konnte. Er war *das* Thema in jeder Zeitung, jedem Radio, jedem Fernsehsender. Hast du gehört, wie hoch seitdem die Einschaltquoten seiner Show sind?«

»Ein Star wie ich schert sich um so was nicht.« Paul zwinkerte ihr verschmitzt zu.

Eli prustete. »Jetzt hör aber auf. Gut, du bist die Nummer eins der YouTube-Charts, und alle haben sie dich schon in ihre Jahresabschlusssendungen eingeladen.« Sie grinste. »Aber für mich bleibst du der miserable Einbrecher und langsame Entschuldiger, der du immer warst.«

Paul verschränkte die Arme vor der Brust. »Das würdige ich jetzt keines Kommentars.«

»Ist auch gar nicht nötig.«

»Und was machen wir mit Dave? Der ist doch jetzt wieder solo.«

»Wir könnten ihn mit Tine verkuppeln. Dann ginge er bald Ton in Ton mit ihrer Handtasche.«

»Oder mit Fish-Mac!«

»Und R2-D2 wird Fernsehstar. Er darf die Verlierer in Daves Sendung auffressen.«

Bis sie an den Poller Wiesen parkten, hatte Eli noch dreimal angehalten, um die ihr zustehenden Küsse einzufordern. Paul legte sogar gratis ein paar drauf.

Als sie bei den Schafen ankamen, errichtete Rainer gerade einen transportablen Zaun.

Er nickte Paul zur Begrüßung zu. »Ist sie das?« Der Schäfer blickte zu Eli.

»Ja, das ist sie«, antwortete Eli selbst und ging mit ausgestreckter Hand auf ihn zu.

Doch der Schäfer rang sich nur ein Lächeln ab.

»Rainer ist nicht so fürs Händeschütteln«, erklärte Paul. »Ist nichts Persönliches.«

»Ihr passt gut zueinander. Da hab ich einen Blick für. Aber Paul hilft doch weiter aus? Das erlaubst du ihm doch?«

Eli legte Rainer eine Hand auf die Schulter, was ihn zusammenzucken ließ. »Wann immer du ihn brauchst, bekommt er Freigang.«

Der Schäfer sah zu Paul. »Eine gute Frau hast du dir da gesucht. Zeigst du es ihr jetzt?«

»Heute ist der Tag. Endlich.«

»Dann war das ganze Üben ja für was gut.« Er öffnete das Gatter, und die Herde strömte langsam auf die Wiese.

»Und was passiert jetzt?«, fragte Eli. »Kannst du auf ihnen reiten? Oder bilden sie eine Pyramide wie bei *Wallace & Gromit*?«

Paul schüttelte nur den Kopf, nahm Eli in den Arm und begann. Zuerst zitterten seine Lippen zu sehr und die Schafe sahen ihn nur verdutzt an. Doch nachdem er Elis Kopf an seiner Schulter spürte, fand er die richtigen Töne. Leise blökend setzten sich die Schafe in Bewegung. Zuerst sah es aus, als wollten sie ein großes Knäuel bilden, doch dann entwickelte sich eine Form heraus, angefangen vom unteren Ende, wo Gustav, das dickste Schaf, die Spitze einnahm. Zu beiden Seiten bauten sich weitere Schafe auf, bildeten zwei nach oben führende Linien, die sich schließlich mit leichtem Schwung aufeinander zu nach unten bogen.

»Es ist ein Herz!«, rief Eli.

»Für dich«, sagte Paul.

Und Eli schaute lange hin, tat nichts anderes mehr, selbst als die Schafe begannen, wieder Gras zu fressen. Paul musste sogar einige Male nachpfeifen, so lange betrachtete Eli das Bild aus Schafen.

Mit einem tiefen Einatmer blickte sie schließlich zu Paul. »Ich liebe dich.«

Paul traute seinen Ohren nicht. Drei Worte, drei ganz einfache Worte. Er hatte tausendmal gehört, wie sie in Filmen gesagt wurden, doch niemals hatten sie so wundervoll geklungen wie aus Elis Mund.

»Ich liebe dich auch.«

Und dann hielten sie einander in den Armen. Wie um sie zu beglückwünschen, versammelte sich die Schafherde um die beiden und begann, zustimmend zu blöken.

»Niemandem vor dir hab ich das gezeigt, und niemals wieder werde ich es für jemanden pfeifen«, flüsterte Paul seiner Eli ins Ohr.

»Das will ich auch hoffen. Meine Birne geb ich nie wieder her.«

Sie griff sich Pauls Hand und ließ sich mit ihm ins Gras fallen. Gemeinsam blickten sie lange in den Himmel, an dem die Wolken jetzt wie Schafe dahinzogen.

»Pfeifst du die Wolken für mich in Herzform, Paul?«, fragte Eli.

Und Paul begann zu pfeifen.

Birne fand Helene. *Denn schließlich gehören die beiden zusammen. Jetzt leben sie glücklich in einer großen Schüssel mit Schokoladensoße. Und demnächst fahren sie zusammen in die Alpen. Im Vanilleeis spielen.* ✉ *965938 Chiffredienst, 50590 Köln.* ☎*-Chiffre 0900/5000958–270313.*

Birne Helene

(Poire belle Hélène)

Dieser sündhafte Küchenklassiker ist eine Hommage: Das Original-Dessert wurde um 1870 von der französischen Kochlegende Auguste Escoffier kreiert, zu Ehren der Aufführung von Jacques Offenbachs Operette *Die schöne Helena* in Paris. Offenbach wurde übrigens, genau wie Eli, in Köln geboren.

Zutaten (6 Portionen)
Für den Sud:
½ l Weißwein
100 g Zucker
1 EL Zitronenschale
½ Vanilleschote
(Wenn man es zu Weihnachten kocht, kann man auch noch eine Stange Zimt zugeben)

Für die Schokoladensoße:
250 g süße Sahne
20 g Honig
½ Vanilleschote
200 g dunkle Kuvertüre
Und natürlich die Hauptdarsteller:
1200 g süße Birnen mit festem Fruchtfleisch
375 ml Vanilleeis

30 g Mandelsplitter
2 EL Birnengeist (das ist der Kick)

Zubereitung:
Geben Sie Weißwein, Zucker, die unbehandelte Zitronenschale und eine Hälfte der längs aufgeschnittenen Vanilleschote in einen Topf und kochen sie alles bei mittlerer Temperatur auf.

Die Birnen schälen, halbieren und entkernen, dann ca. zwei Minuten von beiden Seiten im heißen Weinsud glasig dünsten. Danach sollten die Birnen noch Biss haben. Topf vom Herd nehmen und alles abkühlen lassen.

Für die Schokoladensoße: Sahne, Honig und die andere Hälfte der Vanilleschote in einen neuen Topf geben. Kurz aufkochen, vom Herd nehmen und Vanilleschote rausfischen. Die Kuvertüre muss grob gebrochen und im Wasserbad langsam eingeschmolzen werden, dann wird sie mit der warmen Sahne vermengt. Jetzt kann man die Birnen aus dem Topf nehmen, abtropfen lassen und anrichten, anschließend mit Birnengeist beträufeln. Jeweils eine Kugel Vanilleeis darauf, Schokoladensoße darüber gießen und mit Mandelsplittern bestreuen (Auguste Escoffier – und auch Paul – nahm kandierte Veilchen). Wer es gerne kross mag, kann die Mandelsplitter zuvor in einer Pfanne ohne Fett bei schwacher Hitze leicht bräunen.

Weinendes Lamm

Zutaten (4 Personen)
1 Lammkeule von ca. 2 kg
750 Gramm Kartoffeln
750 Gramm Möhren
500 Gramm Lauch
4 Bund Frühlingszwiebeln
4 Knoblauchzehen

2 Zitronen
150 g Butter
250 ml kalt gepresstes Olivenöl 1 TL Oregano
1 EL Rosmarin
1 EL Thymian
1 EL Kreuzkümmel Schwarzer Pfeffer
Salz

Zubereitung:
Den Lauch in Ringe schneiden, die geschälten Kartoffeln in Scheiben, ebenso die geputzten Möhren. Die äußerste Haut der Frühlingszwiebeln abziehen und halbieren.

Das Geheimins des Gerichts ist die Marinade. Für diese werden der Saft zweier Zitronen, Oregano, Rosmarin, Thymian, Kreuzkümmel, vier gehackte Knoblauchzehen, Olivenöl, Salz und Pfeffer verrührt. Das Lamm mit der Marinade gut einreiben, den Rest gleichmäßig über das Gemüse gießen. Dann alles für eine halbe Stunde vergessen – in der Zeit können Sie den Ofen auf 220 °C vorheizen.

Als Nächstes buttern Sie ein tiefes Backblech dick ein und geben das marinierte Gemüse hinein, Butterflöckchen darauf, mit Alufolie abdecken (diese ein paarmal einstechen) und ab in die unterste Schiene des Ofens. Die Lammkeule kommt eine Etage darüber auf einen eingefetteten Grillrost. Das Ganze eine Stunde braten, mehrmals das Lamm mit Butter bestreichen. Danach auf 200 °C runterschalten und nochmals 45–60 Minuten im Ofen lassen.

Wenn Sie sich während des Bratens das Lamm anschauen, wissen Sie, woher der Name des Rezepts kommt: Der Sud tropft – oder weint – auf das Gemüse.

Alles auf Tellern anrichten. Dazu passt ein herzhafter Senf.

Glückskekse

Glückskekse sind keine alte chinesische Tradition, sondern wurden erst Anfang des 20. Jahrhunderts in den USA erfunden – vermutlich von einem japanischen Einwanderer.

Zutaten (4 Personen)
150 g Weizenmehl 50 g gemahlene Mandeln
125 g Zucker
125 g Puderzucker 100 g weiche Butter
3 große Eier (benötigt wird nur das Eiweiß) 1 Prise Salz
3 Tropfen Bittermandelöl (kann man auch weglassen) evtl. etwas Milch
Und natürlich: Sprüche auf Papierstreifen

Zubereitung:
Alle Zutaten bis auf das Eiweiß zu einem Teig verrühren, dann das steif geschlagene Eiweiß unterrühren. Der Teig sollte cremig sein (aber nicht zu flüssig), zur Not etwas Milch zugeben. Dann den Teig auf ein mit Backpapier ausgelegtes Backblech geben, jeweils einen Löffel Teig je Glückskeks und dünn glatt streichen. Das Ganze 5–10 Minuten in den auf 175 °C vorgeheizten Backofen geben, bis der Rand sich leicht braun färbt und die Oberfläche goldgelb aussieht.

Dann muss es sehr schnell gehen: Die Papierstreifen in die Mitte der noch weichen und warmen (!) Kekse geben und falten. Der Kniff: Glückskeks auf einen Glasrand legen und die Enden nach unten drücken. Auskühlen lassen und am besten in Zellophanfolie packen, da sie sonst Wasser ziehen.

Danken möchte ich:

- Meiner Frau, die mir in langen Zweiergesprächen die weibliche Psyche näherbringen durfte. Und sich darum mehr als jeder andere über dieses Buch gefreut hat.
- Meinen Kinder Frederick und Charlotte, die langsam verstehen, warum ihr Vater so viel am Computer sitzt und sie ihn dabei nicht als Klettergerüst benutzen dürfen.
- Hagen Range von den »Saugstaubern« (www.diesaugstauber.de), der mir ein paar Gratis-Witze spendierte.
- Svenja Disselbeck, der Buchhändlerin meines Vertrauens.
- Monika Boese von den Ullstein Buchverlagen, die sich für dieses Buch begeistern ließ und mir glaubte, dass ich reif für Liebeskomödien bin.
- Henny Conzen, für ihr vorbildliches Leben.
- Meinem Vater – der Führungen durch Köln leiten könnte – für seine Ortskenntnis.
- Meinem Agenten Lars Schultze-Kossack, der FC St. Pauli-Fan ist und nicht nur darum ein feiner Kerl.
- Ein besonderer Dank geht an Loriot, der mir schnell und unbürokratisch die Erlaubnis erteilte, ihn zu zitieren.